PILE OU FACE

Né à New York en 1947, James Patterson publie son premier roman en 1976. En 1977, il obtient l'Edgar Award du roman policier. Il est aujourd'hui l'auteur le plus lu au monde. Plusieurs de ses thrillers ont été adaptés à l'écran.

Candice Fox enseigne l'écriture à l'université Notre-Dame de Sydney. Ses deux premiers romans, *Hadè* et sa suit *Eden*, ont obtenu le Ned Kelly Award, le plus grand prix récompensant les polars en Australie. Elle compte désormais parmi les nouvelles reines du thriller.

Paru au Livre de Poche :

BIKINI
BONS BAISERS DU TUEUR
CRISE D'OTAGES
DANS LE PIRE DES CAS
DERNIÈRE ESCALE
LA FILLE DU PRÉSIDENT
GARDE RAPPROCHÉE
LES GRIFFES DU MENSONGE
INCONTRÔLABLE
INVISIBLE
JEU DE MASSACRES
LETTRES DE SANG
LUNE DE MIEL
LUNE POURPRE
LA MAISON AU BORD DU LAC
MENACE SUR RIO
MOI, MICHAEL BENNETT
ŒIL POUR OEIL
ON T'AURA PRÉVENUE
PLUS JAMAIS
LE PRÉSIDENT A DISPARU
PRIVATE LOS ANGELES
PROMESSE DE SANG
LE SANG DE MON ENNEMI
TAPIS ROUGE
TUE-MOI SI TU PEUX
UN SI BEAU SOLEIL POUR MOURIR
UNE NUIT DE TROP
UNE OMBRE SUR LA VILLE
LA VILLA ROUGE
WEEK-END EN ENFER
ZOO

Les enquêtes d'Alex Cross

ALEX CROSS
COURS, ALEX CROSS !
CROSS, CŒUR DE CIBLE
DERNIÈRE CHANCE POUR ALEX CROSS
DES NOUVELLES DE MARY
EN VOTRE HONNEUR
GRAND MÉCHANT LOUP
LA LAME DU BOUCHER
LE MASQUE DE L'ARAIGNÉE
MOI, ALEX CROSS
LA PISTE DU TIGRE
SUR LE PONT DU LOUP
TIRS CROISÉS
TUER ALEX CROSS

Les enquêtes du Women's Murder Club

2e CHANCE
TERREUR AU 3e DEGRÉ
4 FERS AU FEU
LE 5e ANGE DE LA MORT
LA 6e CIBLE
LE 7e CIEL
LA 8e CONFESSION
LE 9e JUGEMENT
10e ANNIVERSAIRE
LA 11e ET DERNIÈRE HEURE
12 COUPS POUR RIEN
13e MALÉDICTION
14e PÉCHÉ MORTEL
15e AFFAIRE
LA 16e SÉDUCTION
17e SUSPECT

JAMES PATTERSON
AVEC CANDICE FOX

Pile ou face

TRADUIT DE L'ANGLAIS (ÉTATS-UNIS) PAR SEBASTIAN DANCHIN

L'ARCHIPEL

Titre original :

FIFTY FIFTY
Publié par Little, Brown and Company, New York.

ISBN : 978-2-253-10395-0 – 1re publication LGF

1

La perfection incarnée. Une fille d'une beauté rare, vive et insaisissable, émergeant des ténèbres à la façon d'un papillon de nuit attiré par la lumière.

Il avait patienté plusieurs heures au deuxième étage du parking, dans l'espoir de dénicher la victime idéale. Plusieurs étudiantes avaient traversé la pelouse en contrebas, à l'heure des changements de cours. Un sac de toile à l'épaule, parfois un gobelet de café à la main, les paupières plissées à cause du soleil. Le campus s'était à nouveau vidé, mais il s'était entêté.

Le beau temps ne faisait qu'accentuer l'ombre qui enveloppait le recoin du parking, à droite de l'escalier, dans lequel il était tapi. Son cœur s'était mis à battre plus vite lorsqu'il avait vu une cible potentielle se diriger vers le bâtiment, mais l'intéressée n'avait pas gravi la moitié des marches en béton qu'il comprit son erreur. Le portable collé à l'oreille, la fille riait et gloussait. Non. Il saurait qu'elle était la bonne en la voyant. De grands yeux de biche, une moue apeurée, des poignets fins qu'il prendrait plaisir à tordre.

Il fut pris d'une soudaine envie de fuir. Il était dangereux de rester là trop longtemps. Le campus tout entier était en alerte depuis que la police avait découvert le résultat de ses expéditions précédentes. Marissa. Ella. Rosetta. Toutes de jolies brunes salies, mutilées. Autant de figures tragiques abandonnées sur le sable. Depuis que l'on connaissait l'existence du tueur de la Georges River, les étudiantes se teignaient les cheveux lorsqu'elles ne les coupaient pas. Elles se déplaçaient en groupe le soir, se faisaient accompagner jusqu'à leur voiture par les agents de sécurité de l'université. Il ne faisait pourtant pas une fixation sur les cheveux, même si la ressemblance avec la première, bien des années plus tôt, ne lui avait pas échappé. Non, c'était avant tout l'innocence de ces étudiantes qui lui parlait. Une innocence doublée d'une certaine assurance. Il s'intéressait essentiellement à leur façon de marcher la tête haute, avec la même impatience qu'un bouton de rose en train d'éclore.

Il s'obligea à davantage de patience. Son plan avait toujours fonctionné jusque-là, le bouquet final méritait un minimum de risques. Quelques minutes tout au plus. Un bruit de pas résonna dans la cage d'escalier et il s'autorisa un bref coup d'œil.

C'est alors qu'il la vit, la main agrippée à la rambarde, le front d'une blancheur de lys, les pommettes saillantes.

La perfection incarnée.

2

Il attendit qu'elle pénètre dans le parking pour lui enrouler un bras autour du cou et la tirer brutalement en arrière. L'adrénaline le fit tituber l'espace d'un instant. Pas un son ne sortit de la gorge de la fille, qui laissa tomber son sac. Il la musela d'une main et la traîna jusqu'à son véhicule, ses talons raclant le sol.

— Non ! protesta-t-elle d'une voix étouffée. Arrêtez ! Arrêtez ! Arrêtez !

Elle se débattit pour essayer d'échapper à son étreinte, mais il s'y attendait. Il connaissait par cœur la dernière valse de la victime. Il la serra contre lui de toutes ses forces sans lui laisser le moindre espoir de lui échapper. L'espoir est un poison dangereux.

Il n'aurait pas su dire d'où cette fille tenait son instinct de résistance. Elle était à sa merci. Il fallait croire que l'espoir l'avait bien empoisonnée, car il sentit le corps de la fille se raidir et elle leva les poings pour le frapper au visage.

Elle avait visé au hasard, mais il lâcha prise sous le choc. Elle s'écroula à ses pieds et lâcha un cri frénétique, presque mélodieux. Il lui donna un coup de pied dans le ventre dans l'espoir de reprendre l'avantage. Ce n'était pas du tout ce qui était prévu ! Elle se réfugia contre une voiture et il voulut la saisir à bras-le-corps, mais elle s'écarta juste à temps. Elle se releva et s'enfuit à toutes jambes, manquant de renverser au passage une autre fille qui assistait à la scène, médusée, un portable à la main.

— Cours ! eut le temps de lui crier la victime avant de dévaler l'escalier de secours. Cours !

Il se redressa. La seconde fille, sous le choc, tétanisée par le spectacle auquel elle avait assisté, restait figée sur place. De grands yeux marron, la peau noire, la bouche palpitante d'une femme paralysée par la terreur.

À défaut de figurer la perfection à ses yeux, elle lui offrait une surprise agréable.

Il la saisit par le poignet.

3

Elle perçut la rumeur de la télévision allumée dans un coin de la pièce en reprenant conscience. Les images qui défilaient à toute vitesse, les jingles criards, la litanie des pubs. Allongée sur un matelas, Caitlyn tourna la tête. Elle transpirait abondamment. Ou alors elle saignait. Elle voulut parler avant de s'apercevoir qu'une bande de ruban adhésif recouvrait sa bouche. Un vent de panique la submergea. Elle avait mal partout. Elle tenta de se redresser, gênée par le Scotch qui lui entravait les poignets. Elle avait le nez cassé.

Elle se trouvait dans une pièce bétonnée humide, sur un vieux matelas au pied duquel était roulée en boule une couverture. Des tonneaux de bière rouillés, des caisses en bois, un tas de détritus dans un coin. Des serpillières et des seaux, un casier rempli de bouteilles de lait, un aspirateur couvert d'une épaisse couche de poussière. La tête lui tournait, mais Caitlyn parvint à s'adosser au mur dans l'espoir de s'orienter. Elle avait les chevilles attachées. La peur étouffa brièvement le son de la télévision lorsqu'elle découvrit une silhouette debout face à l'écran, les bras ballants.

L'université, le parking… Elle était au téléphone, agacée par les recommandations ridicules de sa mère, en Californie, qui la mettait en garde contre le tueur du campus. Un après-midi ensoleillé. L'image se brouillait d'un seul coup, le rideau tombait avant de s'écarter à nouveau sur une scène digne d'un film d'horreur. La fille qui se débattait dans les bras de ce type encagoulé, au milieu des voitures, et qui passait à côté d'elle en un éclair. *Cours! Cours!* Caitlyn n'avait pas couru. Elle était restée figée sur place. Et puis le type qui déboulait devant elle et lui envoyait son poing en pleine figure.

Toutes les histoires d'enlèvement, de meurtre et de viol qu'on avait pu lui raconter défilèrent devant ses yeux. Un catalogue complet d'atrocités qui s'était rempli au fil des années, depuis l'époque où, toute petite, son institutrice leur recommandait de ne jamais parler aux inconnus. Les bouquins consacrés aux crimes célèbres qu'elle avait feuilletés à l'aéroport avant de prendre l'avion. Les détails macabres des documentaires policiers à la télé. Les filles violées dans des caves qui évoquaient en tremblant les sévices subis. *Tu en fais désormais partie*, pensa Caitlyn. *Le cauchemar ne fait que commencer.*

Le type debout face à la télé était furieux, à en juger par les muscles tendus de ses épaules. Les yeux écarquillés, elle le vit passer la main sur l'arrière de son crâne rasé et se gratter furieusement la nuque. Sur l'écran, les flics poussaient un type menotté en direction d'un fourgon cellulaire.

… *l'arrestation de Samuel Jacob Blue pour les meurtres de trois jeunes femmes enlevées dans les environs immédiats du campus universitaire de Sydney. La police aurait appréhendé Blue à…*

— Ce n'était pas ce qui était prévu, murmura l'homme au crâne rasé.

Il se retourna et lança un coup d'œil en direction de Caitlyn, recroquevillée contre le mur.

Elle le sentit hésiter.

— Putain de putain de putain…

Des bouffées successives de rage le submergèrent, qui remontèrent le long de ses bras. Les nerfs se tendirent sous la peau luisante de transpiration au niveau de son cou.

Il reporta son attention sur la télévision en se prenant la tête entre les mains.

— Ce n'était pas terminé !

Caitlyn, stupéfaite, le vit s'agenouiller devant l'écran, tout tremblant. Ses doigts se crispèrent tandis qu'apparaissait à l'image le visage apeuré de Samuel Jacob Blue avant que se referment les portes du fourgon cellulaire, sous le regard haineux de la foule.

— J'ai besoin de toi, Sam, j'ai besoin de toi, balbutia le ravisseur, hypnotisé par le reportage.

4

Quatre mois plus tard

Quatre mois. Cela faisait cent vingt-sept jours, très précisément, que mon frère était en prison pour des crimes qu'il n'avait pas commis. Debout sur les marches du tribunal, ignorant mon coéquipier, j'ai refait le calcul dans ma tête. Non, je ne m'étais pas trompée. Perchée sur ces hauts talons ridicules, les tympans percés par les vociférations de la foule, je me disais que c'était un jour de plus volé à Sam. J'ai tiré comme une damnée sur ma cigarette en serrant contre moi mon petit sac à main rose. Chaque seconde qui s'écoulait ajoutait à mon calvaire, dans le cirque médiatique qui entourait le procès du tueur de la Georges River. Un jour de plus sans Sam.

Je fais partie de la brigade des délits sexuels au sein de la police de Sydney. J'ai longtemps pensé que j'étais douée pour ce boulot, grâce à mes capacités d'adaptation. Je renifle les salopards à cent pas et n'ai pas d'états d'âme lorsqu'il s'agit de m'affranchir du règlement, du moment qu'ils avouent. Une dent en moins par-ci, un doigt cassé par-là. J'ai vu des mecs trembler devant moi. Harriet Blue, un mètre soixante de terreur pure. Autant je sais me montrer intraitable avec le suspect d'un enlèvement pour viol, autant j'ai le don de recueillir tout en douceur les confessions d'un gamin abusé dont les psychologues avertis n'ont rien tiré.

Il y a quatre mois, mes collègues ont procédé à l'arrestation la plus spectaculaire de leur carrière, persuadés d'avoir taupé le salopard qui avait torturé et assassiné trois étudiantes. Mon intuition, mes compétences ou ma formation ne m'avaient pas préparée à accepter que le coupable soit mon propre frère.

Les gens ne parlaient que de ça et les journaux le considéraient comme le pire tueur en série de l'histoire australienne, ce qui n'est pas peu dire. Ils le comparaient aux monstres qui avaient occupé avant lui cette place peu enviable. Je pense à Ivan Milat, « le tueur des routards », à Arnold Sodeman, « l'étrangleur de petites filles », à Eric Edgar Cooke, « le visiteur du soir ». Et voilà que Samuel Jacob Blue venait ajouter son nom à cette liste sinistre. On l'accusait d'être le tueur de la Georges River, coupable d'avoir assassiné trois ravissantes étudiantes en leur faisant subir des sévices atroces.

Depuis quatre mois, je m'efforçais d'obtenir la libération de mon frère, sûre de son innocence. Le type qui avait enlevé, violé, torturé et étranglé ces trois filles ne pouvait pas être le gamin qui venait se réfugier contre moi la nuit dans les dortoirs des services de Protection de l'enfance. Ce ne pouvait pas être le petit garçon terrifié qui me murmurait à l'oreille dans le noir, inquiet de savoir dans quelle famille d'accueil on allait nous placer. Ce n'était pas non plus l'ado qui prenait ma défense face aux élèves qui venaient me chercher des noises au prétexte que j'étais différente. Ou encore celui qui m'envoyait une carte pour mon anniversaire quand personne n'y pensait au sein de mes familles d'adoption successives. Je ne savais pas qui était le tueur de la Georges River, mais il ne pouvait pas être doté de l'âme généreuse de mon frère.

Les inévitables badauds et autres acariens de salle d'audience attendaient l'ouverture des portes un peu plus loin. L'un d'eux, en me reconnaissant, a craché par terre en déclarant à voix haute au copain qui faisait la queue avec lui :

— Elle était forcément au courant.

— Ne les écoute pas, Harry, m'a recommandé mon coéquipier, l'inspecteur Edward Whittacker, en me tirant par le bras. Tu vas te mettre en colère pour rien.

Le mieux était encore de lui mentir.

— Je ne suis pas en colère. Je suis même d'un calme olympien. C'est aujourd'hui que va enfin éclater la vérité.

J'attendais cette fichue *vérité* depuis l'arrestation de mon frère. La preuve d'un faux témoignage, un témoin surprise, n'importe quoi. J'avais beau avoir épluché le dossier de Sam, je n'avais pas encore trouvé le moyen d'établir son innocence, mais je ne désespérais pas. Il m'arrivait d'imaginer le coupable entrant dans la salle d'audience et passant aux aveux. En un mot, je n'étais pas disposée à renoncer.

J'ai vu la silhouette massive de Liam Woolfmyer, le procureur, se diriger vers nous, accompagné d'un collègue. Tout en me tenant le bras d'une main, Whitt a redressé sa cravate de l'autre.

— Pas un mot, m'a-t-il ordonné dans un souffle.

— Si tu continues à m'arracher le bras, ce ne sont pas des mots qui vont t'arriver, mais des bricoles.

— Je ne te préviendrai pas deux fois, Harry, a répliqué Whitt en me fusillant du regard par-dessus ses lunettes.

J'ai cru qu'il allait tourner de l'œil quand j'ai agoni d'injures Woolfmyer le premier jour du procès. Au fond de moi vit une Harriet sauvage que je suis incapable de contrôler. Elle est capable de relever sa mauvaise tête sans prévenir, et les commentaires des gens qui faisaient la queue commençaient à la démanger sérieusement. Du coin de l'œil, j'ai vu que Woolfmyer m'observait d'un air moqueur, très sûr de lui, en glissant une remarque à son compagnon.

— Samuel Blue ne tiendra pas une nuit à la prison de Long Bay. Il est bien trop beau gosse, un caïd voudra en faire sa pute.

Mon alter ego a pris le dessus. Sourde aux injonctions de Whitt, je me suis précipitée dans le sillage de Woolfmyer. Sans même en avoir conscience, je lui ai tapoté sur l'épaule, il s'est retourné et je lui ai envoyé mon poing dans la tempe.

5

J'ai une âme de guerrière depuis toujours. La vie ne m'a pas vraiment laissé le choix. Quand vous avez connu une enfance comme la mienne, vous apprenez à vous défendre physiquement. J'étais une vraie teigne jusqu'au jour où mon chef m'a appris à boxer. Il a eu l'imprudence d'enseigner le noble art à une fille batailleuse, autodidacte et sans scrupules. La taille importe peu quand on sait s'y prendre. J'ai cueilli le procureur avec une droite soignée en usant de toute la puissance de mon bras, de mon épaule et de ma hanche.

Il s'est écroulé sans un bruit, si l'on excepte celui de son corps sur le trottoir dans le murmure soyeux de sa robe de magistrat. On aurait dit un gros oiseau abattu d'un coup de fusil en plein vol.

J'ai immédiatement regretté mon geste en jetant autour de moi un regard circulaire. L'ami de Woolfmyer reculant d'un pas mal assuré. Whitt, les mains tendues vers moi, frappé d'effroi. La foule, les journalistes. Soudain horrifiée par ce que j'avais fait, je me suis retrouvée éblouie par le crépitement des flashs.

Paradoxalement, j'ai hésité à aider ma victime à se relever, à épousseter sa robe, à lui donner une tape amicale dans le dos, comme si tout allait s'arranger, mais il restait allongé par terre, inconscient.

Rien ne s'est arrangé, bien au contraire. Le flic qui montait la garde à l'entrée du tribunal est arrivé d'un air menaçant en détachant les menottes accrochées à sa ceinture.

6

J'ai commencé par observer les femmes enfermées dans la cellule avant d'en franchir la grille. On aurait dit une bande de chats blasés, paresseusement allongés sur les bancs métalliques. L'une des filles lisait un magazine people, à plat ventre par terre. D'autres magazines du même tonneau étaient empilés sur l'un des bancs. Un bel assortiment de prostituées, de dealeuses et de voleuses à l'étalage. Je me suis assise sur le banc le plus proche, la tête dans les mains, et la grille s'est refermée bruyamment.

J'imagine que la plupart des filles enfermées en cellule au commissariat de Parramatta doivent penser comme moi ce matin-là. Que leur vie est foutue. Qu'après avoir commis leur lot de conneries, elles tiennent le pompon. C'est à ça que servent les cellules, à regretter ce qu'on ne peut plus changer. À comprendre qu'on finit immanquablement par payer l'addition.

Quand l'inspecteur en chef Nigel Spader s'est arrêté devant ma cellule, je faisais craquer mes phalanges endolories. Il s'est adossé contre le mur et m'a regardée à travers les barreaux en croisant ses bras couverts de poils roux.

— Harriet, dans quelle merde t'es-tu encore fourrée ?

Il faut savoir que c'est Spader et ses hommes qui ont arrêté mon frère. J'ai tout tenté pour intégrer son équipe sans comprendre pourquoi on me refusait de participer à l'enquête la plus médiatisée du moment alors que je possédais les compétences nécessaires. J'étais loin de me douter que Sam était leur principal suspect. Je n'ai jamais pu supporter Nigel de toute façon, j'avais déjà eu avec lui plusieurs discussions animées. En me servant de mes poings.

— Quoi de neuf ?

— Woolfmyer s'en remettra, m'a répondu Nigel. Il en est quitte pour une légère commotion cérébrale.

— Tu sais s'il a l'intention de porter plainte pour coups et blessures ?

— À ton avis ? a ricané Nigel. Je te signale que tu l'as assommé.

— Woolfmyer, le procureur ? est intervenue la fille allongée par terre. T'as assommé un procureur ?

J'ai adressé un signe à Nigel, histoire de lui signifier que notre conversation n'intéressait pas le grand public, mais il était trop tard. Toutes les filles me dévisageaient avec intérêt.

— S'ils ont décidé de me boucler, je veux qu'on m'apporte mes notes. Elles sont dans mon sac. Je ne vais pas renoncer à défendre Sam.

— Harry, a fait Nigel en s'approchant des barreaux de la cellule. Ton frère est un tueur en série. Il est temps que tu te réveilles et que tu arrêtes de te complaire dans le déni. Je te connais, en dépit des différends qui ont pu nous opposer. On ne l'a pas enfermé pour t'embêter. On l'a arrêté parce qu'il a assassiné trois filles.

J'ai lancé une poignée de magazines dans sa direction et Nigel a baissé la tête instinctivement. Les filles m'ont applaudie bruyamment et leur réaction m'a refroidie. Je serrais les mâchoires au point de grincer des dents.

Je me suis adressée à Nigel d'une voix calme en faisant signe à mes compagnes de cellule de se calmer :

— J'imagine que tu lui as arraché des aveux de force, étant donné la pression qui régnait autour de cette affaire.

Nigel a secoué la tête.

— Harry, Sam et toi êtes des individus violents. Je peux en témoigner personnellement, a-t-il ajouté en caressant la cicatrice que je lui avais infligée alors qu'il me piquait ma place de parking pour la septième ou huitième fois.

La fille allongée par terre a rampé vers moi, un grand sourire aux lèvres.

— Attends une minute, a-t-elle couiné. Tu veux dire que t'as tapé ce mec-là aussi ?

— Eh oui. Et il a pleuré comme un bébé.

7

J'étais en train de montrer aux filles comment frapper du gauche sans se fracturer le poignet quand j'ai vu arriver le Vieux. Il a fait signe au gardien de déverrouiller la porte de la cellule.

Mon chef. Mon ami. Mon entraîneur au club de boxe, celui qui a senti chez moi l'agressivité qui fait vibrer la moelle de mes os. Le Vieux n'a pas prononcé une parole en remontant le couloir. Je marchais à côté de lui, gênée par mes foutus hauts talons. J'ai fini par les retirer.

Face à la rangée de cellules s'ouvraient les portes des bureaux de mes collègues, avec le corridor au milieu en guise de no man's land. Mon frère vivait dans le monde que je venais de quitter, celui des criminels. Mon existence, jusque-là, s'était déroulée dans l'univers de la police et de tous ceux qui combattent les méchants, et voilà que j'avançais en équilibre instable sur le fil qui sépare les deux.

— J'ai eu une petite discussion avec le juge Steiner, m'a expliqué le Vieux. On a procédé à l'audience pour coups et blessures sans toi.

— Quoi ?!!

J'en suis restée sans voix, ce qui n'est pas courant chez moi.

— Woolfmyer a accepté de ne pas porter plainte à condition que soit prononcée contre toi une ordonnance restrictive. Le juge a donné son accord.

Je n'arrivais toujours pas à parler, au point que le Vieux a haussé ses épais sourcils.

— Exactement. Tu es interdite de procès. Tu n'as plus le droit de mettre les pieds au tribunal, ou d'approcher le procureur Woolfmyer à moins de cinq cents mètres. En clair, tous les endroits où il a ses habitudes te sont interdits. À commencer par la prison où est enfermé ton frère, ou encore le cabinet de son avocat.

— Mais c'est…

Je tremblais de rage.

— C'est parfaitement raisonnable, a rétorqué le Vieux en haussant les épaules. Le juge aurait très bien pu te condamner *et* prononcer une ordonnance restrictive. Il ne l'a pas fait parce que je l'ai convaincu que tu allais quitter la ville.

Un jeune flic s'est approché avec mon sac à main, confisqué au moment de mon arrestation. Je lui ai arraché des mains cette horreur rose avant de chercher furieusement mes cigarettes.

— J'ai promis à Steiner de te mettre sur une enquête dans un désert quelconque le temps que tu te calmes.

— Non. J'ai l'intention de camper sur les marches du tribunal, puisqu'on m'interdit de pénétrer à l'intérieur. Je refuse d'abandonner Sam.

— Le juge avait prévu ce genre de réaction, a réagi le Vieux en secouant la tête. Il aurait préféré te laisser en prison, mais je me suis engagé à t'envoyer le plus loin possible, comme la dernière fois, au moment de l'arrestation de Sam[1].

— C'est hors de question.

Mes mains tremblaient tellement que je n'arrivais pas à trouver mes cigarettes.

— Blue, m'a hélée le Vieux en voyant que je me dirigeais vers la sortie. Je ne te laisse pas le choix. Si tu mets le nez dehors, le juge te fera coffrer et tu ne seras d'aucune utilité à Sam. Tu crois peut-être que tu pourras assurer sa défense depuis une cellule de prison ? Tu auras de la chance s'ils te donnent une feuille de papier et un crayon.

Je me suis figée face aux portes en verre.

Sa proposition présentait certains avantages. Rien de tel qu'un petit tour dans un trou paumé australien le temps de se faire oublier. Tout pour ne plus penser au calvaire qu'endurait mon frère. Le déni a du bon.

— Combien de temps est valable cette ordonnance ?

— Neuf jours.

Je me suis mordu la langue pour ne pas pleurer. Je ne suis pas une chialeuse, ni une mauviette. J'ai pris appui sur la poignée de porte, le temps de me reprendre.

— Tu as gravement déconné, Blue, a insisté le Vieux.

C'était rare qu'il utilise des gros mots. Je l'ai regardé droit dans les yeux.

---

1. Voir *Plus jamais* (L'Archipel, 2019).

— Tu es une tête brûlée et c'est ce que j'aime chez toi. C'est en partie grâce à ça que tu es une bonne flic. Tu n'as peur de rien et tu as la niaque, mais il est préférable que tu prennes le large avant de provoquer de sérieux dégâts. Tu vois, ça ? a-t-il ajouté en touchant du doigt le col à volants de mon chemisier. Tu ne trompes personne. Tu as l'air à peu près aussi inoffensive qu'un tueur à gages dans ta tenue de princesse. Quand tu ne casses pas la figure d'un procureur, tu fais la tronche.

J'ai poussé un grand soupir. J'aurais voulu qu'il me serre dans ses bras, sauf que ce n'est pas mon genre.

— On parle de neuf jours, Blue. Que voudrais-tu qu'il arrive de dramatique en neuf jours ?

8

J'ai posé ma tête contre la vitre de la voiture. La nuit était tombée sur le désert de Nouvelle-Galles du Sud où l'on m'avait exilée. Pour mon bien, et celui de Sam.

Six heures me séparaient de Sydney : quatre en avion, et deux en voiture. Nous traversions un désert de terre rouge aux confins de la frontière sud-ouest de l'État où nous attendait une constellation de bourgades minuscules, dont White Cliffs (cent trois habitants) et Tibooburra un peu plus à l'ouest (deux cent soixante-deux habitants) étaient les plus importantes. La fille qui tenait le volant – une jolie blonde rondelette en uniforme poussiéreux, une casquette de baseball vissée sur le crâne – papotait sans répit depuis mon arrivée à l'aérodrome, enchaînant les explications sur la région, son histoire et la nécessité de se méfier des serpents à cette saison. J'étais tellement furax contre moi-même que je l'écoutais à peine, entre deux soupirs discrets. Je voyais déjà le moment où elle allait me demander pourquoi je me retrouvais là. Comment lui expliquer ?

— D'après le journal…

Elle s'est humecté les lèvres, un réflexe courant quand on est hésitant.

— Le procureur t'a adressé une remarque désobligeante ?

— La remarque était destinée à mon frère. Il trouvait drôle que Sam se fasse violer en prison. Je travaille au service des délits sexuels, et ce genre de vanne ne me fait pas rire.

— Tu as bien raison ! Sans compter qu'il s'agissait de ton frère, s'est écriée la fliquette, compatissante. Quoi qu'il ait fait, il a droit…

— Il n'a rien fait du tout. Il est innocent.

Je me suis aperçue que je n'avais pas retenu le nom de cette fille, tant j'étais obnubilée par mes problèmes. J'ai fourragé dans le dossier posé à mes pieds avant de le transférer sur la banquette arrière. Au passage, un coup d'œil sur le rabat m'a permis de savoir que ma conductrice était le sergent Victoria Snale.

— En tout cas, a fait cette dernière sur un ton enjoué, les photos publiées à la une étaient super. Le procureur étalé sur le trottoir, toi au-dessus. Tu n'y es pas allée de main morte.

Son commentaire m'a mis un micron de baume au cœur.

— Le tout n'est pas de frapper fort, mais au bon endroit.

— En tout cas, tu es ici, et je ne vais pas m'en plaindre, a repris Snale. C'est pas drôle tous les jours, dans le coin. Je ne suis pas mécontente d'avoir une collègue avec qui discuter, si tu vois ce que je veux dire.

— Combien y a-t-il de flics dans la vallée ?

— Des flics d'active, tu veux dire ? Parce qu'on a aussi un retraité qui…

— Des flics d'active.

— Je suis la seule.

Elle s'est tournée vers moi en souriant.

— Maintenant, on est deux.

Sans vouloir briser le rêve de Snale, je n'avais pas l'intention de m'éterniser dans ce trou. Nous serions deux pendant neuf jours, point barre, après quoi Victoria Snale pourrait reprendre son monologue.

À l'instant où prendrait fin l'ordonnance restrictive, je retournerais me battre au nom de mon frère contre cet enfoiré de Woolfmyer et sa *dream team* de juristes.

Ce paysage désertique m'était familier puisqu'on m'avait déjà expédiée au milieu de nulle part le jour de l'arrestation de Sam, loin de mes charmants collègues et de leurs regards gênés. Sur le moment, j'avais succombé au plaisir pervers de ne plus penser à mon frère, mais la situation n'était plus la même aujourd'hui.

J'ai serré contre moi le dossier contenant toutes les pièces et les notes que j'avais réunies. Une épaisse liasse de documents détaillait les pistes sur lesquelles je m'étais lancée. Des impasses la plupart du temps, auxquelles j'avais consacré des semaines, en quête du moindre indice susceptible de blanchir mon frère. Ce dossier était usé jusqu'à la corde, mais c'était ma bouée de sauvetage. Tant que je l'aurais avec moi, je n'abandonnerais pas Sam.

9

— Je te propose d'admirer la vue avant d'aller nous coucher, m'a proposé Victoria Snale avec une expression radieuse. Tu vas adorer.

Elle a rangé le 4x4 sur le bord de la route. Je suis descendue, le temps de respirer l'air du désert et de laisser le vent chaud me caresser les cheveux. Au-dessus de ma tête, la voûte étoilée brillait de tous ses feux. Je me sentais à des années-lumière de mon quotidien, avec l'impression rassurante d'être un grain de sable.

Snale m'a fait signe de la rejoindre sur un piton rocheux.

— Viens voir ! C'est là. La vallée de la Dernière Chance.

Elle a embrassé le paysage d'un geste théâtral en direction d'une maigre poignée de lumières regroupées sous le regard de la lune. J'ai hoché la tête en laissant échapper poliment un grognement intéressé. Je m'en voulais de m'être montrée si distante tout le long du trajet.

— On ne s'en rend pas vraiment compte à cette heure, mais le village se trouve au fond d'un énorme cratère. Le plus grand de tout l'hémisphère Sud.

La crête sur laquelle on se trouve en fait le tour. Le cratère est de forme ovale et le patelin se trouve pile au centre, avec des fermes tout autour. La première famille s'est installée ici il y a deux cents ans. La vallée compte désormais soixante-quinze habitants.

— Très bien.

— On ne sait pas très bien comment s'est formé ce cratère. C'est peut-être celui d'un volcan, à moins que ce ne soit le résultat d'une météorite. Des chercheurs viennent régulièrement étudier les lieux. C'est passionnant. En pareil cas, je veille à ce que tout le monde en ville se tienne convenablement.

— Génial.

— Les pionniers qui se sont installés ici devaient s'imaginer que le cratère les protégerait contre les tempêtes de sable, a-t-elle suggéré en faisant rouler un caillou avec l'extrémité de sa botte. Ce n'est malheureusement pas le cas, c'est même le contraire. Le vent d'été dépose sur la vallée une couche de poussière épaisse de dix centimètres. Sans parler des inondations, car le sol est imperméable. C'est ce qui explique qu'on a de l'herbe et du blé, et pas mal de bétail. D'un autre côté, comme il n'y a pas un brin d'herbe à des milliers de kilomètres à la ronde, les champs attirent des nuées de sauterelles.

Imaginez un peu ce que ça aurait donné si Snale avait été directrice de l'office du tourisme, au lieu d'être flic ? J'avais toutes les peines du monde à garder mon sérieux.

— Des sauterelles ?

— Oui. La dernière invasion en date vient de s'achever. Tiens, en voilà une.

Elle a tendu un doigt dans ma direction et j'ai découvert sur mon bras une énorme sauterelle brune aux couleurs du désert, avec ses taches et ses raies rouges et brunes. Je me suis retenue de pousser un hurlement.

Snale l'a attrapée et l'a jetée dans le vent, qui s'est chargé de l'emporter.

Je me suis gratté le bras à l'endroit où cette fichue bestiole s'était posée.

— Super.

— Elles mordent, mais ça ne fait pas vraiment mal.

— Si je puis me permettre, en quoi consiste ma mission, précisément ?

— Eh bien, figure-toi que quelqu'un a décidé de tous nous tuer, m'a-t-elle répondu d'un air enjoué.

10

De retour dans la voiture, Snale a sorti de la boîte à gants un carnet accompagné d'une liasse de photocopies. Elle a redémarré tout en laissant allumée la veilleuse, de sorte que je puisse lire.

— Un chauffeur de poids lourd a trouvé ça dans un sac à dos abandonné sur une aire de repos.

Elle a tendu le pouce en arrière.

— À cinq kilomètres d'ici, on est passées devant tout à l'heure. Il s'était arrêté pour dégager un kangourou mort accroché à sa calandre quand il a repéré le sac. Il me l'a apporté. L'analyse détaillée de plusieurs tueries, accompagnée de descriptions d'armes et de plans de massacres. On a pensé que ce truc avait été rédigé par quelqu'un qui avait, ou qui a toujours, l'intention d'abattre le plus grand nombre de personnes possible dans la vallée de la Dernière Chance.

— À quand remonte la découverte de ces notes ?

— Le routier me les a apportées avant-hier.

— Tu as laissé repartir le type en question ?

— Ouais.

J'ai senti se hérisser les poils de ma nuque en découvrant ces photocopies. J'ai parcouru en diagonale les lignes rédigées d'une écriture minutieuse avant de m'intéresser à des croquis réalisés à la main d'un type en sweat à capuche poursuivant des gens qu'il fauchait à l'aide d'un énorme fusil. Le plan de la ville était accompagné de noms et d'adresses. J'ai ensuite examiné le carnet, enfermé dans un sachet en plastique transparent. Pas de nom, évidemment. Il ne fallait pas rêver.

J'ai tout de suite été frappée par le degré de précision de ces notes. Ces pages regorgeaient de notes et d'illustrations, recto et verso. On trouvait aussi des extraits de livres soigneusement collés sur certaines feuilles. L'individu qui avait réalisé ce travail était calme et méthodique. Ses dessins, parfaitement exécutés, tenaient davantage de scènes de guerre que de gribouillis macabres commis par un fou. Il avait pris le temps de photographier sous divers angles plusieurs bâtiments de la vallée. Ces notes étaient le résultat d'un travail minutieux, il ne s'agissait pas de simples spéculations.

Snale a franchi la crête et nous avons entamé la descente à l'intérieur du cratère. Le bord opposé découpait sa silhouette dentelée dans une lueur orangée.

J'ai vu l'éclair de l'explosion avant d'entendre la détonation, à cause de la distance. Un grondement sourd oppressant.

Une boule de feu a traversé le ciel devant nous.

— Mon Dieu ! s'est écriée Snale en s'accrochant à son volant.

Je me suis redressée sur mon siège en repoussant les photocopies.

— Allons voir. Vite !

11

L'explosion, de l'autre côté de la vallée, avait provoqué un incendie de broussailles. Nous avons remonté à toute allure la rue principale, guidées par la lueur des flammes, en longeant de petites maisons protégées par des clôtures. Snale serrait les mâchoires, les paupières plissées.

— Si ça se trouve, ce sont des gosses avec des pétards, a-t-elle murmuré. Les gamins du cru sont plutôt sauvages.

— L'explosion me paraît trop importante pour être provoquée par des pétards.

Le 4 x 4 a remonté la petite route en lacet dans un rugissement de moteur. Snale prenait les virages si serrés que j'ai dû m'agripper à ma portière. On voyait bien qu'elle était habituée à conduire vite.

Nous avons été assaillies par une forte odeur de poudre en nous garant sur le bas-côté. Snale, qui n'avait pourtant rien d'une athlète, a bondi au milieu des broussailles avec l'agilité d'un lièvre, l'arme au poing. À défaut d'avoir une lampe, je me suis laissé guider par la sienne, mon jean lacéré par les épineux.

Le feu était sur le point de s'éteindre de lui-même, étouffé par les herbes drues et les feuilles huileuses des eucalyptus.

La fumée me brûlait les yeux et j'ai bien failli m'étaler en butant sur les restes d'une chaise en plastique. Trois de ses pieds en métal étaient enfoncés dans la terre et son dossier fondu s'était recroquevillé sur lui-même. Snale m'a rejointe en soufflant. Le faisceau de sa lampe a glissé sur mon visage avant de s'arrêter sur la chaise.

— Je peux ?

Sans attendre sa réponse, je lui ai pris la torche des mains, à la recherche du cratère provoqué par l'explosion. Des lambeaux de chair noircie gisaient dans l'herbe.

— Oh non, a gémi Snale à mi-voix. Oh non, oh non.

J'ai remarqué la présence d'un objet qui brillait dans l'obscurité. Une poignée en forme de volant en partie explosée. Des entrailles et du sang partout. Des poils ou des cheveux. Un animal ? J'ai repoussé la poignée métallique du pied. Je ne voulais pas y toucher, faute d'avoir sur moi le matériel nécessaire au recueil d'indices.

Je me suis tournée vers Snale.

— C'est une vanne de bouteille de propane.

— C'est dingue, a réagi ma collègue en frissonnant avant de me reprendre la lampe avec ses doigts glacés. Diiiingue !

Je l'ai suivie jusqu'à un triste trophée pendu à une branche, agité par la brise. La main et l'avant-bras calcinés d'un homme, du ruban adhésif encore collé à hauteur du poignet.

Je me demandais comment ce bras pouvait encore rester pendu quand il est tombé à nos pieds. Snale a laissé échapper un cri de terreur. Elle s'est soudain agrippée à moi, affolée par un rugissement de moteur : un véhicule de grande taille venait de quitter la route à hauteur de l'endroit où nous avions garé le 4x4 et fonçait sur nous.

12

Des projecteurs. Huit, très précisément, qui perçaient la nuit de façon aveuglante. J'ai instinctivement levé le bras pour me protéger les yeux. On aurait pu croire qu'une soucoupe volante était sur le point d'atterrir. Snale a eu le réflexe d'armer son revolver avant de pousser un ouf de soulagement.

— Ah, c'est Kash, m'a-t-elle annoncé d'une voix rassérénée, comme s'il s'agissait de la meilleure nouvelle de la journée.

Je me suis accrochée au pan de sa chemise en me laissant guider par elle.

— Putain de phares !

— Les mains en l'air ! a tonné une voix. Qui êtes-vous ?

— C'est moi, a répondu Snale en levant les bras. C'est moi, Vicky, avec mon amie Harriet.

Mon amie ? Elle allait un peu vite en besogne.

La silhouette d'un géant est apparue dans la lumière. On aurait dit un chien fou qui respirait fort. En dépit des projecteurs de son pick-up, il avait une torche à la main.

— Vicky ? D'accord. Tu as vu le suspect ? Où est le suspect ? Tu sais où il s'est enfui ?

— Le *quoi*? Quel suspect?

Tout en posant la question, j'essayais de distinguer le visage du nouvel arrivant. Il avait un menton carré et des cheveux noirs.

— Vous, a répliqué Kash en me montrant du doigt. Redescendez jusqu'au pied de la colline et fouillez les environs au sud et à l'est sur un kilomètre ou un kilomètre et demi. Snale et moi, on prend la direction opposée. On se retrouve ici dans vingt minutes.

— Avec quoi vous voulez que je fasse la moindre fouille? Il faudrait déjà que je recouvre la vue.

— Allez! Au trot!

Goliath s'est enfoncé au milieu de la brousse en écrasant tout sur son passage, à la façon d'un tank. Un peu perdue, je me suis élancée dans la direction qu'il m'avait indiquée.

Rien n'indiquait qu'un suspect s'était évanoui dans la nature, mais le géant ne m'avait pas laissé le temps de réfléchir avec ses aboiements furieux. J'étais furieuse et vexée, mais je me suis exécutée, sans rien découvrir.

Snale et le monstre qu'elle appelait Kash m'attendaient quand je suis revenue à mon point de départ. Elle examinait les restes humains en s'éclairant à l'aide de sa lampe. Son compagnon l'observait, les mains sur les hanches, l'air sûr de lui. À la lumière des projecteurs de son énorme pick-up, il ressemblait à une figurine de commando avec ses lunettes à la Clark Kent et sa tête carrée. Il s'est dirigé vers moi, la main tendue.

— Elliot Kash, unité antiterroriste, département de lutte contre l'islamisme.

Je comprenais mieux son comportement à présent. Il était attaché à la Sécurité nationale. J'avais déjà croisé la route de types dans son genre.

— J'aurais dû m'en douter.

— Vous étiez au courant de ma présence ici ? m'a-t-il répondu. Tant mieux, ça nous fera gagner du temps. Commençons par sécuriser la zone en établissant un barrage au niveau de la route. On procédera à une fouille en règle du secteur toutes les heures au cas où le suspect pointerait à nouveau son nez. Ils reviennent souvent filmer leurs méfaits pour poster des images sur leurs sites.

Kash ne m'avait même pas demandé mon nom, ou les raisons de ma présence ici. Je n'ai pas insisté.

— De qui parlez-vous, exactement ? Pour l'instant, je n'ai vu que la victime et la bombe. Comment pouvez-vous connaître les motivations du coupable ?

— Vous avez lu le carnet ?

— Vaguement.

— Alors vous avez un train de retard, a soupiré Kash. On vous débriefera quand on aura établi un périmètre de sécurité. Vous aurez tout le temps de poser des questions plus tard. Allez. Je m'occupe de la scène de crime.

Cette fois encore, j'ai obéi sans réagir, sous l'emprise verbale du géant. Je me suis dirigée machinalement vers l'endroit où était garé le 4x4 avec l'intention de le placer en travers de la route, d'installer des torches de détresse et de voir si Snale avait des cônes de signalisation à l'arrière du véhicule de façon à guider les automobilistes éventuels vers le bas-côté, le temps de les interroger. Il ne m'est pas venu à l'idée de remettre en cause la présence d'un suspect dans les parages.

J'ai fini par reprendre mes esprits. Je me suis arrêtée net, le front plissé. Snale, qui s'était élancée à ma suite, m'est rentrée dedans.

— Désolée, s'est-elle excusée. On a besoin de renforts. Je vais passer un appel radio à l'équipe de la commune la plus proche. Ce qui nous arrive est grave. Très grave.

Clairement, il n'était jamais rien arrivé d'aussi tragique dans la vallée de la Dernière Chance. Peut-être était-ce même la première fois que ces gens étaient victimes d'un crime de sang.

— Pas de souci, l'agent Tête-de-con a la situation bien en main.

— Tu ne comprends pas, s'est-elle défendue. On vient de retrouver la tête de la victime. Il s'agit de mon chef.

13

Il lui rendait visite un jour sur deux, quand la température commençait à baisser. Caitlyn en avait déduit que c'était à la tombée de la nuit, faute de pouvoir en avoir la certitude dans sa prison de béton dépourvue d'ouvertures. Les premières fois, elle s'était préparée au pire en imaginant la suite en détail des heures durant, les intestins en compote, incapable de savoir comment elle réagirait s'il la violait ou la torturait. À moins qu'il n'ait prévu de la tuer à petit feu. Et puis une semaine s'était écoulée sans qu'il passe à l'acte, ce qui avait plongé Caitlyn dans les affres.

Assise sur son matelas dans le noir, elle sentit monter en elle une colère froide.

L'inconnu au crâne rasé fit tourner la clé dans la serrure, ouvrit la porte, descendit les marches de la cave et posa devant elle deux sandwichs comme on en trouve couramment dans les stations-service, l'un au poulet et l'autre au rosbif, deux bouteilles d'eau, deux barres chocolatées et un rouleau de papier-toilette destiné au seau abandonné dans un coin. Il ne la regardait jamais dans les yeux et le rituel était toujours le même. Il déposait la nourriture, remplaçait le seau par un autre, propre, et repartait en verrouillant la porte derrière lui.

Caitlyn avait tout tenté. Elle s'était postée derrière la porte armée d'une bouteille de vin dénichée dans une caisse et avait tenté de l'assommer, mais elle avait manqué sa cible de quelques centimètres. Elle avait alors brisé plusieurs bouteilles jusqu'à obtenir un tesson acéré dont elle avait voulu se servir contre lui, sans plus de succès. Il l'avait repoussée brutalement et elle était tombée au pied de l'escalier en se blessant à la nuque dans sa chute.

Apprenant de ses erreurs, Caitlyn avait mis au point un plan plus sophistiqué la fois suivante. Elle avait découpé la toile de son vieux matelas en lanières puis avait réuni celles-ci de façon à fabriquer une corde qu'elle avait tendue devant la porte. Il avait trébuché et elle en avait profité pour se jeter sur lui et le frapper avec une planche arrachée à l'une des caisses en bois. Elle avait bondi hors de la pièce, trouvant tout juste le temps d'apercevoir un couloir avant qu'il ne lui attrape la cheville et la ramène de force dans sa prison. Le couloir bétonné, menant à un escalier qui permettait de monter dans les hauteurs du bâtiment, était encombré d'objets lourds qu'il repoussait devant la porte chaque fois qu'il la refermait. Caitlyn avait aperçu des prospectus jaunis ainsi qu'une boîte moisie contenant des chiffres en laiton, comme ceux que l'on fixe couramment aux portes. Un vieil hôtel, peut-être ? Sa geôle était toujours reliée au réseau électrique, en tout cas, puisque la télé fonctionnait. Dans ce cas, pourquoi n'entendait-on pas ses appels à l'aide ?

Caitlyn ne savait pas si son ravisseur était particulièrement résistant, ou bien si le manque de nourriture et de sommeil l'avait affaiblie, mais elle ne faisait pas le poids face à lui. À mesure que les jours s'écoulaient, elle éprouvait les plus grandes difficultés à rester éveillée, à réfléchir, et même à pleurer. En journée, elle appelait au secours. La nuit, elle regardait la télévision en s'arrachant les cheveux par poignées.

Elle avait fini par comprendre qu'il la retenait prisonnière parce que son plan, quel qu'il soit, n'avait pas fonctionné comme il le souhaitait. Il se contentait de la maintenir en vie. Elle ne l'intéressait nullement. Mais s'il ne voulait pas la prendre de force, la torturer ou même lui parler, pourquoi diable la retenait-il prisonnière ?

Aux infos, il était constamment question du tueur de la Georges River. Cela faisait des mois que Sam Blue tenait la vedette.

Tout en se rongeant les ongles, elle repensa à la réaction de son ravisseur le premier soir. Sa surprise et sa fureur ne faisaient aucun doute lorsque le visage de Samuel Blue s'était affiché sur l'écran. Elle l'avait clairement entendu dire que son plan tombait à l'eau.

Quel plan ? Caitlyn avait bien compris qu'elle n'était pas la victime initialement choisie par son ravisseur. Elle avait eu le malheur d'arriver au moment où l'autre fille réussissait à prendre la fuite, mais était-ce la seule raison du désarroi de son ravisseur ? Elle l'avait vu se prendre la tête à deux mains de rage lorsqu'il avait appris l'arrestation de Sam Blue. Les deux affaires étaient-elles liées ?

L'inconnu était-il le complice du tueur de la Georges River ?

14

Edward Whittacker rajusta sa cravate en regardant son reflet dans l'une des fenêtres du tribunal, puis s'efforça d'aplatir une mèche rebelle. Harriet lui manquait étrangement, alors qu'elle avait fait preuve du plus grand détachement depuis le début du procès.

C'est tout juste si elle lui adressait la parole depuis la fin de leur enquête précédente. Il avait pourtant décidé de quitter Perth et de s'installer à Sydney afin de soutenir cette nouvelle coéquipière dont il avait appris à admirer la détermination. Harriet Blue n'avait pas un caractère facile. Elle se montrait le plus souvent dure et imprévisible. Lorsqu'ils s'étaient rencontrés à l'autre bout de l'Australie, son frère venait tout juste d'être arrêté et Harriet avait perdu le peu d'urbanité dont elle faisait preuve jusque-là dans ses rapports humains. Whitt ne s'en était pas moins attaché à elle au cours de l'affaire à laquelle ils étaient tous deux affectés : un tireur fou qui abattait ses victimes comme des chiens. Harriet était une fille bien, en dépit de l'épaisse carapace derrière laquelle elle se dissimulait. C'était le moment ou jamais de l'aider. Sinon, à quoi servent les amis ?

Debout à l'écart de la foule rassemblée devant les marches du palais de justice, Whitt écoutait attentivement le préfet de police de Nouvelle-Galles du Sud, un homme large d'épaules vêtu d'un uniforme orné d'étoiles rouge et argent. Les micros tendus en direction du préfet Sorrell oscillaient au rythme de ses mouvements de tête. Au premier rang, une journaliste à la silhouette frêle faisait de son mieux pour ne pas lui marcher sur les pieds, poussée par la masse de ses confrères.

— Nous avons la conviction que nous retrouverons Caitlyn McBeal saine et sauve. Nous savons déjà qu'elle ne se trouve pas entre les griffes du tueur de la Georges River puisque le principal suspect était sous surveillance le jour de son enlèvement. Les services de police de Sydney avaient d'ailleurs procédé à l'arrestation de Samuel Jacob Blue avant même que Caitlyn soit aperçue pour la dernière fois. Je suis au regret de ne pas être en mesure de vous en dire davantage à cette heure.

Whitt avait pu recueillir certains détails de l'enlèvement. Celui-ci, survenu sur le campus de l'université de Sydney, n'avait pas tout de suite retenu l'attention des médias, du fait de l'arrestation de Sam Blue le même jour. On murmurait également sur le Net que Linny Simpson, une jeune étudiante, avait été agressée par un inconnu dans le parking de l'université au même moment. En parvenant à s'échapper, elle avait croisé une jeune Afro-Américaine dont le signalement correspondait à celui de Caitlyn McBeal.

Whitt avait été aux anges en apprenant la nouvelle. Pouvait-il s'agir d'un nouveau méfait du tueur de la Georges River ? Si c'était le cas, Sam se trouverait automatiquement innocenté. Encore fallait-il retrouver Caitlyn McBeal.

Très vite, la version de Linny avait été remise en cause. Elle avait reconnu s'être évanouie après avoir dévalé l'escalier du parking, traumatisée par son expérience. Elle s'était cogné la tête en tombant et son témoignage, recueilli par la police, présentait un certain nombre de contradictions. Elle avait affirmé que son ravisseur voulait l'obliger à monter dans une camionnette blanche avant de déclarer que le véhicule était vert. L'homme, initialement grand dans son souvenir, ne l'était plus par la suite, et il y avait une autre fille dans le parking, en plus de Caitlyn. Ou peut-être même deux.

Le passé de Linny avait été examiné à la loupe. On s'était aperçu qu'elle s'était droguée à l'adolescence et qu'elle avait porté plainte contre un ancien petit ami en prétendant qu'il la harcelait, avant de changer d'avis. Les enquêteurs, qui continuaient de chercher Caitlyn McBeal, avaient entendu dire que celle-ci avait été aperçue dans le Queensland, loin de Sydney. On parlait désormais de fugue, le cas de figure le plus courant en cas de disparition. Il n'était pas rare que quelqu'un disparaisse des écrans radar en abandonnant tout derrière lui afin de commencer une nouvelle vie ailleurs. Whitt avait été confronté à plusieurs cas similaires au cours de sa carrière. Des mères qui abandonnaient leurs gosses purement et simplement avant de réapparaître des années plus tard sous un autre nom à l'autre bout du pays. Caitlyn, originaire des États-Unis, vivait loin de chez elle et n'avait pas d'attache particulière à Sydney. Rien ne l'empêchait de disparaître, même provisoirement.

Toujours est-il que les explications de Linny Simpson n'étaient pas prises au sérieux par les enquêteurs, au prétexte qu'elles étaient floues.

Et pourtant, si elle avait raison, son témoignage venait à l'encontre des certitudes des flics chargés de l'enquête sur le tueur de la Georges River, ce qui avait deux implications directes : Sam Blue était innocent, et le tueur courait toujours.

15

Postée sur le bas-côté, j'ai regardé le soleil se lever au-dessus du cratère dont la noirceur contrastait avec le rose du ciel qui s'embrasait. La température montait vite et le village ne tarderait pas à résonner des rumeurs relatives à l'explosion de la nuit précédente. Les fermiers du cru, alertés par la détonation, commençaient à affluer. Poussés par la curiosité, ils interrogeaient Snale en coulant dans ma direction des regards circonspects.

Cette dernière peinait à rester calme. Son chef, un sexagénaire nommé Théo Campbell, dit La Soupe, était le malheureux propriétaire de la tête ensanglantée découverte à une dizaine de mètres du lieu où avait éclaté la bombe. J'imagine que l'avant-bras et la main accrochés à une branche lui appartenaient également, de même que les lambeaux de chair éparpillés à travers les broussailles. Nous ne nous étions pas éternisés sur la scène de crime, laissant à la police scientifique de Sydney tout le loisir d'opérer. Les équipes de l'identité judiciaire ne tarderaient pas à repartir dans leur hélicoptère. Les policiers de Milparinka, la bourgade la plus proche, étaient censés nous rejoindre d'une minute à l'autre afin de sécuriser la zone et de garder le pick-up du regretté chef de la police locale, garé près du lieu de l'explosion. La police de Milparinka se limitait à deux agents, de sorte que nous serions cinq au total. Étant habituée à sécuriser des scènes de crime avec plusieurs dizaines de collègues, je me sentais complètement perdue dans un tel contexte.

J'ai rejoint le 4x4 de Snale et je me suis installée sur le siège passager en laissant ma portière ouverte, le temps de consulter les photocopies du carnet. Je ne voulais pas tirer de conclusions hâtives. Tout indiquait que Campbell avait été assassiné, ce que semblait confirmer le ruban adhésif qui lui entourait le poignet. On pouvait difficilement imaginer qu'il ait choisi de se suicider en s'asseyant sur une bombe alors qu'il disposait d'une arme de service en parfait état, mais j'aurais aimé trouver un lien avec l'attentat dans ce carnet.

Il n'était question que d'armes à feu tout au long des premières pages. J'ai posé sur mes genoux les photos de deux beaux adolescents. Ce passage du carnet s'intéressait de près à Eric Harris et Dylan Klebold, les auteurs de la tuerie du lycée de Columbine dans le Colorado qui avait fait treize morts (douze élèves et un prof) et vingt-quatre blessés. Je connaissais bien l'affaire pour avoir lu plusieurs ouvrages qui y étaient consacrés. L'auteur du carnet avait dressé une liste sous l'intitulé « Atouts », à côté d'un croquis d'un Harris à l'air féroce :

1/ Veiller à mettre le moins de personnes possible au courant.

2/ Choisir les victimes en fonction de l'impact qu'aura leur disparition.

3/ Acheter des armes en toute discrétion.

À quoi correspondaient ces trois points ? L'auteur du carnet établissait-il les caractéristiques du massacre idéal ? Les pages suivantes continuaient de s'intéresser aux efforts des auteurs de la tuerie américaine, avec des citations tirées de leurs journaux intimes ainsi que des plans de leur établissement scolaire. En tout, cinq pages du carnet étaient consacrées au drame de Columbine. J'ai senti mes intestins se nouer en découvrant une note en marge de la dernière page.

Treize victimes. Je peux faire mieux !

16

Elliot Kash a posé ses énormes bras sur le bord de la vitre ouverte de ma portière. J'ai machinalement sorti une cigarette, je sentais que j'allais en avoir besoin.

— J'ai eu longuement les gars de Victoria au sujet de notre affaire, mais je tenais à t'en parler avant que l'enquête passe à la vitesse supérieure, histoire de partager avec toi mes états d'âme. À ce stade, notre priorité est la sécurité. J'ai besoin qu'on opère en toute confidentialité. On ne dit rien à personne, sachant que ce patelin recèle un loup solitaire, voire une cellule terroriste dormante. On ne peut pas se permettre de laisser fuiter la moindre info.

J'ai recraché un nuage de fumée dans l'air cristallin de ce petit matin.

— Je trouve tant de trucs à redire à ton entrée en matière, je ne sais pas par où commencer.

Kash a ouvert de grands yeux.

— Ah ! Vraiment ?

J'ai répondu en regardant la vallée en contrebas.

— Oui, vraiment. Avant de partager avec moi tes états d'âme, je serais curieuse de savoir qui t'a chargé de diriger cette putain d'enquête.

— Moi tout seul, comme un grand, a-t-il ricané. Je suis un agent fédéral, au cas où ça t'aurait échappé.

— Ce serait difficile. Opérer en toute confidentialité ? Qui parle comme ça de nos jours ?

— Moi.

— Ouais, toi et ton copain GI Joe.

— Quoi qu'il en soit, c'est moi l'agent fédéral dans notre couple, alors c'est moi qui décide.

— Tu décideras le jour où nous aurons la preuve qu'il s'agit effectivement d'une unité terroriste islamiste.

Tout en parlant, je feuilletais les pages du carnet.

— Et à en juger par le contenu de ces pages, ça n'arrivera *jamais*. Je ne vois rien ici qui s'apparente de près ou de loin à l'islamisme. Pour l'instant, je vois surtout l'œuvre d'un admirateur de deux demeurés issus de l'Amérique blanche moyenne qui ont tiré sur leurs copains de classe.

— Ce carnet est un recueil de terrorisme pur, et je sais de quoi je parle, donc j'ai la main.

— Non.

— Si !

— Non. Tu auras la main quand le ministre de la Justice arrivera jusqu'ici à bord de son hélico doré sur tranche et qu'il remuera son gros cul jusqu'au sommet de cette colline pour me dire que c'est toi qui diriges l'enquête.

J'ai étendu mes pieds sur le tableau de bord.

— En attendant, on travaille main dans la main tous les trois. Toi, Vicky et moi.

Kash a éclaté de rire en se penchant à l'intérieur de l'habitacle.

— Snale est tout juste capable de retrouver les chiens de berger égarés et de virer les pochetrons du pub local. Elle nous sera utile uniquement pour nous renseigner sur la faune locale.

J'ai feint d'ignorer sa remarque.

— Je m'étonne aussi que tu puisses me soupçonner de laisser fuiter des informations sensibles quand bien même ce serait une enquête fédérale. Tu es sérieux ?

— Et même très sérieux.

Il a tiré de la poche arrière de son pantalon un article de journal plié en quatre. J'ai fait la grimace en me reconnaissant à la une du *Telegraph*, le procureur Woolfmyer à mes pieds. Une version miniature de Wonder Woman, les seins tendus sous le chemisier ridicule que je portais ce jour-là. J'ai essayé de contenir ma fureur.

— Ce n'est pas toi ? m'a demandé Kash avec un petit sourire condescendant.

— Va te faire foutre.

— Personne ne m'avait prévenu que je serais le baby-sitter d'une flic explosive coupable d'insubordination. J'étais censé me retrouver à la tête d'une unité opérationnelle de première bourre, avec pour mission de conseiller les autorités du cru.

Il a tendu un pouce en direction de Snale.

— C'est comme ça que ça marche dans ce genre de situation. On envoie un spécialiste pour infiltrer le milieu local et choper les suspects le jour où ils pointent le bout du nez.

Il m'a jeté à la figure l'article du *Telegraph*, qui a glissé à mes pieds.

— C'est sans doute à cause de ton frère que tu te montres aussi hostile, a repris Kash. Ou alors si tu es toujours de cette humeur, ça pourrait expliquer les agissements de Samuel. Je ne sais pas, mais il est hors de question que tu te comportes en électron libre, sous peine qu'un innocent paye les pots cassés. Je vous prie de vous tenir à carreau, madame Blue.

Je me suis approchée de son visage à le toucher.

— Et moi, je te prie de trouver un dentiste, parce que la prochaine fois que tu me parles mal, je te défonce les dents.

Nous nous sommes affrontés du regard et il a fallu que Snale nous rejoigne, un cahier à la main, pour qu'on détourne les yeux.

— Je tiens une piste, nous a-t-elle annoncé. Un premier suspect. Je vous préviens, ce n'est pas une bonne nouvelle.

17

Un petit groupe d'individus coiffés de chapeaux fatigués s'était rassemblé le long de la route. Ils discutaient avec animation en montrant le village du doigt d'un air courroucé, ce qui ne me disait rien de bon. De son côté, Snale semblait contenir son chagrin, mais elle avait le regard sombre de quelqu'un qui éprouve le besoin de pleurer. Elle a rejoint le 4x4 et s'est penchée vers moi.

— Le chef avait pris sa retraite il y a six mois, m'a-t-elle expliqué. Je suis la seule flic d'active ici. Le passage de relais s'est déroulé sur plusieurs mois et La Soupe continuait de me donner un coup de main chaque fois que j'en avais besoin. Il avait obtenu l'autorisation de conserver son arme de service et ses menottes dans ce but. Tout se passait bien, avec les incidents que vous pouvez imaginer. L'alcool au volant est le principal problème par ici, en dehors de Zac Taby et sa bande, des ados qui me donnent du fil à retordre.

— Quel âge a le Taby en question ?

— Quinze ans, m'a répondu Snale. Il est au lycée.

J'ai haussé les sourcils. Je ne m'étais pas imaginé qu'un patelin pareil puisse accueillir un établissement scolaire.

— Vous avez un lycée ?

— Douze des soixante-quinze habitants du village sont des enfants, a répondu Snale. L'école se trouve derrière la poste. Elle compte deux profs.

— Et tous ces gens sont persuadés que le carnet est l'œuvre de ce Taby, c'est ça ? D'un autre côté, c'est logique, puisqu'on y trouve un hommage appuyé à des ados imbéciles. Qui sont ces gens, exactement ?

— Les fermiers du cru, m'a expliqué Snale en jetant un coup d'œil par-dessus son épaule. Ils prétendent avoir vu Taby s'amuser avec de vieux moteurs à la casse de Tibooburra. Les locaux pensent systématiquement à lui chaque fois qu'on rencontre un problème. J'ai interrogé Zac quand on a retrouvé le carnet, mais je ne suis pas convaincu qu'il en soit l'auteur.

— Pour quelle raison ?

Snale a haussé les épaules.

— Chaque fois que je l'ai convoqué par le passé, c'est-à-dire souvent, c'était la croix et la bannière pour qu'il accepte de rédiger la moindre déclaration. Zac déteste écrire et je le vois mal passer des heures à remplir ce carnet.

— Quand les ados s'intéressent à un truc en particulier, ils sont capables de fournir les efforts nécessaires.

— Quel est le profil religieux de Zac ? a voulu savoir Kash.

— Je ne sais pas très bien. L'église la plus proche se trouve à Fowlers Gap. C'est une paroisse catholique. On n'a pas de mosquée dans le coin.

— Mais rien ne nous dit qu'il n'est pas musulman, a insisté Kash avec la ténacité d'un chien qui refuse de lâcher prise.

Snale a haussé les épaules à nouveau.

— Je ne sais pas. Il est d'origine pakistanaise. Les gens n'ont jamais vraiment accepté les Taby, ce sont les seuls qui ne sont pas blancs dans la vallée. Le problème n'est pas uniquement de savoir si Zac est responsable de l'explosion. C'est avant tout que les gens en sont persuadés.

— Je ne comprends pas.

— Les rumeurs ont tendance à se confondre avec les faits dans les petites villes. Nous avons eu un viol dans le village voisin l'an dernier et tout le monde a accusé le plombier alors qu'il avait un alibi et que l'ADN ne correspondait pas. Ça n'a pas empêché les habitants de le chasser.

Snale s'est éloignée en direction des types attroupés un peu plus loin.

Kash m'a fait signe de lui donner le carnet posé à côté de moi.

— Tu ferais mieux de me le confier. Il sera plus en sécurité si c'est moi qui en ai la garde. Je compte rédiger un rapport après en avoir analysé le contenu.

Comme je ne faisais pas mine de lui donner le carnet, il a tendu la main.

— Ne compte pas sur moi pour jouer à ton petit jeu.

— Quel petit jeu ? s'est étonné Kash.

— Cette rivalité de cour d'école. Cette danse rituelle qui te pousse à agiter fièrement la queue en espérant m'obliger à reculer. Ça ne prend pas avec moi.

— Ah bon ?

— Non, et je vais t'expliquer pourquoi. À vue de nez, je dirais que tu as dans les… dans les trente ans ?

— J'ai trente-trois ans.

— Très bien. Et moi j'en ai trente-six. J'avais deux ans quand les services sociaux nous ont retirés à notre mère, avec mon frère. Elle faisait le trottoir et se droguait. J'ai passé seize ans en famille d'accueil. Je ne compte même plus les fois où on a changé d'adresse. Parfois ensemble avec Sam, parfois séparés. On n'est jamais restés plus d'un an au sein de la même famille, mais les gamins nous sortaient invariablement les mêmes phrases chaque fois qu'on débarquait dans un nouvel endroit. *C'est ma maison. C'est mes parents. Tu ne touches pas à mes jouets. Je t'interdis de prendre ma mère dans tes bras. Tu n'es pas chez toi.*

L'expression butée de Kash s'est légèrement adoucie. Je crois surtout que ma candeur le déroutait. Je me suis penchée vers lui pour qu'il comprenne bien que je ne plaisantais pas.

— Depuis que je suis née, les gens passent leur temps à me dire que je n'ai rien à foutre sur leur territoire, et ma réponse n'a jamais changé.

Il attendait la chute.

— Je suis ici chez moi.

18

Whitt se faufila au milieu de la foule qui bloquait l'allée centrale de la salle d'audience et trouva sans peine une place sur l'un des bancs occupés par les rares soutiens de l'accusé. Un coup d'œil par-dessus son épaule en direction de la tribune lui montra que les journalistes, penchés sur leurs téléphones, envoyaient les dernières informations à leurs rédactions respectives en attendant l'ouverture des débats.

Les murmures se turent à l'arrivée du frère d'Harriet dans le box des accusés, escorté par des agents. Son costume était tout chiffonné. Whitt essaya de croiser son regard, mais Sam observait fixement le fond de la salle.

La journée devait être consacrée aux témoignages des experts psychiatriques. Le docteur Hemsill, un petit homme affublé d'un gros nez, fut appelé à la barre et lut son rapport en évitant soigneusement de regarder l'accusé.

— On peut estimer que le passé compliqué de Samuel Blue est directement lié à des troubles du comportement dus aux stupéfiants que prenait sa mère pendant sa grossesse. Les tests font apparaître une réactivité limitée au niveau du cortex préfrontal et du complexe amygdalien, dont on sait qu'ils constituent les zones du cerveau les plus affectées par la consommation de drogue in utero. Le cortex préfrontal contrôle nos fonctions sociales et nos inhibitions. C'est lui qui nous empêche de réagir de façon violente lorsque nous sommes en colère, par exemple.

Tout en prenant des notes, Whitt repensa à Harriet. À toutes les fois où il l'avait vue enfoncer des portes, lancer des objets ou se ruer en avant, les poings serrés, lorsqu'elle ne contrôlait plus son stress. Il essaya de chasser ces images de son esprit.

— Les sujets concernés ont souvent un caractère impulsif, poursuivit le médecin en soupirant. Ils se laissent guider davantage par leurs émotions que par la raison. Les capacités de socialisation de Samuel Blue se trouvent grandement entravées par ses troubles neurologiques. Il possède des capacités empathiques limitées et peut se montrer agressif. Il a le plus grand mal à cultiver des amitiés, tout en faisant preuve d'une loyauté déraisonnable à l'endroit de ses rares amis.

Whitt s'aperçut qu'il avait machinalement écrit *Harry* au lieu de *Sam* en prenant des notes. Il ratura le prénom et entoura l'expression *capacités empathiques* avant de tapoter machinalement la page avec la pointe de son stylo. Harry, à l'image de son frère, était agressive et imprévisible. En revanche, elle ne manquait nullement d'empathie. Ayant passé quinze jours au cœur du désert à ses côtés et partagé le même dortoir, il avait pu constater combien son sommeil était agité, combien elle prenait à cœur les méfaits du tueur de la mine de Bandya. Elle avait littéralement souffert le jour où le meurtrier avait sciemment écrasé l'araignée qui avait élu domicile dans leur baraquement. Whitt se demandait même si son ressenti à l'endroit d'autrui n'était pas anormalement exacerbé, à en juger par la façon outrancière dont elle s'embarquait dans des croisades au nom d'individus qui ne le souhaitaient pas, ou ne le méritaient pas.

Whitt émergea brusquement de ses pensées. Il se frotta les yeux, jeta un regard autour de lui et remarqua la présence, à l'autre extrémité de la rangée, d'un individu au crâne rasé qui assistait aux débats sans bouger, les mains sur les genoux. Whitt n'aurait pas su expliquer pourquoi l'inconnu avait attiré son attention. Sans doute la concentration extrême dont il faisait preuve, ou encore le fait qu'ils étaient les deux seuls occupants de ce banc. Celui de derrière était vide. Mais ce n'était pas les seules raisons. Alors que tous les regards étaient tournés vers l'écran sur lequel s'affichait un schéma coloré du cerveau humain que commentait le docteur Hemsill, l'inconnu au crâne rasé ne quittait pas des yeux Samuel Blue.

Il ne se contentait pas de l'observer, il était *hypnotisé* par l'accusé, à la façon d'un chat en présence d'un oiseau. Whitt sentit se dresser les poils de ses avant-bras. Son instinct lui dicta de ne jamais oublier le visage de l'inconnu. Il s'empara de son stylo et ouvrit une nouvelle page de son carnet, mais lorsqu'il releva la tête avec l'intention de croquer le visage de l'homme au crâne rasé, celui-ci avait disparu.

19

Installée dans la cuisine de Snale, les coudes sur la table et la tête dans les mains, j'écoutais distraitement ma collègue faire la cuisine. La journée avait été longue et à la minute où Snale m'avait montré mes quartiers, un lit de camp installé tout au fond de sa grande véranda close, j'avoue avoir été tentée de me glisser entre les draps et d'enfoncer ma tête dans l'oreiller. J'avais toutes les peines du monde à m'intéresser au carnet ouvert devant moi. Snale m'a rejointe, un bloc coincé entre ses dents et un verre de vin dans chaque main.

— Ne le vide pas trop vite, m'a-t-elle recommandé. Le vin est une denrée rare par ici. Nous sommes seulement ravitaillés tous les quinze jours.

Un grognement inquiétant s'est fait entendre et j'ai bien failli recracher la gorgée que j'allais avaler en voyant une énorme créature grise surgir du couloir : un cochon d'un mètre cinquante de long, au corps tacheté couvert d'un fin duvet noir. Il s'est approché lentement dans la cuisine en ne m'accordant qu'une attention distraite.

Pour la première fois de la journée, je n'ai pas pu retenir un sourire.

— C'est quoi ce bordel ?

— C'est simple, a soupiré Snale. Il y a dans ce village trente-trois adultes de sexe masculin, et trente d'entre eux sont mariés. L'un des trois derniers a soixante-dix ans et les deux autres ne s'intéressent pas à moi. Il faut bien combler la solitude.

J'ai éclaté de rire.

— Tu aurais pu choisir un chien.

L'énorme porc s'est vautré sur une couverture installée près de la porte en poussant un grognement guttural.

— Jerry est mon seul compagnon, a repris Snale. Il se déplace lourdement et ronfle comme un sonneur la nuit, du coup je ne me sens pas seule.

Kash, qui avait quitté la pièce pour passer un coup de fil, est arrivé sur ces entrefaites.

Les techniciens de l'identité judiciaire avaient procédé aux relevés d'ADN et d'empreintes sur l'original du carnet, de sorte que nous étions libres de le consulter à loisir. Snale leur avait également confié le sac à dos tout neuf dans lequel il avait été découvert, sans rien d'autre. Ce détail était curieux : pourquoi s'embarrasser d'un sac quand il suffisait de glisser le carnet dans une poche ? Le sac, d'un rouge vif, était-il censé attirer l'attention ? L'auteur des notes retrouvées dans le carnet souhaitait-il que l'on retrouve ce dernier ?

J'ai continué à feuilleter le carnet pendant que Kash et Snale discutaient. L'auteur de ces lignes avait fait des recherches poussées sur les techniques de fabrication d'engins explosifs. Il s'intéressait tout particulièrement aux bombes réalisables à partir de produits et d'objets domestiques. Il entendait reprendre l'idée initiale de Dylan Klebold et Eric Harris, qui avaient tenté de faire sauter la cafétéria de leur lycée avec des bouteilles de gaz, sans succès, avant de se lancer dans le massacre de leurs camarades.

— On pourrait réunir des échantillons d'écriture de tous les habitants et les comparer à celle du carnet, a suggéré Snale.

J'ai aussitôt ajouté sa proposition à la liste des tâches à effectuer avant de jeter un œil sur son cahier de notes.

— Ce sont les premières constatations de la police scientifique ?

— Oui, m'a-t-elle répondu. Une bombe au propane ordinaire. Les techniciens pensent que Théo était assis sur une chaise, la bonbonne de gaz sous son siège ou entre les jambes au moment de l'explosion. Il faisait face au village. Olivia, sa femme, est accablée, comme tu peux l'imaginer.

— A-t-elle réfléchi à des suspects éventuels ?

— Elle n'avait pas les idées claires. Elle m'a expliqué que Théo était parti dans le village voisin réparer le toit d'un copain, un certain David Lewis. Il était censé dîner sur place. Comme il ne répondait pas sur son portable, elle a pensé qu'il avait décidé de dormir là-bas. Je retournerai l'interroger dans un jour ou deux, le temps qu'elle encaisse le choc.

— En attendant, on peut aller voir David Lewis. Lui demander si Théo était dans son état normal.

— D'accord.

— Qui d'autre aurait été aperçu sur la scène de crime ? a demandé Kash.

— On a retrouvé des empreintes de chaussures, lui a répondu Snale. Elles ne sont pas très nettes, mais il s'agit apparemment de chaussures de chantier ordinaires, taille 40. Quelqu'un a tourné en rond pas loin du lieu de l'explosion, sans qu'on puisse déterminer si c'était au moment de l'attentat. Ces empreintes ont très bien pu être laissées un ou deux jours plus tôt. Sinon, on n'a pas retrouvé l'arme de service de Théo, il est probable que le coupable a réussi à la subtiliser et s'en est servi pour l'obliger à s'asseoir sur la chaise.

— D'où venait la chaise en question ? a voulu savoir Kash. Je vois mal l'assassin l'apporter avec lui.

— Ce ne sont pas les encombrants qui manquent le long des deux routes du village. Les ados qui vont fumer en cachette là-haut s'amusent à jeter toutes sortes d'objets depuis la crête. Je fais la tournée tous les samedis soir, pour m'assurer qu'ils ne font pas trop de bêtises. La chaise se trouvait sûrement sur l'un de leurs camps de base. En revanche, ce n'est probablement pas le cas du ruban adhésif.

J'ai hoché la tête.

— Parlons du ruban adhésif, justement. A-t-on retrouvé les menottes de Théo ?

— Je doute qu'il les ait eues sur lui. De mon côté, je les emporte rarement. Depuis dix ans que je fais ce métier, je n'ai jamais eu l'occasion de menotter quelqu'un. Ça ne dérape jamais à ce point. Sans compter que je connais tout le monde. Et où voudrais-tu qu'ils s'enfuient ?

Je me suis tournée vers Kash, qui regardait fixement le verre de vin que je tenais à la main.

— C'est difficile, de fabriquer une bombe au propane ?

— Pas du tout, a-t-il répondu. C'est l'engin de prédilection des apprentis terroristes. Facile à fabriquer, à partir d'éléments faciles à obtenir. Le premier idiot venu peut y arriver. Il suffit d'une bonbonne comme on en trouve dans les barbecues à gaz et d'un bidon d'essence qu'on fixe sur la bonbonne avec du gros Scotch. On retire le bouchon du bidon, on introduit une mèche dans l'ouverture, on l'allume, on se carapate, et boum.

— Vous voulez dire qu'on pourrait en bidouiller une tout de suite avec la bonbonne de gaz du barbecue de Snale ?

— Tu peux fabriquer tout un tas de bombes à partir d'objets du quotidien.

Il a sorti son portable.

— Il me suffit de l'ouvrir, de dénuder le fil relié à la sonnerie pour créer une étincelle, et de le placer dans un flacon contenant un liquide inflammable quelconque. Tu n'as plus qu'à composer mon numéro et le tour est joué. Tu disposes d'une bombe activable à l'aide d'un portable.

— D'accord, mais où apprend-on toutes ces techniques ?

— Sur Internet, m'a répondu Kash.

— J'imagine que les agences de sécurité fédérales sont alertées quand quelqu'un fait ce genre de recherche.

— Si on ouvrait un dossier au nom de tous les ados qui se sont renseignés un jour sur le moyen de fabriquer une bombe, on n'aurait plus qu'à raccrocher les gants, a répondu Kash en s'intéressant cette fois au verre de Snale. On n'identifie pas les terroristes à partir de leurs recherches sur le Net. C'est du boulot d'amateur.

— Récupérons tout de même les adresses IP de tous les habitants. Rien ne nous empêche d'aller jeter un œil à leurs centres d'intérêt sur Internet.

— Pourquoi s'en prendre à La Soupe ? a murmuré Snale, la lèvre inférieure tremblante.

Elle s'est empressée de masquer son trouble en avalant une gorgée de vin.

— Pourquoi lui ? C'était une crème d'homme. Quelqu'un a fait les cent pas avant de l'attacher à une chaise, une bombe entre les jambes. Face au village. On voit tout de là-haut. Tout le monde, toutes les maisons.

— Si bien que tout le monde peut théoriquement te voir aussi.

— C'est vrai, a reconnu Snale. L'assassin entendait faire un exemple avec cette mise en scène. Sauf que le moment était mal choisi, tout le monde dormait. C'est à se demander s'il ne s'agissait pas d'une répétition. À moins que le public visé n'ait été Théo. Comme si on avait voulu qu'il voie le village étalé à ses pieds avant de mourir.

Je trouvais édifiantes les divagations de Snale. J'aurais aimé qu'elle poursuive, mais Kash l'a interrompue.

— Désolé de vous couper, mais vous avez l'intention de boire régulièrement au cours de l'enquête, toutes les deux, ou bien c'est exceptionnel ?

Nous nous sommes regardées, Snale et moi.

— Ne vous méprenez pas sur mes intentions. Snale a proposé des pistes intéressantes jusqu'ici, mais je vous ferais remarquer qu'on discute de l'enquête à bâtons rompus autour de la table comme des vieilles dames.

J'ai laissé échapper un ricanement.

— Tu préfères qu'on se réunisse dans le garage ? Ou bien qu'on choisisse quelqu'un pour animer les débats ? Toi, par exemple ?

— Je vous signale qu'on est en présence d'un dangereux terroriste, a rétorqué Kash en brandissant le carnet. J'ai comme l'impression que la gravité de la situation vous échappe.

— Nous prenons la situation très au sérieux, s'est défendue Snale. On relâchait la pression, rien de plus. La journée a été éprouvante. J'ai été obligée d'expliquer à une malheureuse que son mari avait été réduit en charpie au milieu des collines.

— Désolé, s'est excusé Kash en haussant les épaules. C'est juste que je ne suis pas sur la même longueur d'onde que vous deux. Quand on m'a envoyé en mission en Afghanistan, je voyais des types réduits en charpie dans les collines tous les jours et ça m'a endurci. De mon point de vue, il n'est pas normal de boire pendant le service.

Il s'est levé d'un bloc avant de quitter la pièce en trombe. En face de moi, Snale était sous le choc.

J'ai porté le verre à mes lèvres.

— C’est trop drôle. Je crois même que ce vin est encore meilleur à présent.

Snale s’est emparée du carnet.

— Jetons un œil à ce truc. Avec ou sans lui, nous allons coincer l’assassin.

20

Je n'ai dormi que d'un œil, perturbée par le contenu du carnet. J'y avais découvert, au fil des pages, un portrait détaillé de Cho Seung-hui, le tireur de l'université Virginia Tech qui a abattu trente-deux personnes sur le campus de Blackburg. Cette fois encore, le rédacteur du carnet avait dressé la liste des éléments les plus pertinents à ses yeux.

1/ Bloquer les portes avec des chaînes pour piéger les victimes.
2/ Réaliser un manifeste sous forme de vidéo pour expliquer ses motivations.
3/ Rester dans l'ombre, paraître le plus inoffensif possible avant l'attaque.

Cho avait agi sous l'emprise d'une rage contenue, ainsi que le montrait la vidéo tournée pendant qu'il effectuait ses préparatifs avant la tuerie. Une casquette à l'envers sur la tête, ce jeune homme à la mine grave et au regard sombre promettait une fin brutale à ses ennemis. Allongée dans le noir, j'entendais résonner ses paroles dans ma tête et je voyais défiler derrière mes paupières closes ses victimes affolées.

Le portrait psychique de l'auteur du carnet commençait à se dessiner. S'il… – je voyais mal qu'il puisse s'agir d'une femme – s'il avait décidé que ces mesures étaient caractéristiques d'une tuerie réussie, il était probable qu'il voudrait les appliquer le moment venu. On pouvait en déduire qu'il ne se ferait pas remarquer et résisterait à la tentation de recruter des complices. Il veillerait à se procurer les armes dont il avait besoin sans attirer l'attention sur lui. Rien de plus facile dans un bled dont tous les habitants étaient armés. L'assassin n'avait plus qu'à réunir ce dont il avait besoin le jour du drame, ou bien la veille, après avoir procédé aux repérages nécessaires.

Il fallait absolument que j'arrive à dormir, car jamais je n'attraperais ce type si je manquais de sommeil.

Je commençais tout juste à somnoler quand un grognement m'a ramenée à la conscience. Pensant qu'il s'agissait du cochon, je me suis levée et approchée de la porte moustiquaire de la véranda. J'ai reconnu la silhouette de Kash dans le jardin de terre battue, à peine visible dans la nuit. Je suis sortie, encore engourdie par la fatigue, et je l'ai trouvé torse nu, luisant de transpiration, en allumant la lumière extérieure.

— Qu'est-ce que tu fabriques ?

Il revenait de son jogging. Sans prendre la peine de me répondre, il a enchaîné dix pompes parfaites, aidé par des triceps qu'on aurait pu croire dessinés par un chirurgien esthétique.

— Tu es cinglé ? Il est… quelle heure est-il ?

— 2 heures.

— Ça t'arrive souvent de faire de la muscu en pleine nuit ?

— Le meilleur moyen de vaincre l'ennemi est de penser comme lui, m'a-t-il répondu en se lançant dans une série de dix sauts avec écart avant de s'allonger et d'enchaîner à nouveau les pompes.

— Il faut penser, agir et vivre comme l'ennemi. Je suis le même entraînement que les combattants talibans. Ils se relèvent la nuit pour entraîner le cerveau à s'affranchir du rythme circadien, ce qui leur permet de manger, de dormir et de disposer d'un haut niveau d'énergie physique à tout moment.

Je l'ai regardé s'éloigner en courant dans la nuit. À peine revenu, il a entamé de nouveaux exercices.

— Tu es accro à ce genre de truc, non ?

— De quoi tu parles ?

— De la lutte contre le terrorisme.

— Inutile de te moquer au seul prétexte que tu serais incapable de te lancer sur la même voie.

— Incapable de quoi, exactement ?

— D'avoir la même hygiène de vie. De t'engager sans réserve pour assurer la sécurité au niveau national. Ce n'est pas pour rien que tu es flic. Tu éprouves l'envie de défendre les autres, mais tu imiterais mon exemple si tu étais en capacité d'atteindre un niveau comparable au mien.

Tout en faisant des pompes avec un bras, il a touché du doigt sa poitrine.

— Et non comparable au tien, a-t-il ajouté en tendant l'index dans ma direction.

— Tu sais quoi, Kash ? J'ai croisé la route de sacrés connards dans ma vie, mais je crois bien que tu décroches la timbale. Tu es un abruti de première.

— Premier partout. C'est moi, a-t-il raillé.

— En plus, tu ne fais même pas ça comme il faut. Ta poitrine ne se trouve jamais à moins de dix centimètres du sol.

— C'est un défi ?

— Quitte à multiplier les exercices de muscu en pleine nuit comme un cinglé, je ne vois pas l'intérêt de s'entraîner à moitié.

— À moitié ?

Il s'est arrêté net.

— Tu es sérieuse ?

— Je ne rigole jamais avec les pompes.

— Tu ne tiendrais jamais aussi longtemps. J'en donne ma main à couper.

— Tu as sûrement raison.

Je suis retournée à l'intérieur de la maison en claquant la porte, le temps d'aller chercher mon sac au pied du lit de camp. J'ai sorti mes chaussures. Kash n'avait aucune idée de quoi j'étais capable. Ayant grandi dans la souffrance, une séance de muscu relevait pour moi du jeu d'enfant.

21

Cette séance de musculation nocturne m'a revigorée, mon enthousiasme a même atteint un pic quand Kash m'a annoncé d'un air piteux que j'avais gagné mon pari. Mon corps était moins glorieux, mis à mal par des dizaines de sauts sur place, de squats et d'allers-retours jusqu'au fond de la propriété. Chaque fois qu'il m'observait, je veillais à me gratter consciencieusement le nez tout en multipliant les pompes à la force de l'autre bras d'un air dégagé. J'étais dégoulinante de sueur à la fin de mon entraînement. Loin de me féliciter, mon nouvel équipier a regagné la maison en silence.

De retour dans mon lit, j'ai réfléchi à la suite de l'enquête jusqu'aux premières lueurs de l'aube. Le plancher grinçait et la véranda a tremblé sur ses bases comme une vieille carriole quand Jerry le cochon est venu me rejoindre au lever du soleil. Il m'a reniflée longuement en me regardant de ses grands yeux marron, puis il s'est couché à côté du lit en poussant un soupir d'épuisement.

Snale ne m'avait pas menti, ses ronflements étaient rassurants. Couchée sur le flanc, j'ai observé le ballet de ses oreilles au rythme de ses rêves. Sa chaleur irradiait tout le coin où je dormais et j'ai fini par sombrer en pensant à Sam.

J'aurais tellement voulu être en mesure d'aider mon frère, tout en me sentant impuissante. Il y avait contre lui trop d'indices. Sans parler de ses aveux.

Je me suis approché d'elle par-derrière, sans bruit. Je lui ai passé un bras autour du cou et je l'ai entraînée jusqu'à ma voiture…

Sam avait avoué les trois meurtres, avant de se rétracter moins d'une heure plus tard, à sa sortie de la salle d'interrogatoire, en affirmant avoir été maltraité par les enquêteurs. Je refusais de croire que mes propres collègues aient pu torturer psychologiquement mon frère, en l'épuisant et le menaçant, jusqu'à ce qu'il craque. Peut-être l'avaient-ils frappé. Il m'était arrivé de brutaliser certains suspects, en salle d'interrogatoire comme à l'extérieur. Mais incapable d'accepter la culpabilité de Sam, je m'efforçais de ne rien croire du tout.

Marissa Haydon avait été aperçue pour la dernière fois sur un petit parking situé à l'arrière du bar des étudiants, par un après-midi calme. Les relevés de cartes de crédit de mon frère apportaient la preuve qu'il se trouvait au même moment dans ce bar.

Ella Ramone avait été vue à quelques rues de l'université dans un quartier résidentiel proche de la rue principale de Newtown. Sam passait généralement par là aux alentours de la même heure lorsqu'il rentrait chez lui en sortant de la boîte de graphisme de Marrickville où il travaillait trois fois par semaine, les jours où il ne donnait pas de cours.

Quant à Rosetta Polear, elle avait disparu dans une petite rue proche de Parramatta Road, à deux pas de l'institut vétérinaire. Une caméra de surveillance installée dans un magasin de cycles avait enregistré la présence de Sam dans le coin un quart d'heure avant l'enlèvement de Rosetta.

Sam s'était trouvé à pied d'œuvre dans les trois cas. Les enquêteurs qui s'intéressaient à lui avaient noté un certain nombre d'éléments troublants. Il était célibataire et peu sociable, et il avait un passé de délinquant. S'il se montrait aussi violent que sa sœur lorsqu'il perdait les pédales, il était capable de se montrer extrêmement dangereux, ce qui avait poussé les enquêteurs à l'arrêter alors qu'ils ne disposaient d'aucune preuve formelle. Les médias leur mettaient la pression et une arrestation, quelle qu'elle soit, ne pourrait que les combler.

Les événements s'étaient accélérés lorsque la police avait découvert chez Sam des publications pornographiques scabreuses et toutes sortes de gadgets malsains. Une fois de plus, il ne s'agissait pas de preuves directes. On n'avait pas trouvé la moindre trace des filles dans son appartement, et les corps de celles-ci ne portaient pas de traces associées à Sam, mais l'accusation pouvait apporter la preuve qu'il était présent dans les environs des trois enlèvements.

Je me suis réveillée en sueur d'un demi-sommeil et j'ai aussitôt récupéré le dossier que j'avais glissé sous l'oreiller. J'ai feuilleté les photos de scènes de crime des victimes du tueur de la Georges River, gisant sans vie sur la rive. On apercevait les mêmes eucalyptus de l'autre côté des eaux boueuses du fleuve.

L'endroit avait forcément une signification aux yeux de l'assassin, restait à comprendre laquelle.

J'avais connu mon lot de cours d'eau, de champs et de forêts dans mon enfance. Il n'était pas rare que Sam et moi nous retrouvions au sein d'une famille nombreuse, au milieu d'une nuée d'autres gamins adoptés et d'enfants biologiques. Il suffisait que les services sociaux dénichent une famille d'accueil fiable pour lui fourguer un maximum de gosses. Le duo de gamins agressifs et moroses que nous formions avec Sam venait ajouter sa note colorée à l'arc-en-ciel des jeunes gens pris en charge par les couples de parents successifs chez qui nous avons été placés. En présence d'une telle ribambelle de gamins, les distractions habituelles n'étaient pas envisageables. Aller au cinéma coûtait trop cher, si bien qu'on nous emmenait généralement en forêt, à la campagne, ou à la plage. Nous avons passé pas mal de temps à nous balader le long des rives de la Georges River, mais ces sorties ne revêtaient pas plus d'importance que les autres. Dans ma tête, en tout cas.

Il est possible que Sam ait vécu des expériences dont je n'étais pas au courant. On nous a régulièrement séparés, parfois pendant une année entière, quand une famille d'accueil n'était pas disposée à nous accueillir ensemble. Peut-être un autre Sam que je ne connaissais pas s'était-il développé au cours de ces parenthèses. Un Sam dangereux.

22

Je ne vois pas ce que j'aurais pu dire à Kash et Snale en débarquant dans la cuisine ce matin-là. Kash lisait le *Herald* sur son iPad, plongé dans un article de deux pages consacré à mon frère.

J'ai enfoncé ma casquette sur ma tête.

— C'est l'heure d'y aller.

Nous nous sommes rendus sur la rue principale à pied. Kash, le portable collé à l'oreille, nous suivait à quelques mètres de distance et j'ai tendu l'oreille.

— Je ne suis pas d'accord. C'est moi qui l'ai acheté et tu… Mais enfin, Tenacity ! Tu peux me laisser parler une seconde ?

Tenacity. Je connaissais ce prénom. La première fois que j'ai entendu parler de Tenacity Bridge, j'ai pensé que sa mère s'était sans doute crue maline en affublant sa fille d'un prénom qui lui collerait à la peau jusqu'à la fin de ses jours. Je sais de quoi je parle. Heureusement que Jupiter est mon second prénom, pas le premier, ça m'a permis de le cacher le plus souvent.

J'ai croisé Tenacity lors d'une enquête du service des délits sexuels auquel je suis rattachée. Elle avait été victime d'un jeune type nommé Alex Finton qui s'était introduit nuitamment dans sa chambre par la fenêtre et l'avait l'agressée sexuellement. Restait à savoir si la Tenacity à laquelle téléphonait Kash était la même. Je doute que beaucoup de filles aient porté ce prénom.

La réalité m'a rattrapée lorsque j'ai vu la foule rassemblée devant le pub du village. Tous ont tourné vers Kash et moi des visages furibonds. Le type le plus proche a poussé un ricanement et je me suis aperçue qu'ils étaient quasiment tous armés de fusils.

— Les voilà ! s'est écrié un inconnu en venant à notre rencontre d'un air décidé.

23

— On veut savoir ce qui se passe.

Le type m'a défiée du menton puis s'est tourné vers Kash, dont il a jaugé d'un coup d'œil la carrure impressionnante.

— Il paraît qu'on veut nous attaquer, et Sydney nous envoie *deux* flics pour nous protéger ? N'importe quoi !

— Holà, du calme, l'a tempéré Kash en levant la main. Je ne suis pas un flic, mais un agent fédéral spécialisé dans l'antiterrorisme.

— Le terrorisme ?!!

Nos interlocuteurs ont échangé des regards inquiets en serrant contre eux leurs fusils.

— C'est un terroriste qui a fait ça ?

Je me suis interposée.

— Non, rien ne nous autorise à l'affirmer pour l'instant…

— Ces fichus musulmans, a grincé l'un des types. Je savais bien qu'ils finiraient par nous attirer des…

J'allais réagir avec virulence quand un petit rouquin dégarni et bedonnant s'est avancé.

— Inutile de perdre notre sang-froid, Jace, a-t-il déclaré en posant une main rassurante sur l'épaule de l'énervé au fusil. Je suis sûr que ces policiers savent ce qu'ils font.

Il m'a tendu la main.

— John Destro. Tout le monde m'appelle Dez.

— C'est le maire, m'a soufflé Snale.

L'intéressé a éclaté de rire, dévoilant des dents si blanches et régulières qu'on aurait pu les croire artificielles.

— En fait, la population de la Dernière Chance n'est pas suffisante pour qu'on puisse nommer un maire. C'est le titre qu'on me donne, les indemnités en moins. Comme je tiens le bureau de poste, je suis le personnage le plus puissant du village.

Il a tendu le bras en direction d'une bâtisse à un étage située de l'autre côté de la rue. Dez n'exagérait nullement en évoquant le pouvoir du postier dans un endroit pareil puisqu'il assurait la distribution des denrées de première nécessité : nourriture, alcool, outils, produits agricoles. On ne se met pas à dos le type qui contrôle autant de marchandises, surtout quand la moindre bourgade de plus de cinq cents habitants se trouve à deux jours de route de là.

— Je suis tout disposé à vous aider.

J'ai hoché la tête.

— Merci à vous. Commencez par conseiller à vos administrés de ranger leurs fusils. Aucune menace sérieuse ne plane actuellement sur les membres de cette communauté. La présence d'armes à feu à un moment où tout le monde est sur les nerfs pourrait se révéler dangereuse.

J'ai poussé la porte du pub. Les tables installées autour de l'estrade centrale étaient toutes occupées, les petits-déjeuners arrosés à la bière déjà bien entamés. Plusieurs personnes nous observaient depuis la galerie à l'étage, accoudées sur la rambarde. Dans la cambrousse, en cas de problème, les gens abandonnent leurs activités habituelles et se retrouvent invariablement au pub pour échanger des informations et prendre le pouls de la situation. C'est là que bat le cœur du village. Un barman au front couvert de transpiration se tenait derrière un bar vernis parfaitement astiqué. Il a porté à ses lèvres une pinte de bière sur laquelle était fixée une plaque en laiton au nom de « Mick le Trouduc ». À l'évidence, aucune loi locale n'interdisait de boire en travaillant. Au pub, en tout cas.

Je suis montée sur l'estrade, suivie par trente paires d'yeux. La moitié de la population de la vallée était présente, et ce n'est pas une figure de style.

Je me suis présentée d'une voix sonore.

— Bonjour, je suis l'inspecteur Harriet Blue, de la police de Sydney. J'ai plusieurs informations à vous communiquer.

Tout en prenant une longue respiration, je me suis demandé combien de personnes établiraient un lien entre moi et la fille qui avait fait la une de la presse la veille. Snale, debout à l'entrée du pub, m'observait en compagnie de Jace et des autres râleurs.

— L'ancien chef de la police locale, Théo Campbell, a trouvé la mort hier.

Comme personne ne réagissait, j'ai enchaîné.

— Nous enquêtons actuellement sur les circonstances de ce drame. En particulier, nous souhaitons savoir s'il est possible d'établir un lien avec le carnet retrouvé il y a quelques jours, au sujet duquel le sergent Snale vous a déjà interrogés. À ce stade, rien ne permet de croire que quelqu'un soit en danger ici. Je vous conseille donc de retourner à vos occupations. Nous prendrons contact directement avec les personnes concernées par l'enquête. Cela dit, si vous possédez des informations pertinentes relatives à la mort de M. Campbell, c'est le moment de nous en parler.

Je m'apprêtais à descendre de l'estrade quand une montagne de muscles s'est dressée devant moi. Kash. J'ai senti mes intestins se nouer.

Il a gagné le centre de l'estrade en me contournant.

— Inspecteur Blue, je pense qu'il serait avisé de fournir quelques précisions sur le type d'informations pertinentes que nous recherchons.

— À quoi tu joues ? lui ai-je glissé dans un souffle.

Il a fait la sourde oreille.

— Je suis l'agent fédéral Elliot Kash. J'ai reçu une formation poussée qui fait de moi un expert du terrorisme islamiste. J'ai passé de nombreuses années en Irak et en Afghanistan à recueillir des renseignements sur les cellules dormantes et les terroristes agissant seuls.

Un murmure a parcouru la foule, ponctué par le claquement d'une pinte sur le comptoir.

— Cette expérience me permet de vous expliquer plus précisément ce que nous recherchons, a poursuivi Kash. Je vous demande d'ouvrir l'œil et de signaler toute personne de votre connaissance dont le comportement récent aurait pu vous paraître étrange.

Quelqu'un qui passerait davantage de temps sur Internet qu'en temps ordinaire. L'un de vos proches qui manifesterait un intérêt soudain pour la religion, l'islam en particulier, ou exprimerait des points de vue politiques radicaux. Quelqu'un qui s'éloignerait de son cercle d'amis. Quelqu'un qui passerait ou recevrait des appels téléphoniques en pleine nuit. Il est impératif de faire preuve d'une vigilance accrue. Gardez les oreilles et les yeux ouverts.

— Des putains de terroristes, a maugréé quelqu'un au fond du pub. Je le savais.

— Le jeune Taby passe son temps sur le Net, a renchéri un autre. Il se balade constamment avec son ordinateur. C'est comme ça qu'ils parviennent à radicaliser les ados. En postant des vidéos et des messages sur le Net.

J'ai obligé Kash à descendre de l'estrade, à son grand étonnement. Il ne semblait pas comprendre les raisons de ma colère. Je suis sortie du pub en le poussant et nous nous sommes retrouvés à l'ombre de la marquise de toile.

24

Je lui ai donné une bourrade.

— Tu cherches à créer la panique, c'est ça ? Rien ne prouve qu'il s'agit d'une attaque terroriste. *Rien du tout !*

— Peut-être pas à première vue, parce que tu n'as pas l'expérience requise, s'est défendu Kash. Ou la formation nécessaire. Les loups solitaires du terrorisme fonctionnent précisément de cette façon-là. Ils se terrent dans de petites communautés sans attirer l'attention sur eux et se préparent en prévision du jour où se présente l'occasion rêvée.

J'essayais de rester calme. Snale est sortie du pub à son tour, la tête rentrée dans les épaules, gênée que nous ayons affiché publiquement notre désaccord. J'allais devoir sauver les meubles, sinon pour l'enquête, du moins pour l'image de la police que nous donnions aux habitants. Se prendre la tête avec Kash ne servait à rien, il était bien trop obtus. Le mieux était encore de le raisonner en gardant mon calme.

— Écoute-moi une seconde. Je gère au quotidien des délits sexuels. J'y consacre chaque instant de mon existence, c'est tout juste si je n'en rêve pas la nuit. Quand une victime ou un témoin vient me trouver en me racontant son histoire, mon premier réflexe est conforme à ce qu'on m'a appris à l'école de police : croire à la réalité du délit dont on me parle.

— Je ne vois pas où tu veux en venir, m'a interrompue Kash.

Dans un éclair, j'ai vu mon poing s'écraser sur sa figure, mais je me suis reprise à temps.

— Il arrive aussi, très rarement, que mon interlocuteur se trompe ou me mente, et qu'aucun délit n'ait été commis. Dans tous les cas, je m'astreins à garder l'esprit ouvert et à me pencher sur les éléments de *preuve* avant de tirer des conclusions.

— Et alors ?

— Alors tu as décidé que l'un des habitants de ce village était un terroriste, sans aucune preuve. Pire, tu conseilles à ces gens de se méfier des personnes au comportement étrange qui se referment sur elles-mêmes et passent des coups de fil en pleine nuit. Tu sais quel portrait tu dresses de cette façon-là ? Celui de n'importe quel ado.

— Les terroristes radicalisent souvent les ados, a rétorqué Kash. Ils profitent du fait qu'ils se sentent déprimés ou marginalisés, ce qui les rend d'autant plus vulnérables.

Je me suis tournée vers Snale en désespoir de cause. Elle regardait Kash avec des yeux ronds, comme si elle se trouvait en présence d'un fou.

J'ai pris une décision.

— Essayons de choper Zac Taby. Il faut le mettre à l'abri avant que tous ces gens s'en prennent à lui.

25

J'ai rongé mon frein pendant que Snale allait chercher le 4x4. J'étais trop énervée pour regarder Kash, qui discutait avec Dez, le maire. Sans doute lui donnait-il des cours de surveillance discrète en milieu rural. J'étais au bord de l'épuisement. Plus je me sentais loin de mon environnement naturel, à Sydney, plus je peinais à respirer normalement. Le soleil de midi avait transformé la vallée en fournaise et j'avais les poumons en feu. *Plus que sept jours. Dans sept jours, je rentre chez moi.*

Jace, le fermier agressif de tout à l'heure, m'observait depuis un coin d'ombre sous son chapeau. Il a craché par terre. Il avait la peau brûlée par le soleil, les bras constellés de taches brunes et de grains de beauté, un pied posé sur la marche de pierre du magasin de fournitures agricoles voisin du pub.

— Il restait quoi de La Soupe Campbell ? m'a-t-il demandé.

La question m'a semblé étrange. À la fois déplacée, et à la limite du voyeurisme.

— Ce n'était pas beau à voir. Je trouve même curieux que vous posiez la question.

Jace a haussé les épaules.

— Dans le coin, on a une vision assez simple de la justice. Les Noirs la pratiquent à leur manière, leurs anciens invoquent les esprits pour attirer le malheur sur les coupables. Ils organisent même des cérémonies pour ça. Ils n'hésitent pas à vous balancer un coup de lance à la jambe. Ça dépend de ce que vous avez fait.

Il m'a détaillée de la tête aux pieds, comme s'il procédait à mon examen de conscience.

— Et puis il y a la justice des Blancs dans le bush. Œil pour œil, dent pour dent. J'ai comme l'impression que la femme de La Soupe aura pas de quoi enterrer grand-chose. Celui qu'a fait ça, il mérite le même sort.

— Écoutez-moi un instant. Sachez que je vous comprends. J'ai croisé la route d'un certain nombre de prédateurs au cours de ma carrière, j'avoue que je n'aurais pas été mécontente de les torturer avec une fourchette à barbecue, mais ce n'est pas comme ça que tourne le monde.

Je n'étais pas entièrement d'accord avec moi-même, ce qui me gênait aux entournures. Il m'était arrivé à quelques reprises de pister et de casser la figure à des délinquants sexuels qui avaient échappé aux griffes de la justice. Je me réjouissais chaque fois qu'on me parlait du sort qui attendait les pédophiles à leur arrivée au pénitencier de Long Bay. Le « thé de bienvenue », comme le nommaient les détenus : un seau d'eau bouillante balancé à la figure des intéressés le premier soir. Je suis consciente d'être porteuse d'une certaine violence. Celle de la bête sauvage qui sommeille en moi. Cela dit, ce type n'avait nul besoin qu'on l'encourage à régler son compte à l'assassin de Théo Campbell avec sa bande de copains au cuir tanné.

Les salauds auxquels je m'en étais prise avaient été jugés et je les savais coupables, alors que mon interlocuteur cherchait uniquement à s'en prendre au premier suspect venu. Je savais d'avance qu'il n'attendrait jamais de savoir s'il tenait le vrai coupable.

— Vous avez des suspects ? m'a-t-il demandé, comme s'il avait deviné mes pensées.

— Pas encore, mais si jamais il arrive quelque chose aux suspects en question avant qu'on ait pu les arrêter, je m'intéresserai de près à vos faits et gestes. Je vous conseille de remballer votre justice de Blancs dans le bush et d'aller vous faire voir.

Ma menace l'a fait rire, il m'a de nouveau regardée de haut en bas en s'arrêtant un instant sur mes bottes avant de me dévisager longuement, et puis il s'est éloigné en me laissant cuire au soleil.

26

Nous n'avons eu aucune difficulté à retrouver Zac Taby. Snale nous a récupérés avec son 4x4 et nous avons aussitôt quitté le village, au lieu de nous rendre à l'école. Elle a emprunté un chemin de terre sur lequel la voiture a cahoté dangereusement, j'ai bien cru qu'on allait y laisser une vitre ou deux. Snale a fini par s'arrêter dans un ravin à l'ombre d'une paroi rocheuse couverte de tags. En descendant du véhicule, j'ai découvert un tapis de mégots de cigarettes. Quelqu'un écoutait de la musique sur son téléphone un peu plus loin, derrière un mur de broussailles.

Un gros chien noir et gris s'est rué sur nous en aboyant son mécontentement, sa course rythmée par le cliquetis d'une ribambelle de canettes de Coca accrochées à sa queue avec une ficelle. Snale a poussé un soupir d'agacement.

— Digger ! Viens ici, ma fille. Viens ici !

La chienne a accepté que Snale la libère de sa méchante traîne.

— À qui appartient cette chienne ?

— C'est celle du village, m'a répondu Vicky en faisant monter Digger à l'arrière du 4x4. Elle n'appartient à personne en particulier, tout le monde lui donne à manger, ce qui explique son embonpoint.

Un ado efflanqué à la peau sombre est apparu derrière les buissons pendant que ses copains s'égaillaient dans la nature: deux ou trois filles et un jeune type dans un trench noir interminable, parfaitement ridicule par cette chaleur. Zac devait se douter qu'on viendrait le trouver en apprenant la mort de Théo Campbell. La brise nous a apporté les éclats de rire des fuyards, accompagnés de quelques «Fuck les keufs».

Zac affichait un air de défiance particulièrement marqué pour un gamin de quinze ans. J'aurais pu me demander pourquoi si je n'avais pas déjà eu la réponse, puisque j'étais exactement comme lui au même âge. Je ne dormais jamais, je fumais comme un pompier, j'insultais les gens dans la rue et je traînais dans tous les endroits louches. Dans l'une de mes familles d'accueil, on m'avait surnommée «Tête-à-claques» parce que je passais mon temps à agresser le monde. Le gamin que j'avais en face de moi avait le sentiment de ne compter aux yeux de personne, et il avait probablement raison.

— T'as amené tes potes, Vicky? a demandé l'ado en nous regardant, Kash et moi. C'est bien la première fois.

Je me suis approchée.

— Je vais te demander de nous accompagner, Zac. Nous souhaitons te voir avec tes parents afin de discuter d'un incident survenu hier matin.

— Je bouge pas d'ici.

— Mais si.

— Suce-moi, salope. Je sais rien de ce qui s'est passé hier. T'as qu'à emmerder quelqu'un d'autre. Je suis pas un terroriste et j'ai pas de carnet. Je laisse ça aux gamines.

— Nous voulons uniquement te poser quelques questions, a insisté Snale. Tu pourrais nous fournir des informations susceptibles de nous aider. Tu connaissais bien La Soupe, et pour cause. Tu sais peut-être qui pouvait lui en vouloir à ce point.

— Si je le connaissais, je lui filerais une médaille, a rétorqué Zac en tirant de la poche de son jean un paquet de cigarettes. Ce connard était un abruti de première. Il paraît que la bombe l'a décapité. C'est vrai ?

J'ai repris la main.

— On n'a pas vraiment le temps de jouer aux durs avec toi. Monte dans la voiture.

— Ça te plairait que je résiste ? a-t-il répliqué en se tenant ostensiblement l'entrejambe. Ça t'exciterait ?

— C'est bon, a grondé Kash en me repoussant et en attrapant Zac par le col avant de le jeter au sol.

— Arrêtez ! Arrêtez !

D'un seul coup, Zac ne faisait plus le fier. Kash, un genou dans son dos, pesait sur lui de toute sa masse en vidant ses poches de leur contenu : des cigarettes et des joints, des capotes, un canif, des bouts de papier. Kash a confisqué le portable de l'ado en nous laissant le soin de le traîner jusqu'au 4x4.

Zac s'est débattu en hurlant.

— Allez vous faire foutre, espèce de flics de mes deux !

— Voyons un peu les dernières photos de cet animal, a fait Kash en déroulant le menu du téléphone.

J'ai tenté de lui arracher l'appareil des mains, sans succès.

— Arrête ça tout de suite, Kash. Ce que tu fais est illégal. Tout ce que tu pourras trouver n'aura aucune valeur juridique.

— Depuis quand ? m'a-t-il défiée en me tenant en respect avec son énorme main tout en appuyant sur l'écran avec son pouce. Je trouve ici… des adolescentes à poil. Des gamins en train de fumer une pipe à eau… Et ça, c'est quoi ?

Kash m'a tendu le portable sur l'écran duquel s'affichait une masse de fils, d'outils et de flacons sur une table.

— On dirait une bombe en cours de fabrication, non ? a-t-il insisté.

— Donne-moi ce téléphone, si tu ne veux pas que je te le prenne de force.

Il s'est éloigné en zoomant sur la photo. Je lui ai accordé quelques secondes, après quoi je me suis jetée sur sa main. Il a attrapé au vol mon autre poignet à l'instant où j'allais le gifler. Je me suis jetée à terre et je l'ai déséquilibré en enroulant une jambe autour de la sienne. Comme il me lâchait le poignet pour ne pas tomber, j'en ai profité pour lui assener une claque et le délester du portable.

— Oh putain ! s'est écrié Zac en me montrant du doigt. Cette salope a du répondant !

Je lui ai lancé son téléphone et il l'a rattrapé de justesse en le coinçant contre sa poitrine.

— Tu me traites de salope une fois de plus et je t'enfonce ton portable si profond que tu pourras appeler ta vésicule sur Skype.

Le gamin s'est enfui sans demander son reste et Kash, le visage en feu, s'est relevé lentement.

— Grave erreur, a-t-il grondé. Voie de fait sur un agent fédéral ? Un délit passible de deux ans de prison minimum.

— Pratiquer une fouille sans mandat coûte également très cher.

J'ai remonté mes manches de chemise.

— Mais ni toi ni moi n'allons rédiger un rapport.

— Ah bon ?

— Non. On va régler ça ici, et tout de suite.

27

— Arrête un peu, a ricané Kash en bombant le torse. Ne sois pas ridicule.

Snale est intervenue à son tour.

— Harry, je ne pense pas que ce soit une bonne idée.

— Victoria, notre petit camarade de l'agence fédérale a une vision très étroite du monde. C'est un garçon assez basique, il ne comprend que la force et la faiblesse, le bien et le mal, la réussite et l'échec. Il est grand temps de lui montrer qu'il n'est pas le mâle alpha ici. Quand il l'aura compris, il finira par rentrer dans le rang.

J'ai remarqué que mon petit laïus éveillait son intérêt, tout comme la nuit précédente lorsque je m'étais moquée de ses exercices. Un petit sourire flottait sur ses lèvres.

— Je n'ai pas l'habitude de frapper les femmes, m'a-t-il raillée. Tu ferais mieux d'arrêter si tu ne veux pas que je te fasse mal.

— Je ne te demande pas de me frapper, uniquement de m'immobiliser au sol.

— Dans quel but ?

— Le premier qui se retrouve la joue collée à terre perd la direction de l'enquête.

— N'importe quoi ! s'est-il écrié. Je te rappelle que j'ai suivi l'entraînement des forces spéciales, ma jolie.

— Dans ce cas, tu n'as rien à craindre.

— Je refuse de me mêler de vos histoires, a réagi Snale en se dirigeant vers son 4x4, tête baissée.

Je l'ai arrêtée.

— J'ai besoin de toi comme témoin !

— Si je comprends bien, je te colle dans la poussière et je suis le patron, a repris Kash en me toisant. Si je gagne, tu t'engages vraiment à me laisser la direction de l'enquête, on est bien d'accord ?

Il n'était pas le premier à m'avoir sous-estimée à cause de ma taille.

— Si tu arrives à me coller la joue par terre.

— Ça me va, a-t-il acquiescé. Je te fais mordre la poussière et tu m'appartiens.

J'ai posé une main sur mon cœur.

— Si tu y arrives, je m'engage à pourchasser les terroristes islamistes dans ce trou jusqu'au jour où les poules auront des dents. Je m'engage à ne plus employer que des formules relevant du jargon administratif le plus pompeux et le plus ridicule, au point que tu auras toi-même du mal à me comprendre.

Il était si sûr de lui qu'il a oublié de me demander ce que j'attendais de lui si je gagnais. C'était tout simplement inenvisageable à ses yeux.

L'instant suivant, il se ruait sur moi, ses battoirs en avant.

28

Kash a feinté sur la gauche et m'a chopée à droite en me prenant par le cou à l'aide de son bras velu. Je l'ai laissé venir. Au moment où il me mettait à terre, je lui ai échappé d'une roulade si brusquement qu'il s'est retrouvé allongé sur le dos.

On a lutté comme deux lions en soulevant des nuages de sable rouge. Ses lunettes ont volé dans la bagarre, mais il n'a pas cherché à les récupérer. J'éprouvais une satisfaction presque maladive, comme chaque fois que je me bats. J'aime ça depuis l'enfance. Me battre a toujours été le seul moyen d'obtenir ma place dans tous les nids familiaux que je venais squatter, tel un coucou.

Kash m'observait, mais je ne lui ai pas laissé le temps de reprendre la main. Je me suis jetée sur lui et je lui ai attrapé le bras avec l'intention de le tordre. Il m'a prise par la nuque et m'a jetée à terre en profitant de mon élan, au même titre que je m'étais servi du sien un peu plus tôt. Je me suis retrouvée clouée à terre sur le dos, privée de souffle. La plupart des gens paniquent quand ils n'arrivent plus à respirer, mais je savais que mes poumons allaient se regonfler lentement. Je lui ai envoyé une ruade et il m'est tombé dessus en voulant éviter le coup. J'ai poussé sa mâchoire vers le haut de toutes mes forces.

Snale, assise au volant du 4x4, nous regardait. J'ai croisé son regard, écrasée par le poids de Kash, et elle a grimacé de douleur à ma place. Je savais désormais qui elle soutenait.

J'ai balancé un coup de pied dans la hanche de mon adversaire, ce qui m'a permis de me dégager. D'un bond, je me suis redressée et je l'ai pris à la gorge en lui enfonçant un genou dans les reins. Il s'est relevé d'un bloc en me soulevant avec lui. Je devais ressembler à un singe luttant contre un ours. Il a tenté de se débarrasser de moi en me griffant les bras, mais j'avais enroulé mes jambes autour de sa taille. C'est à ce moment-là qu'il a réagi comme je l'espérais.

Il est tombé à genoux et s'est jeté en arrière dans l'espoir de m'écraser par terre. J'ai été plus rapide que lui, j'ai glissé de côté au dernier moment en lui lâchant le cou avant de l'attraper par le poignet et de l'immobiliser par une clé dans le dos. Il a poussé un hurlement sous l'effet de la douleur et j'en ai profité pour lui écraser la tête par terre en lui collant la joue dans la poussière.

Je me suis relevée péniblement en épongeant la sueur qui me brûlait les yeux.

— *Yes!*

La satisfaction d'avoir remporté le combat m'a soulagée d'un seul coup du fardeau de l'enquête de la vallée de la Dernière Chance et du procès de mon frère. L'espace d'un instant, je me suis sentie libre. Me battre me donnait le sentiment d'être forte, d'avoir le pouvoir de maîtriser mon destin, d'être une guerrière.

La réalité m'a rattrapée en voyant Kash se débarrasser du sable qu'il avait dans l'oreille. Je me suis vue dans ce trou du monde en plein désert, loin de mon frère qui avait besoin de moi. Mon sourire s'est effacé et une petite voix dans ma tête m'a rappelé, sans l'ombre d'une discussion possible, que ce type avait beau être un idiot têtu et inculte, j'étais censée former avec lui une équipe soudée pour le bien de l'affaire qu'on nous avait confiée.

Je lui ai tendu la main, mais il a refusé de la serrer et s'est éloigné en direction de la voiture en me lançant un regard assassin.

29

Whitt tourna une nouvelle page du rapport psychologique qu'il avait sous les yeux, imperméable à la rumeur bruyante du parloir de la prison.

Il vit s'écarter une porte à l'extrémité du couloir, de l'autre côté de la cloison en Plexiglas, et un gardien poussa Samuel Blue jusqu'au box face auquel il avait pris place. Il rangea le rapport dans son attaché-case, puis il sortit un carnet et un stylo.

— Comment ça va, Edward ? lui demanda Sam avec un sourire fatigué.

Les deux hommes s'étaient croisés brièvement la veille dans la salle d'audience avant de se parler par téléphone.

— C'est surtout à toi qu'il faut poser la question.

Sam se pencha vers son interlocuteur, presque jusqu'à toucher l'Hygiaphone.

— J'aurais vraiment besoin de l'argent que tu m'as proposé hier. Je suis repéré ici, le seul moyen d'éviter que les autres détenus s'en prennent à moi est de distribuer du fric pour assurer ma protection. Je n'ai plus un sou de ce que m'avait donné Harry.

— Tu continues de recevoir des menaces ?

— Tous les jours. Aussi bien des détenus que des gardiens.

— Putain…

— Comme tu dis, renifla Sam. Harry m'avait prévenu. Si on met un doigt dans l'engrenage, on paye à vie. Il faut au moins que je continue à arroser ces types si je veux survivre jusqu'à la fin du procès.

— Je fais un virement sur ton compte dès cet après-midi, promit Whitt en prenant des notes.

— Je ne sais pas me battre, poursuivit Sam d'un air distrait en frottant ses paumes l'une contre l'autre. Je suis graphiste de métier, bordel. Je ne me suis pas bagarré depuis que j'étais gamin. C'est Harry la guerrière, dans la famille.

— Je lui ai parlé ce matin. Elle attend avec impatience le moment de rentrer ici.

— Elle ferait mieux au contraire de rester le plus loin possible, dit Sam en regardant Whitt droit dans les yeux. Je n'ai jamais voulu qu'elle se retrouve mêlée à ça. Je sais déjà qu'après s'en être pris à moi, ils voudront s'occuper d'elle. En se donnant autant de mal pour me piéger, quelqu'un a décidé que j'allais payer au maximum. Je ne supporterais pas qu'il arrive quelque chose à Harry. D'accord ?

Whitt tapota la page ouverte de son carnet à l'aide de son stylo d'un air pensif, soucieux de choisir soigneusement ses mots et de se montrer diplomate.

— Tu es toujours convaincu qu'on t'en veut ?

— Je ne vois pas d'autre explication. Il a bien fallu que quelqu'un s'introduise chez moi pour y planquer toutes ces vacheries. Et j'étais forcément suivi pour que ces filles soient systématiquement enlevées dans les quartiers où je me trouvais.

— C'est…

Whitt grimaça intérieurement avant de reprendre.

— C'est beaucoup d'efforts pour t'atteindre.

— À qui le dis-tu.

— Tu ne vois vraiment pas de qui il pourrait s'agir ?

— Aucune idée.

— Comment pourrait-on t'en vouloir autant sans que tu soupçonnes l'identité du coupable ? Tu as dû causer beaucoup de tort à quelqu'un pour mériter ça.

Un spasme agita les lèvres de Sam. Whitt vit briller une lueur de colère rentrée dans le regard du prisonnier.

— Tu ne me crois pas, c'est ça ?

— Ce n'est pas ce que j'ai dit.

— Harry m'avait pourtant affirmé que tu me soutenais.

— Je soutiens Harry, répliqua Whitt, la gorge nouée. Et elle te soutient.

— Je comprends, acquiesça Sam en dissimulant mal sa fureur. En tout cas, tu as raison de dire que celui qui m'a piégé s'est donné beaucoup de mal. Il faut qu'il ait la haine. Je comprends aussi qu'on puisse trouver absurde mon incapacité à savoir de qui il s'agit. *À moins que je n'aie jamais soupçonné les raisons d'une telle haine.*

— C'est bon, je comprends ton raisonnement.

— Qui me dit que ce n'est pas une ex ? poursuivit Sam en haussant les épaules. Une fille avec qui j'ai rompu sans me douter qu'elle était dingue ? Les filles qui veulent se venger, ça existe. L'une d'elles peut m'en vouloir à mort, même des années plus tard, sans que je me sois douté de rien.

— Mouais, réagit Whitt.

— J'ai pu blesser un taré quelconque sans jamais me douter qu'il serait capable d'une telle vendetta. Il m'est arrivé d'obtenir le renvoi d'étudiants que j'avais pris en flagrant délit de plagiat, en les dénonçant auprès du doyen.

— D'accord.

— Je repense à un type…

Sam, les yeux rivés au Plexiglas rayé qui le séparait de son visiteur, laissait parler son imagination.

— Il s'était présenté au même poste à l'université. Il peut très bien m'en vouloir d'avoir obtenu le boulot à sa place. Ou bien alors ça remonte à mon enfance, quand je naviguais en permanence d'une famille d'accueil à une autre. Quelqu'un qui n'aurait *pas pu* être placé à cause de moi, par exemple ?

— Sam…

— Et si…

— Sam, inutile de te tarabuster, l'arrêta Whitt en posant les doigts contre le Plexiglas, à l'endroit où le prisonnier serrait le poing. Tu as raison, il peut s'agir de n'importe qui si c'est bien un coup monté. Auquel cas on est en présence d'un malade, et sa logique n'est pas forcément la nôtre.

Sam, tapant doucement en rythme la tablette de ses poings menottés, respirait fort, à la limite de perdre les pédales. Tout en prenant des notes, Whitt l'observait du coin de l'œil. Si Sam était un simulateur, c'était un acteur de première.

30

Le choc le prit totalement au dépourvu. Whitt traversait le parking de son immeuble dans la pénombre, en direction de l'ascenseur, lorsque son monde vira au noir. Il comprit qu'on avait voulu l'assommer en sentant le goudron humide gras contre son visage. Il tenta vainement de relever la tête, assailli par une violente douleur au crâne.

Pris de terreur, il constata que la main engourdie à quelques centimètres de ses yeux était couverte de sang. Il voulut se relever, mais une voix rauque l'arrêta.

— Pas si vite, tu risques de gerber.

Whitt se mit très lentement en position assise et s'adossa contre le mur voisin de l'ascenseur. Il découvrit un inconnu appuyé contre un capot de voiture à quelques mètres de distance, une part de pizza entre les doigts, le carton contenant le reste de la pizza en équilibre sur la paume de l'autre main. Des cheveux blonds mal coiffés, un vieux blouson en cuir, de grosses bottes. Tous ces détails s'imprimèrent progressivement dans le cerveau de Whitt qui peinait à reprendre ses esprits.

L'autre n'avait pas tort, il avait effectivement envie de « gerber ». Il se tâta la nuque très doucement et constata que ses cheveux étaient poisseux de sang. Son attaché-case, son portefeuille, son portable et son arme avaient disparu. Il aperçut ses lunettes et les glissa sur son nez.

— C'est vous qui m'avez frappé ? s'enquit-il.

— Jamais de la vie ! Je ne suis pas un putain de lâche. Quand je règle mes comptes, c'est avec mes poings.

— Je… on m'a assommé ?

— Tu t'es fait cadenasser, oui. Félicitations.

L'inconnu repoussa de son énorme botte un bloc de macadam qui se trouvait à ses pieds et le pavé s'arrêta à côté du genou de Whitt. Il le ramassa et l'observa d'un air perplexe.

— Je sais pas qui t'a frappé, reprit l'inconnu entre deux bouchées de pizza, mais c'est un ancien taulard. Y'a qu'en prison qu'on apprend à cadenasser quelqu'un comme ça. Autrefois, on faisait ça avec un cadenas au fond d'une chaussette, d'où l'expression. C'est pas les cadenas qui manquent en taule. Une arme pratique, qui coûte rien. T'enlèves une chaussette, tu la remplis et tu la balances sur la tête de ta cible avant de te débarrasser du cadenas et de remettre ta chaussette.

— Je vois le tableau.

— Tu fréquentes des anciens taulards ?

— Ceux que je connais sont toujours derrière les barreaux, répondit Whitt en se relevant. Comment vous appelez-vous ?

— Tox Barnes.

— *Tox ?* s'étonna Whitt.

— Ouaip.

— Je m'app…

— Edward Whittacker. Je sais, c'est toi que je venais voir. Je pensais te trouver tranquillement chez toi, en train de regarder le dernier catalogue Ikea un verre de chardonnay à la main. Faut croire que je m'étais gouré puisque tu étais allongé dans le garage. Qui l'eût cru.

Whitt ne comprenait toujours pas ce qui lui était arrivé. Il se dirigeait vers l'ascenseur, pressé de rentrer chez lui après une journée éprouvante, et voilà que ce type mal fagoté lui donnait un cours sur l'art de se battre en prison. Il voulut prendre son téléphone mais se souvint qu'on le lui avait volé.

— Je suis un pote d'Harry, reprit Tox en avalant une dernière bouchée de pizza avant de se débarrasser de la boîte par terre.

— Ah.

— Ouais. Je suis censé t'aider pour son frère.

— Ah, répéta Whitt.

— Allez, debout. Assez traîné, décida Tox en dévisageant longuement son nouveau coéquipier.

31

Le trajet du retour a été un peu particulier, Kash à l'avant et moi sur la banquette arrière pendant que Snale s'efforçait de meubler le silence en parlant de tout et de rien. La chienne me regardait comme si j'avais des friandises plein les poches, un long fil de bave s'échappant de sa gueule. Elle s'est mise à aboyer à notre arrivée dans la rue principale.

— Et merde, a murmuré Snale en se garant.

Le minuscule commissariat, situé au bout de la dizaine de magasins qui constituaient le cœur du village, menaçait d'être envahi par le groupe armé rencontré un peu plus tôt devant le pub. Les intrus avaient réussi à coincer Zac Taby contre la porte. Snale n'avait pas eu le temps de couper le moteur que je bondissais hors du 4x4 avec Digger.

La chienne s'est précipitée en remuant si fort la queue que tout son arrière-train se balançait. À voir la gentillesse de cet animal, j'ai compris pourquoi les habitants l'avaient adoptée.

— On en a assez ! a crié un type qui tenait Zac par son T-shirt en le poussant contre la porte vitrée. Tu retournes chez toi récupérer ton merdier et tu prends tes cliques et tes claques.

— Assassin ! Terroriste !

J'ai repoussé les assaillants.

— Ça suffit. Reculez tout de suite ou je vous arrête tous tant que vous êtes.

L'un des fermiers a tendu un doigt noueux en direction de Zac.

— Ça vous suffit pas qu'il ait assassiné le chef de la police municipale ? Si vous restez les bras croisés, lui et sa clique finiront par tous nous tuer.

— Ce gamin est dangereux, a renchéri une femme.

En l'espace d'une poignée de secondes, il y avait deux fois plus de monde autour de moi.

— On exige qu'il quitte la région. On sait bien que c'est lui le responsable.

— Tu sais rien du tout, connasse, a réagi Zac en crachant par terre. T'as qu'à sucer ma…

— Assez !

J'ai arrêté les frais en poussant Zac à l'intérieur du commissariat. Il a volontairement trébuché contre le comptoir de l'accueil.

— Ahhh ! a-t-il hurlé en se tenant le coude. Mon bras ! Je suis victime de brutalité policière !

— Je t'en ficherais, des brutalités policières. Si tu veux vraiment y goûter, j'ai de quoi te servir.

Et je l'ai conduit de force jusqu'à la salle d'interrogatoire. Il s'est affalé sur une chaise, les jambes écartées, les yeux à hauteur du plateau de la table. Snale et Kash ont refermé la porte d'entrée au nez de la foule haineuse et m'ont rejointe en allumant les lumières au passage.

Kash s'est appuyé sur la table de toute sa masse, obligeant Zac à reculer sur son siège.

— J'imagine que tu as effacé toutes tes photos, s'est lancé mon collègue, mais on n'aura aucun mal à les récupérer.

— Pas possible, s'est moqué Zac.

— Tu es dans une sacrée panade, gamin. Parle-moi un peu de ces photos.

— Lesquelles ? a répondu Zac en sortant son téléphone.

Il a passé en revue les clichés découverts par Kash un peu plus tôt. Des filles nues, des ados fumant des pétards lors d'une fête.

— Je n'ai rien effacé du tout, je ne suis pas complètement con, mec. Je sais bien que tu peux les récupérer. Je te présente mon ancienne copine. Et voilà ses nénés. Tu veux les voir de plus près ?

Il a brandi le portable sous le nez de Kash. J'en ai profité pour récupérer l'appareil afin de regarder les photos.

— Elle a dix-huit balais. J'aime bien les femmes mûres, et elles me le rendent bien, a précisé Zac en m'adressant un clin d'œil. Quant à ces pipes à eau, je te laisse apporter la preuve qu'elles ne contiennent pas du thé vert. Chiche, bande d'enfoirés.

— Je ne suis pas sûre que les joints récupérés dans tes poches soient roulés au thé vert.

— T'es venue d'aussi loin en comptant m'inculper pour détention illégale de beuh ? a ricané Zac. Bande de nazes.

Je lui ai montré l'écran sur lequel s'affichait un établi couvert d'outils, de fils électriques, de clous et de vis dans une remise mal éclairée. Une bonbonne de gaz était posée sur une étagère en arrière-plan.

— C'est cette photo qui nous intéresse.

— C'est l'atelier du père d'un copain, a déclaré Zac d'une voix morne. On fabrique toutes sortes de trucs là-bas quand on s'emmerde. Le châssis que tu vois posé sur cette table est celui d'un kart.

Je l'ai sondé du regard.

— Tu as déjà fabriqué des trucs qui explosent ?

Zac s'est contenté de regarder fixement ses ongles.

— Les ados du coin ont fait quelques bêtises mineures avec des explosifs il y a deux ans, a soupiré Snale, debout à l'entrée de la pièce. Nous avons eu un jeune enseignant stagiaire au cours du second semestre, sous la tutelle de l'un des profs permanents, Greg Harvey. Un jour, Greg a laissé son stagiaire donner un cours de sciences aux élèves tout seul, et cet idiot a voulu jouer au grand frère en leur montrant comment fabriquer des explosifs.

Kash et moi nous sommes regardés.

— Super !

— Je n'y ai pas pensé sur le moment, mais rien de comparable avec l'engin qui a explosé hier, a précisé Snale. Il leur a essentiellement montré comment réaliser des feux d'artifice avec de la poudre, et plusieurs gamins se sont mis ensemble pour fabriquer des pétards.

— Pas de quoi fouetter un chat, a dit Zac. Des pétards pas plus gros que des cigarettes avec des mèches de deux secondes qu'on s'amusait à lancer aux vieilles du village. Trop chanmé.

J'ai levé les yeux au ciel.

— J'imagine que tu n'avais rien à voir là-dedans.

— Moi ? Jamais.

— Combien étiez-vous dans ta classe ? Le jour du cours sur les explosifs ?

— On devait être cinq, a souri Zac.

Son gloussement est venu rompre le silence qui s'est installé dans la pièce quand on a compris que nous allions devoir interroger quatre autres gamins du même tonneau. Kash a calmé Zac en frappant du poing sur la table.

— Tout ça est très marrant, j'en suis sûr, mais tu restes le suspect numéro un, gamin, a-t-il insisté. J'ai bossé dans des banlieues de Johannesburg où il suffit d'être soupçonné d'un délit grave pour être pendu haut et court.

— *J'ai bossé dans des banlieues de Johannesburg*…, a répété Zac en imitant Kash de façon drolatique. Si tu crois que t'impressionnes quelqu'un avec tes souvenirs, vieux gars !

J'ai bien cru que Kash allait l'étrangler. Je l'ai calmé d'un mouvement de tête et il m'a obéi, puisque je dirigeais officiellement l'enquête désormais. Le jour où il faudrait brusquer un suspect, c'est que je l'aurais décidé. À force de malmener des innocents, les gens du cru risquaient de se refermer comme des huîtres. Ce ne sont pas les secrets qui manquent dans les petites bourgades, et les habitants préféreraient encore cacher le tueur plutôt que de nous le livrer si on les prenait à rebrousse-poil.

32

Kash a quitté la salle d'interrogatoire, les veines des tempes tendues à craquer, et Snale lui a emboîté le pas. Je me suis installée sur la chaise que venait de libérer mon collègue et j'ai posé mes pieds sur la table.

— C'est ton coéquipier, ce branleur ? m'a demandé Zac.

— Pour le moment.

J'ai posé un formulaire et un stylo devant l'adolescent, à côté de l'enregistreur.

— Remplis-moi ça.

Mon intention était de comparer l'écriture de Zac avec celle de l'auteur du carnet. Il s'est exécuté en soupirant.

— Alors c'est ton petit copain, c'est ça ? a-t-il insisté après un temps de silence.

— Sûrement pas.

— Je pensais que c'était la règle, a ricané Zac. Quand un flic et une dame flic se retrouvent en danger et qu'ils se sauvent la mise mutuellement, ils finissent par baiser.

— Je ne suis pas une dame. En attendant, au lieu de t'intéresser aux histoires de cul des autres, tu ferais mieux de t'inquiéter des gens du cru, qui ont décidé de te lyncher à la première occasion.

— Ils peuvent aller se faire sucer.

Ce gamin avait un penchant marqué pour la fellation.

— À ta place, a-t-il repris, je m'intéresserais en priorité à l'Ancien.

— Qui appelles-tu l'Ancien ?

— Un type, a-t-il répondu en accompagnant sa réponse d'un geste vague en direction de l'ouest. Je connais pas son nom, mais tout le monde l'appelle l'Ancien. Il vit dans le désert. Sa famille s'est embrouillée avec celle de Dez il y a longtemps, quand les premiers colons ont débarqué dans la vallée. Il refuse de se mêler aux autres, sans se priver de les emmerder pour autant. Tu peux pas te tromper, un vieux qui fout la trouille.

— Un vieux qui fout la trouille. Très bien, je m'en souviendrai. En attendant, je te conseille de rester tranquille. Les autochtones veulent ta peau.

— Pour ce que ça change… Tout me retombe toujours dessus, alors j'ai fini par m'habituer. Je suis trop bien pour rester dans un trou pareil, mais ils ne sauront pas sur qui rejeter la faute quand je me serai cassé.

— Tu as prévu de t'en aller ?

— Je peux quitter l'école à la fin du semestre, et je peux déjà te dire que je refoutrai jamais les pieds ici. Même si je dois dormir sous un pont et bosser chez McDo. Faut bien commencer quelque part.

— C'est la règle dans le coin ? Les gens s'en vont à la première occasion ?

— Tu rigoles ?

Il a croisé les doigts sur sa nuque.

— Par ici, on reprend la ferme de ses darons, ou alors on part travailler à la mine et on envoie sa paie. C'est la seule raison pour laquelle les gens font des gosses, pour pas voir leur ferme disparaître. Si tout le monde se cassait, ce serait la fin de ce patelin, alors les gens qui veulent partir font leurs préparatifs en douce, qu'on puisse pas les considérer comme des traîtres. Un pour tous, et tous pour un. Les gens ont des enfants, les enfants reprennent l'exploitation et ils font des gosses à leur tour, et ainsi de suite. Un cercle vicieux de merde.

— Quel sort attend les jeunes qui n'ont pas l'intention de reprendre la ferme familiale ?

Il a posé le canon d'un pistolet imaginaire sur sa tempe.

— Pan !

— Personne ne part s'installer en ville ?

— Comment veux-tu t'en tirer en ayant grandi dans un trou pareil ? Sans fric, sans amis, sans famille, sans formation, en débarquant dans une grande ville ? Tu peux toujours essayer de sortir de la nasse, ton passé te rattrape.

— Sauf toi.

— J'ai un plan, a-t-il répondu en s'étirant.

— Ah oui ? Lequel ?

— Ça te regarde pas.

Il s'est calé sur sa chaise, les mains croisées sur son torse étique, prêt à s'endormir. Je connaissais ça quand j'étais ado. L'assurance d'avoir touché le fond et que rien de pire ne peut vous arriver. Aucun espoir d'avenir, la certitude d'être rejeté par tout le monde. C'est ce qui me poussait à errer toute seule dans les rues la nuit, à taguer les trains, à casser les carreaux, à mettre le feu aux poubelles.

C'est même un jour où j'étais bouclée en cellule au poste de police de Maroubra, bercée par les bruits du commissariat, que j'ai trouvé ma voie. Une vieille dame était venue porter plainte après s'être fait bousculer et voler son sac à main dans la rue. À travers les barreaux, j'avais vu des femmes flics l'installer sur une chaise, la soigner, la calmer et lui préparer du thé. On aurait dit deux filles prenant soin de leur mère effarouchée. J'ai vu le regard admiratif et reconnaissant de cette femme lorsqu'elle observait les uniformes bleus des deux flics. Je m'étais prise à rêver qu'on me regarde un jour avec les mêmes yeux, comme une héroïne.

Zac Taby se trouvait à la croisée des chemins. Pour l'heure, je voyais en lui mon propre reflet, mais je savais aussi que les autres le considéraient comme un ennemi.

Je lui ai tendu son portable.

— Tu rentres chez toi et tu n'en bouges pas. Tu n'as qu'à jouer à la Xbox ou à ce que tu veux en attendant que ça se calme. Si jamais je te revois ou si j'entends parler de toi avant mon départ, je te botte le cul.

L'ado a pris son téléphone en me gratifiant d'un rire désinvolte. Il ne s'en doutait pas, mais j'étais sérieuse.

33

Une belle femme d'origine pakistanaise m'attendait dans la grande salle du poste de police en compagnie de Snale et de Kash quand j'ai rejoint ces derniers, laissant Zac mariner dans son jus. Il s'agissait de sa mère. Kash l'observait les paupières plissées, bras croisés et tête rentrée dans les épaules, comme s'il avait pu lire des instincts violents chez cette femme, rien qu'à sa façon de se tenir. Personnellement, je ne voyais qu'une mère de famille épuisée par les frasques de son rejeton.

— Il est là ? m'a-t-elle demandé en désignant la porte que je venais de refermer. Je compte bien dire ma façon de penser à ce petit imbécile.

J'ai éclaté de rire, surprise par le contraste entre son apparence délicate et la fermeté de son discours.

— Votre fils n'a rien fait de mal, madame Taby. Pas récemment, en tout cas. À notre connaissance.

— Ni à la connaissance de personne, a-t-elle grincé. Quand il fait l'idiot, j'en entends parler la plupart du temps trois semaines plus tard quand on me fait une remarque acide sur le chat qu'il a tué ou l'appentis auquel il a mis le feu. Je sais qu'il n'a pas assassiné M. Campbell, mais je peux vous assurer qu'il n'est pas allé pour autant quêter pour la Croix-Rouge. Ça fait trois jours que je ne l'ai pas vu. Il a besoin d'une bonne fessée, voilà tout.

— Une fois que vous vous en serez chargée, je vous serais reconnaissante de l'enfermer dans sa chambre pendant quelques jours, en attendant que les esprits se calment.

— Où se trouve M. Taby ? s'est enquis Kash.

— M. Taby n'a pas le loisir de passer son temps à courir derrière ce petit monstre, a répondu Mme Taby en levant les yeux au ciel. Il travaille pour le groupe Ektor, coincé derrière un ordinateur seize heures par jour.

— Le groupe Ektor, a répété Kash.

J'ai repris la main.

— Votre fils traverse une mauvaise passe, madame Taby. Je compte sur vous pour le surveiller. Je connais pas mal de gens par ici qui rêvent de lui mettre la main dessus.

— Pas avant que je me sois personnellement occupée de lui, a rétorqué Mme Taby en se dirigeant vers la salle d'interrogatoire d'un pas martial.

34

— Je devrais peut-être consulter, déclara Whitt en se palpant doucement la nuque, assis à côté de Tox au comptoir du bar où ce dernier l'avait entraîné. Tox posa deux petits verres de scotch devant eux.

— Je déteste bosser en binôme, se plaignit Tox. J'espère sérieusement ne pas être tombé sur un geignard.

Whitt porta goulûment le verre à ses lèvres. Il avait la bouche sèche et les nerfs à fleur de peau, et ce « Tox » ne faisait rien pour le rassurer. Jamais il n'aurait pensé que l'intéressé était flic, ainsi qu'il l'affirmait, et qu'il avait collaboré avec Harry sur certaines enquêtes sensibles.

— Harry avait déblayé le terrain en ce qui concerne Sam, déclara Whitt. J'avais une copie de ses notes dans mon attaché-case. Je ne serais pas surpris d'avoir été assommé par un représentant des médias désireux de présenter l'affaire sous un angle inédit.

— Ça m'étonnerait, grommela Tox. Je pense au contraire que celui qui a piégé Sam cherche à nous couper l'herbe sous le pied. Il veut savoir de quoi nous sommes au courant.

— Tu crois aussi à un coup monté ?

— Ouais.

— Mais qui pourrait vouloir lui nuire de la sorte ? s'étonna Whitt, intrigué. Quelqu'un capable d'assassiner trois filles, dans le seul but de se venger ?

— Quel que soit le tueur, il avait besoin de tuer ces filles, répliqua Tox en balayant l'argument d'un geste. Les victimes se ressemblent trop. Je suis persuadé que le coupable fantasme sur les jeunes brunes ambitieuses. Il se laisse guider par son propre rituel, en ayant recours à une technique éprouvée avant d'abandonner les corps dans un coin qu'il connaît bien. Le type qui a tué ces filles n'en est pas à son coup d'essai.

— Ce portrait-robot ne correspond pas à Sam Blue, remarqua Whitt en sirotant son whisky. Sam a un casier, mais jamais pour des actes de violence ou des délits sexuels. Il a été arrêté à l'adolescence pour vol ou consommation de drogue, mais rien de grave, et ça fait plus de dix ans qu'il s'était rangé.

— Peut-être, marmonna Tox, mais Harry a des pulsions violentes et tout le monde pensera que Sam se contente de dissimuler les siennes.

Les deux hommes contemplèrent leurs verres.

— Si tu veux mon avis, reprit Tox, je vois deux possibilités. L'assassin a décidé de coller ses crimes sur le dos d'un autre et il a jeté son dévolu sur Sam, pas nécessairement pour se venger. Seconde hypothèse, les enquêteurs avaient besoin d'un bouc émissaire et Sam était une cible idéale.

— La police, tu veux dire ? J'avoue que je ne te suis pas.

— Tu connais Nigel Spader et ses gars ?

— Non, reconnut Whitt.

— On était à l'école de police ensemble. De vrais cow-boys. Je l'étais aussi, à l'époque.

Il adressa un coup d'œil en coin à son voisin.

— Tu le sauras tôt ou tard, alors autant te l'avouer tout de suite. Je sais de quoi ces types sont capables. Ils ont très bien pu tomber sur Sam par hasard, ou alors c'était un moyen de régler leurs comptes avec Harriet.

Whitt poussa un soupir.

— Comment diable se dépatouiller avec tout ça ?

— À ma connaissance, Harry s'est surtout intéressée aux victimes, à la recherche d'indices en écumant les rapports d'autopsie et les détails des enlèvements. Je suggère qu'on se penche sur le cas de Caitlyn McBeal en essayant de savoir ce qui est vraiment arrivé à Linny Simpson. Comment expliquer que Caitlyn se soit évaporée dans la nature ? C'est tout de même étrange, et le manque de réactivité de la police est plus étrange encore. Comme s'il était hors de question pour eux de découvrir des détails susceptibles de remettre en cause la culpabilité de Sam Blue.

— D'accord, acquiesça Whitt, plein d'enthousiasme, en se laissant dangereusement entraîner sur le terrain de l'espoir. On devrait pouvoir retrouver cette fille.

— Ne t'emballe pas, le freina Tox en buvant une gorgée de scotch. Il faut impérativement la retrouver vivante si on ne veut pas être confrontés à de nouvelles questions insolubles.

35

— Tu ne trouves pas bizarre cette caméra vidéo qu'ils ont trouvée chez Sam ? s'étonna Tox.

— Si, acquiesça Whitt. Quand les enquêteurs ont débarqué chez lui, elle était installée au pied du lit sur un trépied, mais la mémoire vidéo était vide. Pas une seule empreinte, aucune trace d'ADN. Comment peut-on se servir régulièrement d'une caméra sans laisser d'empreinte ? Elle avait été soigneusement essuyée. Qui prendrait la peine d'essuyer ses empreintes de sa propre caméra ?

— C'est une pièce à conviction installée là dans le seul but de l'impliquer. Tout comme les magazines. Aucun doute là-dessus, approuva Tox.

— Et où se trouvent les fichiers vidéo ? On n'a rien retrouvé sur les ordinateurs de Sam, au boulot comme chez lui. À quoi bon filmer des scènes de ce genre si c'est pour les effacer ensuite ?

Les deux hommes contemplèrent leurs verres en silence. Whitt porta instinctivement la main à la plaie qu'il avait à la nuque. Quelle direction donner à leurs recherches à présent ? Son compagnon ne payait pas de mine, mais Whitt soupçonnait son air blasé de dissimuler sa détermination. Tox lui faisait penser à ces pythons somnolents qui montrent rarement leurs crochets. Il était impatient de téléphoner à Harriet, il entendait s'assurer qu'elle connaissait bien ce type. Il ne savait même pas si Tox était un flic ou un privé.

— Si ça trouve, on se goure sur toute la ligne, reprit Tox. Blue peut très bien être coupable s'il n'agissait pas seul, ce qui expliquerait l'absence d'empreintes et d'ADN. Auquel cas il faut retrouver son complice.

— Pourquoi aurait-il agi avec quelqu'un d'autre ?

— Coupable ou innocent, Blue n'a pas pu laisser lui-même ces pièces à conviction dans son appartement. Jamais de la vie. S'il est innocent, quelqu'un d'autre a déposé chez lui ces indices compromettants. Et s'il est coupable, il avait forcément un complice qui a voulu se protéger en le sacrifiant, ce qui lui permettait de continuer à tuer.

— Quand ce complice aurait-il pu dissimuler la caméra et les magazines chez Blue ? avança Whitt. Les équipes de Nigel ont très certainement fouillé l'appartement de Sam dans la foulée de son arrestation.

— Pas du tout, le contredit Tox. Ils ont procédé à l'arrestation de Sam à 11 heures du matin, mais ils n'ont pas fouillé son appartement avant 18 heures. Nigel et ses copains étaient apparemment trop impatients de l'interroger. Ils n'ont pensé à perquisitionner chez lui que lorsqu'ils se sont retrouvés face à un mur, puisque Sam refusait d'avouer. Quelqu'un a très bien pu s'introduire chez Blue pendant ce laps de temps.

Whitt pensa soudain à l'homme au crâne rasé. Il chassa cette image de son esprit, persuadé que son cerveau meurtri lui jouait des tours.

— Blue avait des griffures sur lui. Les enquêteurs les ont photographiées après l'avoir interrogé.

— Tox hocha la tête.

— Nigel prétend qu'elles ont été laissées par la dernière fille au moment de son enlèvement, mais Sam a passé vingt-deux heures en garde à vue. Il a très bien pu être maltraité pendant son interrogatoire, d'autant que les photos ont été prises après. Il nous faut impérativement comprendre ce qui s'est passé, d'une façon ou d'une autre.

— Nous sommes en présence de deux hypothèses très intéressantes, reprit Whitt. Soit Blue est totalement innocent…

— Soit c'est un dangereux psychopathe, le devança Tox. Un loup déguisé en agneau.

36

À minuit, assise à la table de cuisine de Snale, j'écoutais ronfler Jerry, le cochon, dans la pièce voisine. La morgue d'Orange nous avait envoyé les photos des restes de Théo Campbell. Restait à déterminer si sa mort faisait partie d'un plan plus global. Si d'autres attentats allaient suivre.

Kash avait tenté de me convaincre toute la soirée qu'Adeel Taby, le père de Zac, était un suspect tout trouvé. Le groupe Ektor, pour lequel il travaillait, exploitait des gisements pétroliers et gaziers au Moyen-Orient et il se murmurait que la compagnie vendait également des armes. J'avais été obligée de lui rappeler que ma décision était prise. Ayant gagné notre pari, c'est moi qui dirigeais l'enquête, et les parents de Zac ne m'intéressaient pas.

J'ai ouvert le carnet pour la énième fois en caressant d'un doigt l'écriture fine et fluide de l'auteur de ces lignes, les photos découpées et soigneusement collées. L'écriture en question ne ressemblait pas à celle de Zac Taby, mais je ne m'y connais pas en graphologie. Comme le propriétaire du carnet, Zac avait tendance à appuyer fortement sur la page avec son stylo en déformant le papier, ce qui compliquait la lecture au verso.

L'auteur du carnet avait procédé à une analyse en règle du carnage provoqué par Elliot Rodger, qui avait tué six personnes et en avait blessé quatorze autres lors d'une tuerie à Isla Vista, en Californie. Rodger avait poignardé ses trois colocataires avant de s'en prendre aux membres d'une amicale de filles voisine. Il avait voulu se venger sur la gent féminine de toutes les filles qui avaient refusé ses avances au cours de sa vie. L'auteur du carnet se montrait plus critique à l'endroit de Rodger qu'il ne l'avait été avec les tueurs précédents. Il avait dressé sur la page de droite la liste des « erreurs » qu'il avait commises, sous un plan du périple meurtrier de Rodger à travers la ville.

1/ La plupart des victimes ont été choisies au hasard.

2/ La confession vidéo tournée avant la tuerie est pitoyable. Un type désespéré.

3/ Début très risqué, il aurait pu être arrêté après avoir poignardé ses colocataires.

Je me suis promis de vérifier s'il y avait des services d'aide psychologique dans le coin, pour adultes et adolescents, et quel était le taux de dépression et de suicide dans la région. L'auteur du carnet souhaitait de toute évidence laisser derrière lui une trace précise de ses griefs et de ses motivations. Il ne pouvait avoir une telle intention que s'il savait d'avance ne plus être en mesure de s'expliquer une fois son acte accompli.

Eric Harris et Dylan Klebold s'en étaient pris aux lycéens qui se moquaient d'eux. Elliot Rodger avait ciblé des filles qui l'avaient rejeté. J'ai lancé une recherche sur Google au sujet de Cho Seung-hui et regardé sa confession sur YouTube.

Tu as saccagé mon cœur, violé mon âme et torturé ma conscience. Tu m'as acculé dans un coin sans me laisser le choix.

Aucun de ces jeunes gens ne cherchait à inspirer des disciples éventuels. Tous s'étaient donné la mort après les attaques. Ils cherchaient à se venger. Il ne s'agissait pas de terrorisme, mais de revanche.

J'ai repoussé mes notes, à la recherche de mon portable, et découvert l'e-mail que m'avait expédié Whitt en début de soirée après avoir rencontré Tox. Un léger sourire s'est machinalement imprimé sur mon visage. Une raison de plus de vouloir rentrer à Sydney. J'étais impatiente de voir le tandem impossible que formaient Whitt et Tox. Le premier ne se déplaçait jamais sans sa trousse à manucure ; quant au second, je l'avais vu porter deux jours d'affilée une chemise pleine de traces de sang. Je ne savais pas où pourraient mener les pistes que j'avais indiquées à Whitt, mais je pouvais être sûre que ce dernier réunirait patiemment les miettes de tous les scénarios envisageables pendant que Tox ouvrirait la voie en enfonçant les portes sur son passage.

Mon téléphone a sonné. J'ai cru un instant qu'il s'agissait de Whitt, mais le numéro qui s'affichait à l'écran m'était inconnu. Je suis sorti de la maison et j'ai pris l'appel, assise sur la marche de l'entrée sous le ciel étoilé.

— Harry, a fait une voix. C'est moi.

Mon cœur a fait un bond dans ma poitrine.

37

J'avais vu ma mère pour la dernière fois à un coin de rue, au pied de l'immeuble de Pyrmont où se trouvait mon appartement. Elle avait les mains bandées et le peu de cheveux acajou qui lui restaient ne ressemblaient à rien. Elle portait un tatouage de facture récente dans le cou. Elle m'avait demandé si elle pouvait habiter chez moi et j'avais refusé. La seule fois où elle avait dormi à la maison, elle était repartie à l'aube en laissant la porte grande ouverte après m'avoir piqué tous mes objets de valeur et mon argent liquide.

Je ne savais pas quoi lui dire au téléphone. J'avais essayé d'entrer en contact avec elle lorsque Sam avait été arrêté, sans succès. Je m'étais même demandé si elle était encore en vie. L'arrestation du tueur de la Georges River avait fait la une de tous les médias du pays. J'ai poussé un soupir, la tête tournée vers les étoiles.

— Tu es là, Harry ?

— Oui. En quoi puis-je t'aider, Julia ?

— Déjà, évite de m'appeler Julia. Ça ne se fait pas.

— De quoi as-tu besoin ?

— Je n'ai besoin de rien, ma chérie. Je voulais juste prendre de vos nouvelles, avec Sam.

Comment on va, à ton avis? Le plus simple était encore de mentir.

— Tout va bien. Quoi d'autre?

— J'ai voulu me rendre à l'audience aujourd'hui, mais je suis arrivée trop tard. Ils avaient déjà fermé les portes. J'aurais aimé rendre visite à Sammy, mais mon nom ne figure pas sur la liste des visiteurs autorisés. Tu pourrais lui demander d'ajouter mon nom?

— Tu n'as pas peur d'être arrêtée? Je te rappelle que tu es toujours recherchée.

Ma mère s'est spécialisée dans les vols de voiture et les cambriolages. Des mandats d'arrêt à son nom ont été lancés dans quatre des six États que compte l'Australie.

— J'ai besoin de le voir.

J'ai poussé un nouveau soupir.

— Dans ce cas, tu peux tenter ta chance.

— Je pleure depuis des jours et des jours, a-t-elle reniflé à l'autre bout du fil. J'ai eu du mal à retrouver vos coordonnées. Quand j'ai vu les journaux, j'étais comme dingue. J'ai perdu les pédales. Ça fait des mois que je quitte quasiment plus mon lit.

— Hmm hmm.

— J'arrive pas à y croire. Comment a pu arriver un truc pareil?

— C'est ce qu'on essaye tous de comprendre.

— Je suis prête à vous aider, tu m'entends? C'est déjà ça.

Elle a pris longuement sa respiration, ce qui m'a laissé le temps de me préparer à l'étalage de générosité qui allait suivre.

— On m'a proposé un article dans *Her Weekly*. C'est payé. Je compte bien donner une partie de cet argent pour payer l'avocat de Sam.

J'ai bouilli intérieurement.

— Tu as… tu as quoi ?

— Une journaliste de ce journal m'a contactée. Ils veulent publier un article de quatre pages sur moi, avec des photos de moi et de vous deux quand vous étiez gosses. Avec des souvenirs de quand je vous ai élevés.

J'en suis restée sans voix.

— Ils m'ont proposé quarante mille dollars, a-t-elle poursuivi en reniflant. Je me suis dit que j'aurais pu en donner cinq ou dix, pour aider Sam.

— Tu ne…

Je me suis relevée d'un bond. J'ouvrais et fermais la bouche sans pouvoir articuler une parole.

— Tu ne peux pas accepter, Julia. Et puis de quoi voudrais-tu leur parler ? On marchait à peine quand tu nous as abandonnés, Sam et moi.

— Qu'est-ce que tu crois, Harry ? Que j'avais pas mon mot à dire ? J'ai toujours su où vous étiez. Je vous ai même téléphoné, peut-être une dizaine de fois.

J'avais du mal à respirer.

— Harry, tu es là ?

— Écoute-moi bien, Julia. *Her Weekly* se fiche de savoir comment tu nous as élevés et quels enfants merveilleux nous étions. Ce magazine n'a pas l'intention de dresser le portrait tristement tragique d'une femme incomprise et des petits anges qui lui ont été volés par les méchants fonctionnaires des services sociaux. Cet article te présentera sous les traits d'une pauvre droguée irresponsable ayant enfanté deux gamins placés en famille d'accueil, dont l'enfance a été marquée par la violence.

— Pas du tout.

Je lui ai répondu par un rire de colère.

— Bien sûr que si. Prétendre le contraire serait un pur mensonge !

Elle n'a rien dit. Derrière elle, j'entendais le son d'une télévision et une voix d'homme qui criait.

— Julia, ils vont te prendre entre quatre-z-yeux en agitant du fric sous ton nez jusqu'à ce que tu leur racontes par le menu ton parcours semé d'horreurs. Ils s'en serviront ensuite pour expliquer que Sam est coupable.

— Harry, faut pas que tu croies, mais ma vie est un enfer en ce moment. Tu risques pas de comprendre, puisque t'es une putain de flic maintenant. On t'a appris à détester les gens comme moi.

— C'est bon, Julia. Je raccroche.

— J'ai besoin de ce fric, Harry. Je compte m'en servir pour repartir de zéro. J'ai rencontré quelqu'un, on veut monter une affaire. C'est le bon, Harry. Je le sens. Il est pas comme les autres.

Je n'ai rien répondu.

— Je t'ai toujours aimée, Harriet, a-t-elle soupiré durement. J'ai toujours aimé ton frère. Tu crois que ça compte pas ? Putain, je me demande comment tu as pu devenir une salope aussi ingrate. Je me débrouille du mieux que je peux, merde !

J'ai mis fin à la communication, prête à m'arracher les cheveux. J'avais envie de hurler dans la nuit.

J'avais l'impression que mon frère s'enfonçait dans des sables mouvants. Chaque fois que quelqu'un faisait mine de le tirer de là, il se débattait et s'enfonçait irrémédiablement. Si tout le monde se liguait contre lui, jamais je n'arriverais à le sauver.

38

Le lendemain matin, nous avons rendu visite à David Lewis, le copain de Théo Campbell, pour lui demander ce qu'il pensait du drame. Nous avons découvert un type plus jeune que Théo. Il avait vu ce dernier l'après-midi même, ils étaient montés tous les deux sur le toit de sa petite ferme, dont plusieurs tuiles étaient cassées. Lewis était au courant de ce qui s'était passé, évidemment, mais il était dans l'incompréhension. Il nous a répété ce qu'on nous avait déjà dit, à savoir que Théo paraissait en pleine forme et que jamais il n'aurait pu imaginer ce qui allait lui arriver en le voyant repartir.

Le soleil tapait fort quand nous sommes arrivés chez les Campbell. Olivia, la veuve de Théo, nous a ouvert, les yeux rougis par le chagrin. Elle affichait la dignité propre aux femmes de flic, avec sa tenue soignée et son chignon serré. Elle semblait décidée à tenir le choc face à l'adversité, en apparence tout du moins. Un portrait encadré du couple le jour de leur mariage était accroché dans l'entrée. Théo était un grand type large d'épaules aux sourcils épais. De l'autre côté des portes-fenêtres donnant sur le jardin, le chat de la famille jouait avec une sauterelle morte au bord de la pelouse.

— Je suis sûre que c'est à cause du trafic de drogue, a déclaré Olivia en prenant place dans un fauteuil, imitée par Snale. Les gens disent que c'est un acte terroriste, ou bien que sa mort est liée à ce carnet, mais je suis sûr qu'il a été éliminé par des trafiquants de drogue.

Nous avons échangé un regard étonné avec Snale. Je m'attendais à ce qu'Olivia partage avec nous des souvenirs liés à Théo, nous dise comment elle réagissait à la mort de son mari. Au lieu de quoi elle allait droit au but. Kash paraissait sceptique. Planté devant la bibliothèque, il examinait les titres des livres de poche aux couvertures usées. Il s'est rué sur un exemplaire du Coran rangé sur le troisième rayonnage, comme s'il allait y trouver la clé du mystère.

— Quels trafiquants de drogue ? a demandé Snale d'une voix douce. On a la situation bien en main de ce côté, nous n'avons pas de gangs par ici.

— Théo participait à une mission secrète, nous a expliqué Olivia. On était couchés, il y a peut-être un mois, quand je me suis réveillée vers minuit seule dans le lit. Je suis allée à la fenêtre et je l'ai vu dehors en train de discuter avec Jace Robit et sa bande. Quand il est revenu se coucher, je lui ai demandé de quoi il retournait, mais il s'est montré très évasif. Il m'a juste parlé d'une unité de production de méthamphétamine.

Snale a secoué la tête d'un air perplexe. Je me suis assise sur le bord du canapé.

— Je sais bien qu'il y a de la meth dans le coin, m'a expliqué Vicky. On trouve aussi des drogues douces, notamment de l'herbe en quantité, mais la meth est principalement colportée par les chauffeurs de poids lourds qui se rendent à Bourke, à quatre heures d'ici. On croit savoir que les pubs de là-bas approvisionnent la région.

— En quelle quantité ?

— Les gamins en consomment pour tromper leur ennui, faute d'activités, mais s'il y avait une unité de production ici, on le saurait. Je vois mal comment ils pourraient se planquer. Sans compter que ça ne servirait à rien, il n'y a pas un marché suffisant au niveau local. Les labos de fabrication de meth se trouvent dans les grandes villes où il est facile de passer inaperçu.

J'ai pensé à Jacé, avec sa silhouette tout en longueur, ses mauvaises dents et son fusil. Les types au visage tanné qui l'accompagnaient étaient du même tonneau.

— Robit élève du bétail dans le sud de la vallée, a précisé Snale.

— Théo était-il certain qu'il s'agissait d'une unité de fabrication de drogue, ou bien avait-il uniquement des soupçons ? a demandé Kash en s'adressant à Olivia.

Elle a posé sur lui deux yeux rougis.

— Je ne sais pas.

Elle s'est essuyé le nez dans un mouchoir en papier chiffonné.

— Je les ai aperçus uniquement cette nuit-là, et je n'ai pas insisté quand j'ai vu que Théo ne me fournissait pas de détails. Je me souviens juste de les avoir tous vus sur la route, devant la maison. Les phares de leurs voitures étaient allumés. Les spécialistes de l'identité judiciaire m'ont expliqué que l'assassin de Théo lui avait tourné autour après l'avoir attaché à une chaise.

Elle a ravalé ses larmes.

— Il cherchait peut-être à l'interroger. Savoir s'il en avait parlé autour de lui.

Je me suis rendue dans la pièce voisine pendant que Snale consolait Olivia. À l'évidence, il s'agissait de l'antre de Théo. La pièce était meublée d'un fauteuil en cuir tout craquelé, d'un vieil ordinateur poussiéreux, d'un bureau sur lequel étaient empilés d'autres bouquins, ainsi qu'une collection d'outils de navigation en laiton qui auraient mérité un bon astiquage. Je me suis assise dans le fauteuil de Théo en commençant par contempler la pelouse à travers la fenêtre avant de m'intéresser aux papiers étalés sur le bureau. J'ai trouvé un manuscrit inachevé des mémoires de l'ancien chef de la police. Zac m'avait expliqué que les carnets intimes ne concernaient que les gamines, mais Théo Campbell avait consacré de longues heures à l'évocation de sa longue carrière et de son histoire personnelle. J'ai feuilleté le manuscrit en m'arrêtant sur des mots tels que *honneur*, *preuve*, *tragédie*, *arrestation*.

— S'il avait effectué une mission secrète, il en aurait parlé à Snale, m'a glissé Kash, debout sur le seuil de la pièce.

Il tenait le coran serré contre lui à la façon d'un ours en peluche fétiche. Il s'est approché des rayonnages.

— Je suis d'accord. Si les fermiers de la région s'amusaient à fabriquer de la meth, Campbell n'aurait pas eu besoin d'enquêter en secret pour être au courant. Il lui aurait suffi de mener une perquisition. Un laboratoire de ce genre coûte cher, le processus est compliqué et ça pue. Comment auraient-ils pu masquer l'odeur ? Sans compter que le marché local est pour le moins limité. Les dealers se contentent de fournir de petites quantités qui sont ensuite vendues dans les villages les plus reculés, mais de là à monter un labo, ce serait ridicule.

— Sauf s'il s'agissait d'une simple expérience, a suggéré Kash. Tu fabriques une grosse dose, tu la vends en ville et tu ramasses une petite fortune. De quoi éponger tes dettes d'un coup. Théo a très bien pu découvrir la vérité et chercher à décourager les coupables qui l'ont exécuté.

— Et le carnet, dans tout ça ?

Kash a regardé le bout de ses chaussures.

— Peut-être un leurre.

Je n'y avais pas pensé. Quelqu'un avait très bien pu rédiger ce carnet afin de nous égarer. Rien de plus facile. Il suffisait de réaliser quelques croquis, de découper des photos dans les journaux et de rédiger des notes bidon. En quelques soirées, l'affaire était pliée. Le carnet n'avait peut-être rien à voir avec le meurtre de Théo Campbell. Auquel cas l'hypothèse d'un règlement de comptes lié à un trafic de dope tenait la route.

J'ai ressenti un éclair d'excitation coupable. Boucler l'enquête rapidement m'autoriserait à rentrer chez moi. Je n'aurais pas le droit de contacter mon frère ou d'approcher le palais de justice, c'est vrai, mais je serais moins loin. La suite s'est enchaînée dans ma tête: faire une descente chez Robit, le boucler avec ses complices à condition de trouver une bonne raison, n'importe laquelle, et quitter ce trou. Sans m'inquiéter de savoir si le village était en danger, si une âme troublée préparait l'apocalypse. À condition de procéder à des arrestations éclair, plus besoin d'attendre six jours avant de rentrer chez moi.

Je me suis aperçue que je fouillais machinalement dans les affaires que Théo Campbell conservait dans le tiroir de son bureau. Des stylos et des petits carnets. J'ai refermé le tiroir et une règle en plastique est restée coincée dans l'interstice. J'ai voulu rouvrir le tiroir, mais il restait coincé à cause de la règle dont le plastique mordait le bois du bureau. J'ai tiré de toutes mes forces et le tiroir a fini par céder. Ébranlé par le choc, un compartiment secret dissimulé derrière un panneau décoratif en bois s'est ouvert.

Kash et moi avons aussitôt exploré la cachette et tous mes espoirs de résoudre l'enquête rapidement se sont évanouis.

39

Agenouillée face au bureau, j'ai glissé un œil dans le compartiment qui venait d'apparaître. La cachette contenait un paquet de la taille d'une boîte à chaussures, soigneusement emballé dans du ruban adhésif.

— Putain, Olivia avait raison.

Au moyen d'une paire de ciseaux, j'ai découpé le ruban adhésif en prenant garde de ne pas endommager le paquet.

Je me suis tournée vers Kash.

— De quoi s'agit-il, à ton avis ? C'est lourd.

Il s'est mis à genoux à son tour et l'odeur de sa transpiration m'a envahi les narines. Je l'avais entendu courir dans le jardin de Snale tôt ce matin-là, entre deux séries de pompes rythmées par le bip de son téléphone, sous le regard de Snale qui buvait un café dans la véranda. Caressé par les premières lueurs rosées du jour naissant, le torse de Kash était brillant de sueur.

J'ai sorti du paquet un sachet transparent contenant une boule brune moitié moins grande qu'une balle de golf. Je l'ai posée dans le creux de ma main.

— De l'héroïne brune, a déclaré Kash. J'en ai vu en Afrique du Nord. Un putain de produit artisanal, encore moins cher que la black tar.

— Tu sais quoi ? Cette boule n'est pas vraiment brune.

J'ai craché sur le caillou et je l'ai frotté, faisant apparaître une pépite d'or poreuse d'un jaune terne.

— Ouah ! s'est exclamé Kash en m'arrachant la pépite des mains. Tu as vu ce morceau de fromage ?

J'ai levé les yeux au ciel et sorti du paquet un autre sachet.

— La pépite que tu tiens doit peser dans les cinquante grammes.

J'ai pris mon portable et cherché un convertisseur sur Google.

— Au prix actuel, il y en a pour trois mille dollars.

J'ai soupesé le paquet. À vue de nez, il pesait dans les deux kilos et demi. J'avais en main l'équivalent de quatre-vingt mille dollars du métal précieux.

— C'est quoi ce délire ? a fait Kash en me regardant.

— Tu crois que c'est réglo ?

— Aucune idée. Je sais juste qu'on ne peut pas acheter de l'or sous cette forme au marché officiel. Reste à savoir si Campbell l'a prospecté, ou bien s'il se l'est procuré auprès d'un prospecteur. J'ai du mal à croire que ce paquet soit son bas de laine. Je doute même que cet or ait été déclaré aux impôts, étant donné la façon dont il était planqué.

— Comment expliquer une telle quantité ? a insisté Kash. On ne trouve jamais autant d'or en prospectant. Ces pépites représentent des années de recherche avec un détecteur de métaux.

Je lui ai répondu dans un murmure, perdue dans mes pensées.

— Il a peut-être découvert un filon, ce qui expliquerait pourquoi il le cachait.

Kash a récupéré la pépite que je tenais dans le creux de la main et l'a remise dans le paquet.

— Il faut tout remettre en place. Rien ne prouve que Théo Campbell n'était pas le propriétaire légitime de cet or. Il a peut-être voulu le dissimuler en cas de cambriolage.

— Si Théo le détenait légalement, Olivia sera forcément au courant, tu ne crois pas ?

J'ai déroulé une longueur de ruban adhésif prélevée sur le dévidoir posé à côté de l'ordinateur de Théo afin de refermer le paquet.

— Olivia, on peut vous déranger une minute ?

La femme de Théo nous a rejoints depuis le salon voisin. J'ai vu qu'elle avait à nouveau pleuré, sans doute sur l'épaule de Snale.

J'avais coincé le paquet sous mon bras, bien en vue. Je m'étais même poussée de façon à ce qu'Olivia puisse voir le compartiment secret du bureau de son mari.

— On se demandait si Théo tenait un… un journal ? Ou bien s'il avait un agenda, au cas où il aurait eu des rendez-vous au moment de sa mort.

Olivia s'est approchée de l'ordinateur, les yeux tout embués, sans accorder la moindre attention à la cachette ou au paquet.

— Il se servait d'une appli, a-t-elle balbutié en ranimant la bécane d'un doigt avant de cliquer sur l'agenda.

— Tenez, là.

J'ai posé le paquet sur le bureau, à côté de sa main.

— De quoi s'agit-il ? m'a-t-elle demandé.

— Rien de spécial. Des outils dont on se sert pour examiner les scènes de crime. On les enferme dans des sachets stériles.

— Le vieux bureau de Théo, a-t-elle enchaîné en refermant le compartiment secret. Il le tenait de son père.

Le temps d'un dernier soupir et elle quittait la pièce.

Je me suis tournée vers Kash.

— Tu as la réponse à ta question. Il est clair qu'elle n'avait jamais vu cet or.

J'ai repris le paquet et l'ai tendu à Kash.

— On l'emporte avec nous. Je suis prête à parier que Théo Campbell n'était pas le seul à connaître l'existence de ce magot.

40

L'inspecteur Nigel Spader se prenait pour le roi de Gotham City. Cette reproduction de la ville où s'affrontaient aussi brutalement le bien et le mal, avec ses trottoirs peints à la main et ses pelouses vertes en papier floqué, était l'un de ses rares hobbys. L'immense table installée dans son garage suffisait à peine à accueillir la cité miniature. Des immeubles savamment penchés entouraient un promontoire qui s'avançait au milieu des vagues noires du port. La ville entière avait été reproduite en maquette. Uptown avec ses rues étroites bordées de maisons de ville et de bâtiments à étages équipés de minuscules échelles à incendie. Downtown avec son imposant hôtel de ville trônant en haut de marches sur lesquelles étaient collées des silhouettes de SDF poussant tout leur bazar dans des chariots. Des personnages en costume et long manteau noir figés sur les trottoirs, un attaché-case à la main, indifférents aux sollicitations des prostituées qui hantaient les carrefours.

Perché sur un tabouret en cuir face à la reproduction du Manoir Wayne, Nigel appliquait un mince ruban de colle sur l'une des façades de la vieille demeure. Un train électrique émergea d'un tunnel près du port et frôla son coude avant de franchir un superbe pont de facture gothique qu'il avait mis quatre semaines à construire. Il était heureux dans son garage, imperméable à ce qui pouvait se passer dans les rues trempées de pluie de Sydney. Nigel était le seigneur incontesté de cet univers qui suffisait à son bonheur.

Ce sentiment de sérénité absolue se trouva brusquement troublé par l'irruption dans le garage de Tox Barnes. Nigel resta bouche bée en voyant ce visiteur inattendu prendre possession de son royaume avec assurance.

— 'Soir, inspecteur.

Un éclair de douleur traversa le cerveau de Nigel. Il connaissait Tox Barnes, comme tout le monde. La rumeur disait qu'il avait assassiné une mère et son petit garçon lorsqu'il était jeune, pris d'une folie meurtrière avec une bande de voyous. Nigel ne savait pas jusqu'à quel point il fallait croire ces ragots, mais Tox n'en était pas moins toxique, au même titre que tous ceux qui le fréquentaient.

— De quel droit vous venez me déranger ici ?

— J'étais dans le quartier et j'ai vu de la lumière. Je m'intéresse actuellement à Samuel Blue et j'ai cru comprendre que vous dirigiez l'enquête, répondit Tox en caressant des yeux l'immense ville miniature.

Il se pencha vers une fenêtre, au troisième étage d'un immeuble, afin d'admirer les minuscules silhouettes des employés de bureau à l'intérieur.

— Mazette, cette maquette est magnifique. J'imagine que vous avez dû y passer des heures. Je croyais que vous étiez marié. Vous devriez vous marier.

— Je n'ai aucune intention de discuter avec vous du tueur de la Georges River, s'énerva Nigel.

Il regarda machinalement la façade du Manoir Wayne qu'il était sur le point de coller. S'il ne le faisait pas sans attendre, la colle allait sécher et il mettrait des heures à la poncer avant de recommencer.

— Sortez immédiatement de mon garage.

— Je m'intéresse seulement aux aveux de Sam Blue, fit Tox. C'est pas la première fois que vous obtenez des aveux par la force. Vous avez mis la pression à Blue ?

— Je refuse…, bredouilla Nigel, aveuglé par la rage. Sortez im-mé-dia-te-ment de mon…

— Regardez-moi ça ! s'exclama Tox en soulevant l'une des prostituées qui faisaient le tapin sur la 3e Avenue.

Nigel sursauta en entendant craquer le point de colle qui retenait la figurine.

— Vous avez même des putes miniatures !

— Arrêtez ! Ne touchez pas à ça.

— Ah merde, fit Tox en examinant les talons aiguilles miniatures du petit personnage. Elle était collée ? Désolé.

Nigel reposa la façade du Manoir Wayne inachevé, repoussa son visiteur en lui arrachant des mains la péripatéticienne miniature et constata les dégâts.

— Vous avez mis la pression à Sam Blue, Nigel ? insista Tox.

— On met la pression à tous les suspects, espèce de connard, rétorqua Nigel. Il s'agit d'un putain de tueur en série, bordel !

— D'accord, mais il y a manière et manière de mettre la pression. Vous lui avez extorqué ces aveux de force ? C'est vous qui lui avez fourni tous les détails au sujet des filles, dans le but manifeste de crédibiliser son témoignage ?

— Nous n'avons rien fait d'illégal.

— Arrêtez vos conneries.

Nigel poussa un grognement agacé.

— Je n'étais pas présent tout au long de l'interrogatoire, d'accord ? On se relayait. Il n'est pas impossible que quelqu'un ait laissé échapper des infos.

Tox posa un doigt sur les rails du train électrique devant la locomotive, dont les roues patinèrent.

— Arrêtez ! Vous allez tout casser ! Ce n'est pas un jouet, pauvre con ! Ça coûte une fortune !

— Avez-vous révélé à Sam des éléments qui lui auraient permis de…

— Je lui ai montré les photos des autopsies, OK ? reconnut Nigel. Il a pu voir comment elles étaient mortes.

— Vous lui avez donc bien extorqué des aveux.

— On l'a *encouragé*. Il n'y a pas de mal à ça. On s'est contentés de lui fournir des détails pour l'aider à cracher le morceau. Rien de plus.

— Vous l'avez privé de nourriture ?

— Non.

— Vous l'avez frappé ?

— Non !

— Vous l'avez mis entre les mains de gens qui l'ont privé de nourriture et qui l'ont frappé ?

— Foutez le camp ! s'énerva Nigel en s'emparant d'une batte de cricket posée contre un mur. Sortez immédiatement de mon garage !

Tox souleva la locomotive en la détachant sans ménagement du wagon contenant la pile. Le moteur et les lumières à l'intérieur de la cabine s'éteignirent. Il jeta par-dessus son épaule la loco, qui s'écrasa sur une table encombrée, près d'un mur.

— Je n'étais pas présent en permanence quand Blue a avoué, d'accord ? reconnut Nigel sur un ton suppliant. On se relayait et personne n'a pensé à tenir un journal. L'interrogatoire s'est poursuivi pendant vingt-deux heures, les gens entraient et sortaient. Le magnétophone ne tournait pas en permanence. Il n'est pas exclu qu'on ait poussé à bout Sam Blue.

— C'est possible ?

— Oui, c'est possible.

Tox hocha la tête et s'approcha du port en veillant à ce que la table le sépare de Nigel. Il repéra la figurine du Joker face à l'hôtel de ville, une mitraillette à la main. Il arracha la silhouette à veste mauve de son environnement miniature et l'examina attentivement, un sourire aux lèvres.

— Ah ! Mon personnage préféré.

Il fit sauter la figurine dans le creux de sa main et la glissa dans la poche de son blouson de cuir avant de se glisser sous le volet roulant du garage et de disparaître dans la nuit après un ultime clin d'œil à Nigel.

41

Linny Simpson était prostrée devant une tasse de café au fond du bar lorsque Whitt poussa la porte de l'établissement. Il se dirigea vers sa table et se posta devant elle pendant quelques secondes, le temps qu'elle sorte de sa rêverie.

— Mademoiselle Simpson ?

— Salut, dit-elle en relevant les yeux alors qu'il s'asseyait.

Le café figé au fond de sa tasse était froid.

— Je n'ai pas beaucoup de temps, ajouta-t-elle.

— Pas de souci. Je vous suis déjà reconnaissant d'accepter de me parler, répondit Whitt en faisant signe à la serveuse de leur apporter deux cafés. J'ai cru comprendre que vous ne souhaitiez plus parler aux enquêteurs. Je veux parler de l'inspecteur Spader et de ses hommes.

— Ils refusent de me croire, se justifia Linny.

En dépit du fait que cinq mois s'étaient écoulés depuis sa mésaventure, Whitt constata que Linny n'acceptait toujours pas la situation. On sentait percer chez elle de la colère.

— Personne ne me croit. Ma famille aussi commence à se poser des questions. Je reçois constamment des messages sur le Net de gens qui m'accusent de mentir.

— Les messages en question contiennent-ils des menaces ?

— Ils sont surtout insultants. Les gens croient que j'ai tout inventé pour innocenter Sam Blue. Ou alors par souci d'attirer l'attention sur moi. Mon quart d'heure de gloire.

— Votre témoignage pose certains problèmes, reconnut Whitt en veillant à choisir ses mots. Votre version des faits a légèrement évolué avec le temps.

— J'avais du mal à me souvenir précisément de tout, se justifia Linny. Au début, je veux dire. Maintenant, tout est clair dans ma tête.

Whitt acquiesça d'un air grave, conscient que la mémoire humaine ne fonctionnait pas de cette façon-là. Plus le temps passerait et moins Linny conserverait un souvenir précis des événements. À force de déductions et de suggestions, auxquelles s'ajouteraient des nuits d'insomnie à ressasser l'incident, sa version des faits serait méconnaissable.

— Pourquoi ne pas me raconter ce qui s'est passé ? suggéra Whitt en ouvrant son carnet, lequel contenait une liasse de documents. J'ai apporté une copie de votre déposition. Vous sortiez d'un cours de philo…

— Oui. Je suis montée au deuxième étage du parking par l'escalier. Il n'y avait personne, là où j'étais garée, en tout cas. Il me semble avoir croisé des gens avant de pénétrer dans le bâtiment, mais je n'en suis pas certaine. Il me guettait dans un recoin près de la porte et quand je l'ai poussée, il a passé un bras autour de mon cou.

Whitt prit des notes. Linny Simpson correspondait en tout point au portrait-robot des victimes du tueur de la Georges River. Elle était brune, mince, la peau blanche. Une étudiante ambitieuse et douée. Sa description de la méthode du ravisseur était parfaitement crédible. Un individu dépourvu d'expérience aurait saisi sa proie par la taille, lui laissant toute liberté de crier et de se pencher en avant de façon à ne pas basculer en arrière. Le meilleur moyen de déstabiliser une proie consistait à lui passer un bras autour du cou afin de la réduire au silence en l'étranglant tout en lui faisant perdre l'équilibre.

— Il a voulu m'entraîner vers une camionnette blanche garée à droite de la porte, mais j'ai crié.

— Comment avez-vous pu crier alors qu'il vous étranglait ?

— Je ne sais plus. J'étais sous le choc et tout s'est déroulé si vite.

— Vous êtes sûre que la camionnette était blanche ? insista Whitt.

— Oui.

— Je pose la question car vous avez parlé d'une camionnette verte dans votre déposition initiale.

— Je me suis trompée. Je me suis souvenue plus tard qu'elle était blanche.

Les vérifications avaient permis d'établir qu'aucune camionnette verte ne se trouvait dans le parking ce jour-là. Il y avait bien une camionnette blanche, mais son conducteur était reparti avant la tentative d'enlèvement dont avait été victime Linny.

Whitt s'éclaircit la gorge. Sans doute ce geste agaça-t-il Linny car elle frappa sur la table du plat de la main. Il sursauta sous l'effet de la surprise.

— J'étais persuadée sur le moment que j'allais mourir, si vous voulez tout savoir, se récria-t-elle.

Whitt croisa le regard de la jeune fille et constata que des larmes de rage lui brûlaient les yeux.

42

— J'ai vraiment crié, insista Linny. De toutes mes forces.

Whitt jeta un coup d'œil au procès-verbal posé devant lui. Au témoignage de Linny succédait celui de l'employé présent dans la guérite du rez-de-chaussée au moment des faits. Il n'avait rien entendu, alors que le bâtiment formait une chambre d'écho idéale, du fait de la rampe d'accès en colimaçon autour d'une colonne centrale, mais aussi des immeubles voisins sur lesquels se répercutait le moindre bruit s'échappant du parking aux murs de béton.

— Vous dites vous être débattue à côté de la camionnette, ce qui vous a permis de lui échapper, reprit Whitt.

— Oui, mais je ne sais pas comment.

— Vous lui avez donné des coups de pied ? Des coups de poing ?

— Je ne sais pas, je vous dis, réagit Linny en prenant le café des mains de la serveuse et en serrant la tasse entre ses doigts. J'avais peur.

— A-t-il réussi à vous pousser dans la camionnette ? Êtes-vous montée dedans avant d'en redescendre ?

— La porte de la camionnette était fermée.

Whitt continuait de noter les réponses de la jeune fille tout en réfléchissant à toute vitesse. Il étouffa un juron en s'apercevant que sa manche avait trempé dans sa tasse de café lorsqu'il avait voulu prendre un morceau de sucre.

— D'accord. Donc, vous vous débattez, vous vous libérez et vous vous enfuyez, et c'est à ce moment-là que vous remarquez la présence d'une fille qui observait la scène.

— Une fille noire, approuva Linny. Caitlyn McBeal.

— Je vais vous demander de vous montrer plus précise, le moindre détail a son importance, la prévint Whitt. Vous dites qu'il s'agissait de Caitlyn McBeal. Comment le savez-vous ?

— On m'a montré des photos d'elle. Et elle a disparu.

— D'accord, mais vous ne la connaissiez pas personnellement avant de la croiser ce jour-là. Vous ne vous êtes pas dit, en la voyant : « Tiens, c'est Caitlyn » ?

— Je vous dis que c'était Caitlyn, bordel ! hurla Linny.

Les consommateurs attablés près d'eux stoppèrent net leurs conversations et la regardèrent, interloqués.

— C'est n'importe quoi ! Mon témoignage manquait peut-être de précision au début, mais je m'étais cogné la tête et j'avais perdu connaissance.

— Oui, reconnut Whitt. Vous avez déclaré initialement que deux filles avaient assisté à la scène. Caitlyn et une blonde.

— Non, il n'y avait pas de blonde. Je l'ai inventée.

Whitt sentit vibrer l'un des muscles de sa mâchoire. Lorsqu'elle avait dix-sept ans, son interlocutrice avait dénoncé son ancien petit ami à la police au prétexte qu'il la harcelait. Elle avait retiré sa plainte quinze jours plus tard après s'être raccommodée avec l'intéressé. Lors de sa seconde déposition, elle avait reconnu avoir « inventé » les accusations de harcèlement.

Sans doute Linny perça-t-elle ses pensées.

— Mon esprit l'a inventée, je veux dire, corrigea-t-elle. Je n'ai rien inventé. Délibérément. Consciemment.

— Vous vous êtes enfuie et vous avez dévalé l'escalier de secours. Arrivée en bas des marches, vous avez glissé et vous vous êtes blessée à la tête. Vous pensez avoir perdu brièvement connaissance.

— Oui.

— Combien de temps, à votre avis ?

— Je ne sais pas, reconnut Linny. Pas longtemps, sinon quelqu'un m'aurait retrouvée au pied de l'escalier.

— Personne ne vous a retrouvée, en effet. Vous avez repris connaissance de vous-même et vous vous êtes rendue aussitôt aux bureaux de l'administration afin d'alerter les autorités universitaires. Vous n'avez pas parlé à cette occasion de Caitlyn ou de la jeune fille blonde. Vous n'en avez parlé qu'après l'arrivée de la police, vingt minutes plus tard.

Linny ne répondit rien.

— J'ai même sous les yeux le témoignage de l'une des dames de l'administration, Michelle

Stanthorp. Elle dit vous avoir fait asseoir dans le bureau d'accueil avec l'aide d'une collègue. Vous leur racontiez ce qui vous était arrivé lorsqu'elle a reçu un appel de la mère de Caitlyn McBeal qui cherchait à joindre sa fille. Elle s'inquiétait parce que Caitlyn avait raccroché de façon inopinée en pleine conversation et ne répondait plus sur son portable. Michelle Stanthorp explique que pendant le coup de fil de Mme McBeal, elle a sorti le dossier informatique de Caitlyn sur son ordinateur et que la photo de Caitlyn s'est affichée à l'écran, en face de vous

Comme Linny ne disait toujours rien, Whitt releva la tête. La jeune fille était prostrée au-dessus de son café, le crâne dans les mains. Malgré son désir de découvrir la vérité, Whitt s'aperçut qu'il avait glissé en mode interrogatoire. Son interlocutrice n'était nullement une criminelle, au pire mentait-elle. Il avança la main, obligea Linny à relever la tête, et serra doucement ses doigts entre les siens.

— Vous ne me croyez pas, c'est ça? murmura-t-elle.

— Je suis convaincu que vous avez été victime d'un incident, répondit Whitt d'une voix douce. Un incident grave. Je n'avais aucun droit de me montrer aussi dur avec vous. Je vous demande pardon.

— C'était moi qu'il voulait enlever, reprit Linny d'une voix lointaine, le regard perdu de l'autre côté de la vitre du café.

Elle posa sur Whitt deux yeux embués de larmes.

— Je ne sais pas si elle est toujours en vie, mais elle a pris ma place.

Whitt referma son carnet en soupirant.

— Retrouvez-le, je vous en supplie, murmura Linny. Avant qu'il recommence.

43

Plusieurs interrogatoires nous attendaient ce jour-là. À en croire Zac Taby, quatre autres ados avaient assisté au cours sur les explosifs donné par un prof stagiaire deux ans plus tôt. L'un d'eux, Brandon Skinner, était mort d'une overdose l'année précédente, seul chez lui, en prenant de la meth. Snale avait convoqué chez elle les trois autres, et deux d'entre eux étaient accompagnés de leurs parents. Nous les avons installés sur le canapé du salon en essayant de leur tirer les vers du nez. S'étaient-ils lancés dans la fabrication d'explosifs à la suite de ce cours malvenu ? Ou bien savaient-ils qui avait tenté l'expérience ? Quelle opinion avaient-ils du village et de ses habitants ? Que pensaient leurs copains à ce sujet ? Qui dans leur entourage possédait un sac à dos rouge ? Notre récolte s'est résumée à une longue suite de dénégations. Les rase-moquette de la vallée n'échappaient à l'ennui qu'en multipliant les bêtises, mais aucun d'eux n'était disposé à reconnaître quoi que ce soit.

Quant aux autochtones qui venaient complaisamment frapper à la porte de Snale pour nous souffler en toute confidence le nom du responsable de la mort de Campbell, presque tous citaient Zac Taby. De rares personnes jetaient leur dévolu sur un certain Jed Chatt qui vivait à l'écart du village. « L'Ancien » dont m'avait déjà parlé Zac.

Quand Whitt m'a envoyé un texto en milieu de journée, j'ai noté qu'il se servait d'un nouveau téléphone, mais je ne lui ai pas demandé pourquoi.

Le compte que tu avais ouvert pour Sam est à zéro. Je suis allé le voir. Il est inquiet.

J'ai soupiré. Je m'étais doutée, au moment où mon frère était arrêté, que cette histoire allait nous coûter un bras. Je m'étais empressée de vendre quasiment tous ses biens, avec sa permission, et j'avais pris la main sur son compte bancaire. De mon côté, j'avais vendu mon appartement, ma voiture, ainsi que quelques objets de valeur, avant de puiser dans mes économies. Les dépenses s'étaient accumulées très vite et j'avais pris soin de déposer du fric à son nom à la cantine de la prison, ce qui lui permettait de se procurer des produits de première nécessité et quelques douceurs. Les menaces de mort avaient commencé quasiment tout de suite. J'avais versé de l'argent sur son compte pour lui permettre de graisser la patte de ceux qui assuraient sa protection, histoire de tempérer l'ardeur de ses ennemis, tout en sachant que les demandes augmenteraient vite. L'essentiel était de maintenir Sam en vie jusqu'à la fin de son procès. J'étais disposée à emprunter à la banque si nécessaire, à prendre un autre boulot en plus du mien, deux au besoin. N'importe quoi.

J'ai répondu à Whitt.

Je fais un virement aujourd'hui. Comment ça se passe avec Tox ?

Il a tardé à me répondre.

Je ne suis pas certain qu'on soit faits pour travailler ensemble. C'est un type bizarre avec une réputation tout aussi bizarre, je m'inquiète de ses intentions si on réussit à mettre la main sur le vrai coupable.

Le texto de Whitt m'a fait sourire. L'adjectif « bizarre » allait à Tox comme un gant. À ce stade, Whitt avait sans doute appris par la bande que Tox avait tué une mère et son fils quand il était ado. J'étais l'une des rares à connaître la vérité, ce qui ne m'autorisait pas à divulguer le secret de Tox sans son autorisation.

J'ai renvoyé un texto apaisant à Whitt.

Je rentre dans cinq jours. Tox est un type bien. Fais-moi confiance. Tu n'as rien à craindre de lui.

Il sent le chien mouillé, m'a répondu Whitt.

44

J'ai emprunté à Snale son 4x4 et je suis partie me balader dans le désert avec l'espoir de me vider la tête pendant qu'elle s'occupait avec Kash du paquet découvert chez Olivia Campbell. Quand j'ai quitté la maison, ils pesaient l'or après avoir relevé les empreintes sur l'emballage à l'aide d'un adhésif spécial. Kash était reparti dans son délire de prédilection en nous expliquant que l'or était le moyen le plus fiable de financer le terrorisme international parce qu'il ne laissait pas de trace.

Je commençais à comprendre son fonctionnement et sa vision du monde. J'ai croisé dans mon boulot des collègues qui enquêtent depuis trop longtemps sur les délits sexuels, au point de voir les mecs uniquement comme des prédateurs et toutes les femmes comme des proies potentielles. À les entendre, il faut se méfier des mecs en permanence.

J'ai profité de ma balade pour appeler Tenacity sur le kit main libre. J'étais curieuse de savoir s'il s'agissait de la même Tenacity que celle de Kash.

Elle a décroché et j'ai entendu des bruits de vaisselle en arrière-plan, comme si elle faisait du rangement.

— Mon Dieu, Harry ! s'est-elle écriée en riant. En voilà une surprise !

— Je souhaitais prendre des nouvelles de ma copine la plus tenace. Comment va la vie ?

J'ai ressenti un pincement de culpabilité en l'entendant soupirer et m'expliquer que sa mère n'arrivait pas à trouver un boulot, que son frère avait un procès sur les bras, et qu'elle-même avait le plus grand mal à tenir la maison. Sur une note plus positive, son suivi psychologique se passait très bien. Je ne savais pas comment glisser le nom de Kash dans la conversation, c'était délicat et même tout à fait déplacé, à bien y réfléchir, mais elle a abordé la question spontanément.

— Sinon, je suis en train de divorcer.

— Seigneur.

— J'ai vécu avec Elliot pendant seize ans, on s'est connus au lycée.

J'ai dû laisser échapper un bruit bizarre car Tenacity s'est interrompue.

— Qu'est-ce qu'il y a ?

— Je crois bien que c'est le type avec lequel j'enquête en ce moment.

Les bruits de casseroles se sont arrêtés.

— Qui donc ? Elliot ? Elliot Kash ? Décidément, le monde est petit.

Elle a ponctué sa phrase d'un rire sans joie.

— J'ai honte, je t'avoue. Quand je l'ai entendu prononcer ton prénom, je me suis demandé…

— Tu t'es demandé combien de putains de Tenacity il pouvait y avoir sur terre. Tu n'es pas la première. Laisse-moi deviner, tu voudrais que je le rapatrie d'urgence pour qu'il te fiche la paix ?

J'étais rouge comme une pivoine. J'avais du mal à me concentrer sur ma conduite.

— Écoute-moi bien, Harriet Blue. Je me fiche que tu sois obligée de l'enchaîner au portail de la mairie, mais tu te le gardes le plus longtemps possible. J'ai besoin qu'il me fiche la paix, tu comprends ?

— Pourquoi ?

— Parce que j'en ai marre d'avoir l'impression qu'on va me prendre en otage chaque fois que je mets les pieds dans un aéroport ! Marre de regarder les gens dans le bus comme s'ils transportaient tous une bombe dans leur sac ! Marre d'être réveillée tous les matins par Radio Califat et de trouver des journaux djihadistes sur la table de la cuisine ! Mes copines sont toutes persuadées qu'il est cinglé et son obsession du terrorisme islamiste me rend dingue. Quand je pense que c'est *moi* qu'on accusait d'avoir des problèmes !

— D'un autre côté, c'est son boulot. Je veux dire…

— Ce n'est pas son boulot, c'est sa *vie*. Quand j'ai rencontré Ell, c'était l'archétype du surfeur cool bronzé. Il était maçon de métier. Et puis tout a changé. Il s'est rendu à Bali pour un séjour de surf avec quatre copains et ils se sont retrouvés au Sari Club le premier soir.

J'ai deviné la suite. En 2002, deux cent deux personnes, parmi lesquelles quatre-vingt-huit Australiens, avaient trouvé la mort dans un attentat-suicide perpétré par un groupe islamiste nommé Jemaah Islamiyah. Une voiture bourrée d'explosifs avait sauté devant le Sari Club, où de nombreux touristes faisaient la fête.

— Il a perdu trois de ses amis ce soir-là. Le quatrième est mort à l'hôpital le lendemain. Quinze jours plus tard, Elliot s'inscrivait à une formation universitaire accélérée consacrée aux relations internationales et aux questions de sécurité. J'avais à peine eu le temps de me retourner qu'il postulait à l'ASIO, le renseignement intérieur. Depuis, il est comme tu peux le voir.

J'imaginais Tenacity dans sa cuisine en train de gesticuler au milieu d'une montagne de bouquins, de magazines et de photos aériennes de hameaux afghans.

— Je n'en peux plus. Elliot ne viendra pas à bout du terrorisme à lui tout seul. Il finira par être lui-même victime des islamistes à force de se détruire, et son entourage avec, en faisant une fixette sur la question.

45

J'ai quitté la route en suivant de vagues traces de pneus sur le petit chemin de terre conduisant à la maison de l'Ancien. De rares épineux poussaient dans le désert et je me suis dirigée vers les bouquets d'arbres qui montaient la garde au loin en vibrant sous l'effet de la chaleur. La vallée de la Dernière Chance avait des allures d'oasis comparée aux falaises rocheuses d'allure inquiétante qui peuplaient ce secteur désolé. Rien ne permettait au voyageur isolé de se repérer. Les kangourous gris réfugiés dans les maigres zones d'ombre ont suivi des yeux le 4x4.

Snale m'avait briefée au sujet de Jed Chatt en me montrant depuis son salon un minuscule point noir perdu à l'horizon en plein désert, aux confins de la vallée. Près de deux siècles auparavant, les familles respectives de Jed et de Dez s'étaient disputées au sujet de terres qu'elles convoitaient toutes les deux. Snale n'en savait pas davantage, mais elle m'avait confirmé que la haine entre les deux clans était tenace. Les rares fois où Jed se rendait au village, les gens l'évitaient soigneusement. Il dépendait pourtant de Dez pour le courrier, et des commerçants pour la nourriture et le reste, sans parler des médecins et des dentistes qui faisaient des visites épisodiques dans la vallée. Jed était un aigle noir prédateur, les autochtones des souris craintives.

Sa maison était perchée sur le flanc d'une petite colline tournée vers la vallée, sous le regard des crêtes. Je me suis garée au pied de la butte sans apercevoir quiconque. L'endroit était spartiate et fonctionnel. Les volets fermés protégeaient les pièces contre les assauts du soleil et la véranda n'avait pas été repeinte depuis des années. Un auvent de toile aurait pu servir de protection à un coin barbecue, mais l'absence de chaises rendait peu probable cette hypothèse, malgré la présence d'une grille rouillée posée sur des blocs de grès et de vieilles bouteilles de gaz sous une table.

Je me suis dirigée vers la véranda sans remarquer la présence de Jed tant il était immobile. Il m'a fallu une vingtaine de secondes pour le voir. Il était assis dans un antique fauteuil couleur moutarde, sous un drap à motifs floraux cloué aux poutres qui ne parvenait pas à le protéger du soleil. Je n'ai pas vu tout de suite qu'il serrait dans son poing une arme dont le canon était tourné vers moi.

46

— Pas plus loin, m'a-t-il ordonné.

À cause de son surnom, je m'étais attendue à voir un vieillard décrépit, mais Jed Chatt n'avait pas soixante ans. Ou alors il était bien conservé. Il se tenait droit sur son siège, tout indiquait qu'il était grand et mince avec des bras musclés. Une masse de cheveux bouclés noirs parcourus de fils gris encadrait un visage marron foncé. Le fusil à canon scié posé sur sa cuisse, sa crosse entourée de ruban adhésif, était parfaitement huilé.

Je me suis figée, un pied en avant, les mains légèrement écartées.

— Je suis flic.

— C'est ce que j'ai pensé.

Il m'a montré d'un mouvement de tête l'énorme fusil à lunette posé sur une table à sa gauche, le canon tourné vers le 4x4.

— J'ai suivi tous vos mouvements depuis que vous avez quitté la route. Vous parliez en conduisant.

J'ai lancé un coup d'œil en direction du chemin de terre.

— J'ai pensé que vous étiez une folle qui parlait toute seule, ou bien quelqu'un de normal qui passait un coup de fil sur son portable. Dans le coin, il n'y a qu'un flic pour être pressé au point de conduire et de téléphoner en même temps.

— Bien vu. À présent, je vous prie de lâcher votre arme.

— Je vous laisse montrer l'exemple.

J'ai récupéré très lentement le pistolet coincé au niveau de mes reins et je l'ai posé à mes pieds. Jed a baissé le canon scié du fusil en visant mon genou, au lieu de mon ventre.

— Je suppose que vous êtes Jed Chatt, la terreur de la vallée de la Dernière Chance.

— En personne.

— Je m'appelle Harriet Blue.

J'ai constaté avec un certain soulagement que mon patronyme ne lui disait rien.

— Je voulais vous parler.

— Au sujet du gamin ?

— Quel gamin ?

Il n'a pas répondu et nous nous sommes affrontés du regard sans que l'un ou l'autre se décide à abattre ses cartes. Son visage s'est brièvement adouci lorsqu'un petit cri s'est échappé de la maison.

J'ai penché la tête de côté.

— C'est… c'est un *bébé* ?

Jed a posé son fusil et s'est levé. Il était encore plus grand que je ne l'avais imaginé. Il est passé à côté de moi avant de disparaître à l'intérieur de la maison. Je l'ai suivi en m'arrêtant sur le seuil. L'intérieur, plongé dans la pénombre, était frais. Un vieux berceau en bois était adossé à l'arrière d'un canapé dans une pièce quasiment vide. Le géant a sorti un bébé d'un drap de coton rugueux et l'a posé contre sa poitrine.

La métamorphose de Jed m'a secouée. Un instant plus tôt, j'avais affaire à un porteur de flingue dégingandé dans son fauteuil, et je le retrouvais brusquement avec un bébé dans les bras. Je me suis approchée. Le bébé, aussi noir que lui, s'accrochait au coton usé de son débardeur bleu.

— Personne ne vous a invitée à entrer.

— C'est le gamin dont vous parliez ?

Il m'a lancé un regard en coin sans répondre. Il a voulu récupérer une tétine dans le berceau sans lâcher l'enfant. Je me suis baissée et je la lui ai tendue. Au passage, je lui ai effleuré la main. Ses doigts étaient calleux et chauds.

— Personne ne m'avait prévenue que vous aviez un bébé.

— Faudrait encore qu'ils soient au courant. C'est pas leurs oignons.

— Mais à qui… je veux dire… vous êtes, euh… plus tout jeune pour avoir un nouveau-né.

— C'est une histoire compliquée. Si vous êtes pas venue à cause du gamin, c'est pas vos oignons non plus.

Le bébé jouait avec sa tétine. Posée sur un bras du canapé, j'ai regardé Jed sortir un biberon du frigo, brancher la bouilloire et verser l'eau brûlante dans un saladier avant d'y plonger le biberon pendant que l'enfant pleurnichait contre sa poitrine. Il lui tapotait gentiment le dos de la main qui le tenait. Ce type avait élevé des enfants, mais aucune photo n'était accrochée au mur. Tout indiquait que l'arrivée de ce bébé n'était pas prévue. Nulle part je n'apercevais de jouets, et un sac contenant des vêtements minuscules était posé près de la porte. L'homme et le nouveau-né vivaient manifestement seuls, aucune touche féminine n'habillait l'endroit. J'ai aperçu un pistolet sur le plan de travail, à côté de vieux carnets bourrés de notes.

— Vous êtes là pourquoi ? m'a demandé Jed.

— J'enquête avec mes collègues sur la mort de Théo Campbell.

— Sa *mort* ? s'est étonné Jed en testant la température du lait sur le dos de sa main. Théo Campbell n'est pas mort.

— Ce n'est pas ce que disent les techniciens de l'identité judiciaire.

— Que s'est-il passé ?

Il voulait savoir ce qui s'était passé, et non qui avait tué Théo, la question la plus naturelle s'il avait déjà été au courant. Je me suis sentie moins nerveuse, d'un seul coup.

— C'est ce que j'aimerais savoir.

— Je vois mal comment je pourrais vous aider. Je ne vais quasiment jamais au village.

— Les gens n'ont pas l'air de vous apprécier beaucoup.

Il a ricané avec amertume d'un air las.

— Je ne cadre pas avec le reste de l'histoire.

Il ne cadrait pas davantage avec mon enquête, j'étais en train de perdre mon temps. Je voyais mal comment il aurait pu poser des bombes et terroriser les habitants du coin avec un bébé sanglé sur le siège passager de son pick-up antique. Je me suis approchée de Jed et de l'enfant, poussée par l'envie étrange de voir les yeux de ce dernier.

Des aboiements à l'extérieur m'ont ramenée à la réalité. Jed a tourné la tête en direction du bruit, comme moi, et j'ai reconnu Digger. La chienne reniflait les pneus de mon 4x4.

— Putain de chienne. Elle n'arrête jamais.

— Vous feriez mieux de repartir avec elle avant que je l'abatte, a grommelé Jed en me tournant le dos. Je vous donne trente secondes.

47

Snale m'attendait devant la belle maison de John Destro, à un jet de pierre de l'école, à la sortie nord du village. C'est Dez qui avait eu l'idée de ce dîner. Snale m'avait confirmé qu'il s'entendait avec tout le monde dans la vallée et serait au courant de tout, mieux qu'elle. Dez possédait la plus belle pelouse du village, elle s'étendait à la droite de son double garage jusqu'aux prés dans lesquels paissaient paisiblement des vaches. Celles-ci projetaient des ombres interminables alors que le soleil s'approchait de la crête du cratère.

— Où étais-tu ? m'a demandé Vicky.

— Je suis allée voir Jed Chatt.

— Quoi ? s'est-elle écriée en me donnant une tape sur le bras. Toute seule ? Tu es folle ?

— Je doute qu'il soit aussi inquiétant que vous le pensez.

— Il l'est suffisamment à mes yeux. Ce n'est pas normal de vivre seul aussi loin de tout, sans s'occuper. Quand il vient au village en douce s'acheter des provisions, il n'adresse la parole à personne. Ce type me fout les jetons, je préférerais qu'il aille vivre ailleurs.

Je ne cadre pas avec le reste de l'histoire. La phrase de Jed m'est remontée à la mémoire.

— Y a-t-il d'autres membres de la famille Chatt dans les environs ?

Snale a secoué la tête.

— Ils sont tous partis depuis longtemps, a-t-elle répondu en se dirigeant vers la porte d'entrée. Les relations étaient tendues entre les deux familles. Les Chatt qui vivaient au village avaient du mal à trouver leur place et ils ont fini par s'en aller. Jed seul est resté.

— Que sais-tu de ses proches ? Ceux qui sont partis ?

— Rien, a répondu Snale en haussant les épaules. Je ne crois pas qu'ils soient restés en contact avec lui.

Je n'ai pas voulu parler du bébé. Jed ne s'était pas trompé de beaucoup en me soupçonnant de venir m'assurer que l'enfant était bien traité, étant donné l'environnement dans lequel il se trouvait. J'étais bien placée pour savoir quelles sont les lois en matière de garde d'enfant. Jamais les services sociaux n'auraient donné leur autorisation s'ils avaient su que Jed et ce bébé vivaient seuls en plein désert, avec toutes ces armes à portée de main.

J'ai pensé à ma mère. Quand les services sociaux étaient venus nous chercher, mon frère et moi, on était mal nourris et couverts de brûlures de cigarette, sans parler des érythèmes et des hématomes. La police avait fait une descente dans le minuscule studio qu'on partageait avec elle, son souteneur et un autre type. Les flics la soupçonnaient de vendre de la drogue, ils avaient enfoncé la porte à coups de pied et elle l'avait réparée grossièrement avec du ruban adhésif. Sans doute l'un des flics avait-il transmis notre signalement aux services sociaux.

Il ne fallait pas compter sur moi pour dénoncer Jed Chatt, mais je me suis promis de retourner chez lui. Je voulais savoir de quoi il retournait. Savoir si ce type présentait un danger pour lui-même, l'enfant, et le village.

48

Le vestibule de la maison de Dez était très haut de plafond. Des tableaux encadrés de style romantique représentant la vallée baignée de soleil sous tous les angles étaient accrochés aux murs, à côté de gravures anciennes du pub et de la poste. Je me suis arrêtée devant un croquis au fusain de pionniers européens à l'orée de la vallée, munis de pelles et de pioches, leurs femmes en bonnet de tissu à l'écart, des enfants dans les bras.

— C'est un dessin de mon grand-oncle, m'a expliqué Dez en s'approchant.

Il émanait de lui une forte odeur d'après-rasage et il avait enfilé une chemise blanche propre, avec une cravate.

— C'est beau, vous ne trouvez pas ? Mes ancêtres ont campé ici pendant deux mois en attendant que les hommes défrichent la vallée.

J'ai hoché la tête.

— Oui, c'est intéressant.

— J'en ai d'autres par ici.

Il m'a entraînée dans le salon.

— Faites comme chez vous. Puis-je vous proposer un verre de vin ?

Kash se trouvait dans la véranda, d'où il observait les vaches, un petit verre de ce qui devait être du scotch à la main. Je ne voyais que partiellement son profil, mais il paraissait triste. Je me suis demandé s'il avait appelé Tenacity pendant que j'étais chez Jed. Il m'a vue de l'autre côté de la vitre et a pris un air coupable en regardant son whisky. Le geste m'a fait sourire.

Une jeune fille est sortie de la cuisine. À mon grand étonnement, la fille de Dez avait tout d'une orpheline de conte de fées avec ses longs cheveux blonds. À défaut d'avoir hérité de la silhouette trapue de son père, elle avait les mêmes taches de rousseur sur ses bras blancs. Elle m'a rejointe devant le dessin.

— C'est le nord de la vallée, m'a-t-elle précisé en tendant le doigt. Ils ont fait le tour du cratère en quête du chemin le moins dangereux avant de franchir la crête. Cela ne les a pas empêchés de perdre des chevaux dans l'équipée.

— Harriet, je vous présente ma fille Bella. Elle a eu droit aux détails de la légende familiale des Destro depuis qu'elle est toute petite, m'a expliqué Dez en mettant le couvert.

Je me suis installée en bout de table, à côté de Snale, avant de me tourner vers Bella.

— Vous vivez ici avec votre père ?

Elle a eu un petit sourire narquois. Elle portait un T-shirt sur lequel était écrit « Je l'achèterais s'il existait en noir », un short, et des chaussons qui avaient coûté cher. Elle s'est assise à son tour.

— Pas du tout. Je suis venue lui rendre visite. Je suis censée réviser mes examens de fin d'année. Je fais des études de droit à l'université de Sydney.

J'ai cru que j'allais m'étouffer dans mon verre.

— Ouais, a-t-elle ajouté avec un sourire indulgent en se lovant sur sa chaise, les pieds recroquevillés sous elle. Je sais qui vous êtes. J'ai suivi l'affaire de votre frère depuis les premières disparitions. Je suivais des cours sur Internet à l'époque, je n'étais pas sur place, mais je me souviens que les gens avaient peur, d'après ce que j'ai pu voir à la télé. Papa m'a annoncé que vous étiez en mission ici. Je me suis dit, ouah ! Vous vous doutiez que votre frère assassinait des filles ?

— Bella ! l'a coupée sèchement Dez. L'inspecteur Blue n'est pas venue nous parler des problèmes de son frère. C'est un dîner amical.

Sa fille a haussé les épaules.

Dez a posé de quoi grignoter sur la table et nous avons discuté du village et de ses habitants les plus pittoresques. Kash, silencieux, gardait le nez dans son verre. Dez a fini par changer les assiettes et nous sommes passés au dîner. Bella n'arrêtait pas de m'observer à la dérobée pendant que je parlais avec Snale.

— Vous êtes au courant des détails du procès de son frère ? a fini par lui demander Bella en se penchant derrière moi.

— Bell, s'il te plaît, a soupiré Snale.

— Mais quoi ? Tout le monde a des cadavres dans ses placards, non ? a rétorqué la fille de Dez en jouant avec sa fourchette. Je ne vois pas pourquoi vous devriez avoir honte, Harry. Nos ancêtres ont massacré les populations indigènes de la vallée quand ils se sont installés ici, et ils ont chassé les survivants dans le désert. Deux siècles plus tard, il n'en reste plus qu'un, qui erre au milieu de nulle part, comme une tache que personne ne peut effacer.

Dez leva les yeux au ciel.

— Tu as vraiment besoin de parler de ça ?

Bella m'a dévisagée, dans l'espoir que je réagisse.

— Tout le monde est persuadé qu'on a baptisé cet endroit la Dernière Chance parce que nous sommes en plein désert. La dernière chance de se restaurer et de dormir dans un lit avant de s'enfoncer au milieu de nulle part. Ce n'est pas le cas. À son arrivée, la famille Destro a ordonné aux indigènes de partir, et comme ils refusaient, ils leur ont accordé une dernière chance avant de fondre sur eux avec leurs fusils depuis la crête.

— Bella ! a tonné Dez en tapant du poing sur la table. Va donc voir dans la cuisine si le rôti est assez cuit.

Sa fille a quitté la pièce en laissant autour de la table un sentiment de gêne.

49

— Voilà le sort qui vous attend quand vous envoyez vos enfants à l'université.

Dez a passé la main sur son front dégarni en ébouriffant les quelques mèches orange foncé qui lui restaient.

— Ils reviennent en se prenant pour des *penseurs critiques*, prêts à tout remettre en cause.

J'ai attendu que Bella revienne avec les entrées pour interroger son père.

— Elle a raison ? Vos ancêtres ont réellement tué les populations indigènes de la vallée ?

— L'histoire est plus complexe que Bella ne voudrait le croire, a répondu Dez. Les Destro tenaient des journaux intimes et prenaient des notes, on peut également tirer des enseignements des lettres qu'ils échangeaient avec les leurs en Angleterre. Cela dit, c'était surtout les femmes qui écrivaient, et elles ne parlaient pas de ça. Il y a eu des victimes, c'est certain, mais on ne sait pas si les indigènes n'ont pas été victimes d'accidents en voulant aider la famille Destro à s'installer. Les ancêtres de Jed étaient des nomades, d'après ce que je sais, et je ne vois pas pourquoi nos ancêtres ne se seraient pas contentés de les déplacer s'ils avaient eu des désaccords.

— La vallée de la Dernière Chance fait figure d'anomalie, a repris Bella. Vous aurez sans doute remarqué que le sol est différent car il retient l'eau. Le cratère est protégé. Il est surtout fermé par des murailles rocheuses, ce qui facilite la chasse. C'est le meilleur emplacement à des centaines de kilomètres à la ronde. S'il s'agissait de moi, je refuserais de l'abandonner sans me battre.

— Mais il ne s'agit pas de toi, ma chérie, a souri Dez d'un air forcé en tapotant la main de sa fille. Que certains d'entre eux aient été tués ou non, les indigènes se sont pour la plupart réinstallés ailleurs avant de quitter la région. Jed est le seul survivant. Je lui ai proposé à plusieurs reprises de réintégrer le village, mais ça ne l'intéresse pas. C'est un garçon très entêté.

— Tu voulais le recruter en pensant qu'il attirerait les touristes, l'a contredit Bella.

— Quoi ? a réagi Snale.

— Je l'ai sollicité dans le cadre de notre programme de développement, s'est expliqué Dez. Bella m'a accusé de racisme à ce propos.

— C'était le cas.

— J'ai mis sur pied un programme annuel à l'intention des jeunes des environs. Tout le monde est libre de s'y inscrire, et je sollicite les enseignants pour déterminer quels sont les meilleurs candidats. Ceux qui ont le plus de potentiel. Je pars dans le désert avec trois ou quatre ados et nous faisons des exercices. J'avais pensé que Jed pourrait m'aider en nous faisant bénéficier de son héritage culturel. Dans le cadre du programme de réconciliation monté par le gouvernement, la famille de Jed s'est vu attribuer des terres à l'extérieur des limites de la commune. Il n'y a rien sur ces terres, mais il en est le propriétaire officiel et il pourrait nous en chasser s'il en avait envie. Je lui ai proposé de nous emmener les visiter et d'apprendre aux jeunes à survivre en plein désert, par exemple. Ou bien de nous signaler les lieux ou les animaux qui ont une importance particulière aux yeux des populations aborigènes locales.

— C'est raciste.

— Bella !

— C'est raciste, a-t-elle insisté. Tu te fondes sur des a priori culturels en prenant ce type pour un magicien aborigène au prétexte qu'il a des origines indigènes. Tu lui demandes de parler du serpent arc-en-ciel et de raconter comment le kangourou a hérité d'une queue, histoire qu'il oublie la façon dont on a *violé* la terre de ses ancêtres. Chacun sait que toutes ces horreurs ont eu lieu.

Dez s'est bouché les yeux.

— Quand bien même ce type aurait toutes sortes de connaissances liées à sa culture, pour quelle raison voudrais-tu qu'il les partage avec toi ?

— Et pourquoi pas ?

— C'est ça, a ricané Bella entre deux gorgées de vin. Il s'exécuterait avec plaisir, il serait ravi de nous rendre ce service, en échange d'être *invité* à rejoindre le village.

— Que proposes-tu à la place ?

— De lui foutre la paix. Ce type-là a visiblement envie qu'on le laisse tranquille, alors laisse-le tranquille. Il n'a aucune envie de côtoyer des gens qu'il n'aime pas. Les affinités ne se discutent pas.

— Comment pourrait-on ne pas nous aimer ? est intervenue Snale. On est formidables.

— Quelqu'un a décidé de tous vous tuer, Vicky, a rétorqué Bella. C'est bien la preuve que vous n'êtes pas aussi formidables que ça.

50

Dez, les yeux levés au plafond, donnait l'impression de chercher une issue de secours dans l'espoir d'échapper aux accusations de sa fille.

— Laissez-moi vous montrer nos photos de famille, a-t-il suggéré en se levant.

Il a sorti d'un petit meuble un album qu'il a posé devant moi. Je l'ai poussé entre Snale et moi avant d'en feuilleter les pages. Des ados dégingandés et souriants aux genoux noueux assis sur des rochers dans les hauteurs de la vallée. Les mêmes en train d'escalader un amas de roches dans le désert, le doigt tendu vers l'horizon. Des garçons et des filles, aux visages rayonnants brûlés par le soleil, autour d'un feu de camp.

— Quel type de programme proposez-vous aux jeunes ?

— On leur apprend à se repérer, on leur enseigne les techniques de survie en cas d'urgence, on les forme à l'endurance, à l'aventure, m'a répondu Dez.

— C'est génial ! a réagi Kash, qui nous avait rejoints et regardait les photos par-dessus mon épaule. D'où vous est venue l'idée d'un tel projet ?

— Je suis un ancien réserviste.

— Super, a approuvé Kash en vidant son verre de whisky. Je serais ravi d'en savoir davantage. Vous leur enseignez aussi des techniques d'autodéfense ?

— Je manque malheureusement d'expérience dans ce domaine…

Kash a bombé le torse, comme un berger allemand obéissant.

— Je pourrais vous montrer toutes sortes d'exercices pour ces jeunes. Exactement ce que vous recherchez. J'ai un brevet d'instructeur, je suis disposé à vous aider.

Ils se sont lancés dans une conversation à bâtons rompus et j'ai continué de tourner les pages de l'album. Bella apparaissait sur quelques photos, à la limite du cadre, les yeux perdus dans les flammes du feu de camp ou en train de triturer son sac à dos. Assise en face de moi, une jambe repliée sous elle et un coude planté sur le genou, elle jouait avec la nourriture dans son assiette, visiblement peu intéressée par les photos.

— Vous avez participé à beaucoup de ces expéditions ?

— Quelques-unes. La plupart du temps, c'est moi qui prenais les photos.

Snale s'est arrêtée sur un cliché de Dez dirigeant un exercice de secours. Quatre ados en portaient un cinquième sur une civière.

— Alors, qui a tué Théo Campbell ? a fini par demander Bella en mâchant ses haricots verts.

J'ai relevé la tête.

— Je vous retourne la question.

Elle m'a souri.

— J'ai l'impression qu'il s'occupait de trucs pas très catholiques. Quand j'ai quitté la vallée pour entrer à l'université l'an dernier, il donnait l'impression de lever le pied. Un jour, il nous a surpris avec une bande de copains à fumer de l'herbe sur la crête.

J'ai lancé un coup d'œil en direction de son père afin d'observer sa réaction, mais il était tout à sa discussion avec Kash.

— Théo Campbell n'a rien fait, a poursuivi Bella. Il ne nous a même pas confisqué l'herbe, il s'est contenté de bavarder un moment avec nous. Je m'attendais presque à ce qu'il nous demande la permission de tirer une taffe. Il commençait à vieillir, probablement. Il s'en foutait.

— Je peux savoir avec qui tu fumais de l'herbe là-haut, jeune fille ? s'est enquise Snale.

— Tu me connais, Vicky, a répondu Bella en se tapotant l'aile du nez. Je sais tenir un secret.

J'ai vu son regard passer par-dessus mon épaule et se poser sur la porte-fenêtre donnant sur la véranda, derrière moi. Elle a enfourné une nouvelle bouchée de haricots.

— Vous feriez mieux de sortir vos flingues, les amis, a-t-elle déclaré d'un air amusé. Il y a du grabuge dehors.

51

J'ai entendu un bruit de pas, suivi de coups contre la porte-fenêtre. Je me suis levée d'un bond, sans mon arme de service, que j'avais posée bêtement sur une table basse avant de passer à table. Zac Taby, collé contre la vitre, tambourinait dessus. J'ai bien cru qu'il allait me tomber dans les bras quand j'ai ouvert la porte. Il tremblait de peur, couvert de transpiration.

— Ils me pourchassent ! Ils me pourchassent !

— Que se passe-t-il ?

— Au secours ! Ils m'ont tiré dessus ! Ils veulent me tuer !

Je suis sortie dans la nuit. Tout était silencieux. J'ai aperçu dans le lointain une voiture arrêtée au bord de la route, éclairant de ses phares la poussière du désert que soulevait une légère brise. Quelques sauterelles, attirées par les faisceaux lumineux, ont jailli de l'obscurité. J'ai traversé le jardin de Dez en direction du portail de la propriété. Kash, derrière moi, a armé son pistolet.

— Qui est-ce ?

— Probablement Jace Robit avec sa joyeuse bande d'amateurs de meth.

— Si jamais ils ont vraiment tiré sur ce gamin, il va falloir les boucler.

Je lui ai fait signe de rester en arrière.

— Laisse-moi d'abord leur parler. Pas la peine de se montrer hostiles inutilement.

Le moteur de la voiture tournait au ralenti, j'ai compté quatre silhouettes à l'intérieur de l'habitacle. Le coude tanné qui dépassait de la fenêtre du conducteur était effectivement celui de Jace Robit. Il m'a regardée approcher avec un petit sourire aux lèvres. J'ai suffisamment croisé dans mon existence de types dans son genre. Ce soir, ils s'amusaient à tirer au-dessus de la tête d'un ado, avec l'intention de lui coller la trouille de sa vie. En temps ordinaire, les kangourous et autres cochons sauvages que l'on trouve dans le bush constituaient leurs cibles de prédilection. Des crétins de village qui tirent pour échapper à l'ennui tout en étanchant leur soif de sang.

J'ai accéléré le mouvement en arrivant près de la voiture et arraché d'un coup de botte le rétroviseur latéral, qui s'est brisé en tombant par terre, ses éclats luisant faiblement dans la pénombre.

— Holà ! Ça va pas la tête ?

Jace a ouvert sa portière d'un coup d'épaule, il est descendu d'un bond et m'a agrippée brutalement par l'épaule avec l'intention de me secouer.

Je l'ai repoussé d'un léger coup de poing et il a reculé sous le choc, surpris.

— Je vous avais pourtant recommandé de laisser ce gamin tranquille. Vous êtes sourd ?

— Et moi, je vous ai dit qu'on avait l'habitude de régler nos affaires nous-mêmes, a rétorqué Jace.

Ses trois copains sont descendus de voiture à leur tour et m'ont entourée. Deux d'entre eux se sont postés derrière moi, de façon à défendre à Kash de me rejoindre. Ce qui n'a pas empêché mon collègue de franchir en quelques enjambées la centaine de mètres qui nous séparaient, son arme au poing.

— Ce gamin est un danger public, a repris Jace en montrant du doigt la maison. On veut qu'il se casse d'ici. Je me fous de savoir ce que vous en faites, vous n'avez qu'à le rembarquer en ville avec vous. Comment vous dites, déjà ? « En détention par mesure de protection », c'est ça ?

— Il n'a rien fait de mal.

L'un des copains de Jace a ricané dans mon dos.

— Vous n'êtes pas d'ici, ma jolie, a repris Jace. Pour tout vous dire, y a des gens qui ont leur place ici, et d'autres pas. Ce Taby n'a rien à foutre là. Dans le bush, il y a les espèces naturelles, et celles qui sont venues empiéter sur leur territoire.

Il a levé la main droite, puis la gauche.

— Comme les chats sauvages, qui s'en prennent aux espèces locales. À moins de les éradiquer avant qu'il soit trop tard, ils finissent par tout envahir.

— Merci pour le cours de SVT. Moi aussi, je peux donner des cours, mais je ne suis pas sûre qu'ils vous conviennent, alors je vous le répète une dernière fois : remontez dans votre bagnole et retournez chez vous avant que je vous donne une bonne leçon.

Les types, éberlués, se sont regardés avant d'éclater de rire, mais aucun d'eux n'a bougé d'un pouce.

— Harry ! Pas ça !

Kash venait de nous rejoindre.

— Pas quoi ? a réagi Jace sur un ton railleur en me toisant de la tête aux pieds.

— Tu as entendu ce qu'il vient de m'expliquer, Elliot ? Il affirme qu'ils ont l'habitude de régler eux-mêmes leurs affaires, par ici. Alors réglons-les.

52

À chaque fois que je me bats contre un mec, il essaye d'emblée de me mettre à terre. Ils ont des scrupules à frapper une femme, avant de comprendre que je ne suis pas une fille ordinaire. Ils se croient capables de m'attraper et de me jeter par terre pour bien me convaincre qu'il est temps de retourner jouer à la poupée. Jace Robit n'était pas un tendre. Des années de travaux à la ferme l'avaient endurci, il n'avait pas un gramme de graisse, mais des muscles à revendre et des os incassables. J'ai vu ses grosses mains fondre sur mes épaules, j'ai feinté en me jetant de côté avant de lui envoyer dans les côtes un uppercut qui lui a coupé le souffle. Il a titubé en essayant de glisser son bras derrière ma nuque, mais je me suis dégagée en baissant la tête, je suis passée derrière lui et je lui ai botté le cul.

La manœuvre a provoqué l'hilarité involontaire de ses copains. Jace s'est senti humilié, ce qui a décuplé sa fureur. Grave erreur, on se bat toujours mal quand on est en colère. Je prenais mon pied, j'aurais été ravie de les affronter tous. La boxe est pour moi la meilleure des thérapies. J'ai évité Jace en le voyant foncer sur moi, mais il a anticipé le mouvement et ses phalanges se sont écrasées sur mon oreille. La douleur ne me fait pas peur, elle me nourrit. La jambe en avant, j'ai fait mine de lui expédier un crochet du gauche avant de lui balancer une droite dans le nez.

Il a pissé le sang par terre et mon cœur a bondi de joie.

— Allez, ça suffit !

L'un des copains de Jace, que ma démonstration n'amusait plus, m'a attrapée par-derrière. J'ai jeté une jambe en avant et gratifié Jace d'un méchant coup de pied en pleine poitrine tout en reculant brusquement contre mon deuxième adversaire. On a roulé tous les deux dans la poussière. Je me suis relevée d'un bond après une roulade et je lui ai piétiné la main. J'ai entendu les os craquer et le type a poussé un hurlement.

— Putain, John ! s'est écrié l'un des deux autres. Attrape-la !

J'ai fait signe à l'intéressé d'approcher.

— Ouais, John. Attrape-moi, un peu.

John et celui qui l'avait excité se sont rués sur moi. Pas très fair play, mais je m'y attendais. Ils étaient persuadés que j'allais reculer, mais je me suis jetée dans les jambes du dénommé John, qui m'est passé au-dessus de la tête, emporté par son élan. Son copain s'est précipité. Allongée sur le dos par terre, je lui ai envoyé un coup de pied au menton.

Le sang ruisselait du nez de Jace, ses potes l'ont relevé avant de se regrouper, le temps d'évaluer leurs chances en me traitant de « salope psychopathe ».

La salope en question n'avait pas encore son content, mais pas un d'eux n'a bougé quand je leur ai indiqué d'un signe que je les attendais. Ils restaient là, la respiration rauque, encore secoués par ce premier round dévastateur.

— Allez, les gars !

Aucun des quatre n'a esquissé un geste et je leur ai ri au nez.

— Oh, putain ! Quelle bande de poules mouillées !

Avec Kash, debout dans la nuit à côté de moi, nous les avons vus repartir dans leur voiture. Curieusement, mon coéquipier ne disait rien. Nous avons regagné la maison de Dez sous un ciel étoilé, c'est tout juste si je transpirais un peu. La douleur sourde que je ressentais au niveau de l'oreille n'était pas vraiment désagréable. J'ai tâté le cartilage des doigts avec un brin de délectation. Je n'allais pas pouvoir dormir de ce côté-là cette nuit et je me retrouverais le lendemain avec un bel hématome. J'ai relevé la tête en entendant Kash éclater de rire.

— Je croyais que tu ne voulais pas te montrer hostile.

— Ce n'était pas de l'hostilité. Si j'avais voulu être hostile, je les aurais arrêtés. Ils avaient envie que je parle le même langage qu'eux, je me suis contentée d'obtempérer. Je regrette juste qu'ils n'aient pas tenu plus longtemps.

Il n'a rien répondu et je sais ce qu'il pensait. On accusait mon frère d'être l'un des pires tueurs de l'histoire du pays, et voilà que je manifestais ma frustration de n'avoir pas pu assommer toute une bande de crétins. Il était trop tard, les mots étaient sortis tout seuls. J'ai vu que Kash m'observait en coin d'un air méfiant.

Je dois bien reconnaître qu'il n'avait pas tort. J'ai passé ma vie sur le fil du rasoir, entre le bien et le mal qui cohabitent dans ma tête. Je suis en proie à des démons qui s'enflamment à la moindre alerte. J'aime infliger de la souffrance aux autres, ma tête regorge de fantasmes violents qui hantent mes cauchemars. J'aime me venger en pensée de ceux qui m'ont fait souffrir. La plupart du temps, le bien gagne la bataille contre le mal et celui-ci se replie dans son antre obscur, jamais défait, provisoirement apprivoisé.

Il arrive aussi que les deux s'affrontent dans ma tête.

Pile ou face.

En pareil cas, personne ne sait comment va tourner le match. Moi la première.

53

Whitt ne se sentait nullement à l'aise en présence de Tox. L'un de ses collègues de Sydney l'avait même alerté en lui affirmant qu'il mettait sa carrière en danger en s'associant à un collègue aussi imprévisible. La rumeur du double meurtre qui entachait son passé justifiait la méfiance de ceux qui, au sein de la police, le considéraient comme un ennemi, et tout le monde me conseillait de le fuir.

Mais cette réputation sulfureuse n'était pas la seule explication. Chaque fois qu'il retrouvait Tox, Whitt avait l'impression de tanguer sur une route verglacée en pleine nuit, le pare-brise fouetté par des rafales de pluie. Tox parlait peu et ne riait quasiment jamais, la plupart de ceux qui croisaient sa route s'appliquaient à l'éviter. Il flottait autour de lui une odeur âcre, il était d'une propreté toute relative et donnait le sentiment d'avoir élu domicile dans un placard poussiéreux. L'histoire personnelle douloureuse de Whitt avait fait de lui, à l'inverse, un être méticuleux, à la limite de l'obsession. Il changeait invariablement de brosse à dents le 1er du mois, emmagasinait des tonnes de produit antimoisissure dans le tiroir contenant ses chaussettes, et ne supportait pas que le moindre objet ne soit pas à sa place.

Il sentit les battements de son cœur s'accélérer en rejoignant Tox au deuxième étage du parking de l'université de Sydney.

— J'ai récupéré la photo, annonça Whitt en sortant un document du dossier qu'il tenait sous le bras.

Il tendit à Tox le cliché peu lisible pris par la caméra de surveillance d'un magasin de produits d'occasion de Bondi Junction.

Il avait réussi à retrouver la trace de la caméra vidéo découverte dans l'appartement de Sam Blue, volée à l'origine lors du cambriolage d'un appartement d'Elizabeth Bay. On distinguait difficilement sur la photo un homme à casquette, de dos, sortant du magasin.

— J'avoue que la photo n'est pas terrible, s'excusa Whitt.

— On peut pas dire, soupira Tox. Ça pourrait aussi bien être Sam Blue que sa grand-mère.

— Je vais demander aux services techniques de l'analyser. Voir s'il est possible de déterminer la taille de l'acheteur de la caméra. Il me paraît plus grand que Blue.

— Tu as interrogé la fille Simpson ?

— Oui.

— Alors ?

Whitt fut pris d'une hésitation.

— Elle maintient sa dernière déposition. La camionnette blanche, ses cris, la présence de Caitlyn au moment où elle s'enfuyait.

— On va bien voir.

Whitt lança un regard perplexe autour de lui. Les deux hommes se dirigèrent vers la porte de l'escalier. Était-ce là que Caitlyn McBeal avait été enlevée ?

Et si c'était le cas, était-elle toujours en vie ?

54

— C'est apparemment par ici que les filles sont arrivées au deuxième niveau, dit Whitt en poussant la porte.

Il jeta un coup d'œil sur le palier.

— Le ravisseur a très bien pu voir Linny monter les marches et décider qu'elle correspondait à ses désirs. Le plus simple était d'attendre qu'elle franchisse le seuil pour la maîtriser.

Whitt s'aplatit contre le mur, comme un chasseur attendant sa proie.

— Linny pousse la porte, il l'attrape et l'entraîne vers la camionnette blanche.

Il désigna un emplacement à cinquante mètres de là et sursauta en apercevant une fourgonnette blanche, sa portière latérale ouverte. La marque et le modèle du véhicule étaient ceux décrits par la jeune fille dans sa déposition. Tox, les mains dans les poches, observait nonchalamment la scène.

— Reste à savoir si la version de Linny tient debout, déclara-t-il. Comment se fait-il que personne n'ait entendu ses cris ? Comment le ravisseur a-t-il réussi à enlever Caitlyn ? Comment a-t-il pu la traîner sur cinquante mètres ? Quelles traces aurait-il laissées si c'était le cas ?

Whitt, mal revenu de sa surprise, se tourna vers son collègue.

— C'est le modèle que Linny affirme avoir vu le jour de l'enlèvement.

— Oui, dit Tox. C'est ma camionnette. Je suis venu avec pour les besoins de notre petite expérience.

— Quelle expérience ?

Tox ne répondit pas, trop occupé à regarder la femme qui remontait la rampe d'accès en martelant le béton de ses talons pointus. Whitt se fit la réflexion que les étudiantes ne s'habillaient pas de cette façon-là lorsqu'il était à la fac. Il tiqua en découvrant que la femme avait des bleus sur ses longues jambes blanches, à peine cachées par une minijupe extrêmement courte. Sa queue-de-cheval blonde était clairement un postiche.

Elle remisa dans un sac à main en fausse fourrure le portable sur lequel elle venait de rédiger un texto et adressa un large sourire à Tox.

— Bonjour, inspecteur, dit-elle sans s'intéresser à Whitt. Ça fait un bail, mon joli.

— Tu peux le dire, répliqua Tox.

Whitt, dérouté, constata que son collègue s'était métamorphosé. Le Tox sinistre qu'il connaissait avait cédé la place à un homme avenant.

— Whitt, je te présente Sandy. Sandy, voici Whitt.

— Drôle d'endroit pour une partie à trois, ricana Sandy, gênée, en jetant sur le parking un regard circulaire. On s'en va d'ici, ou bien… ?

— Non, ce sera plus drôle ici, répondit Tox.

Il regarda sa montre et sourit à la fille, donnant l'impression d'attendre le bon moment. Avant que Whitt ait pu lui demander ce qu'il cherchait, Tox se rua sur Sandy qu'il attrapa par les bras en l'attirant contre lui.

— Allez, ma belle ! ricana-t-il. Tu viens avec moi.

— Holà ! s'écria Whitt en reculant machinalement. Holà !

— Mais qu'est-ce que tu fais ? hurla Sandy. Au secours ! À l'aide !

La fille, reprenant ses esprits, se cabra dans les bras de Tox en cherchant à se dégager. Le ravisseur et sa proie se cognèrent contre la voiture la plus proche.

Whitt se précipita avec l'intention de tirer la fille des griffes de Tox, qui s'efforçait de l'emmener vers la camionnette. Sandy hurlait si fort qu'il en avait mal aux tympans.

— Arrête, je t'en supplie ! Au secours !

— Tox ! Lâche-la !

Tox envoya Whitt rouler contre une autre voiture, au point que ses lunettes volèrent. Sandy continuait à se débattre en essayant de frapper son agresseur avec les coudes. Tox resserra son étreinte et entraîna sa proie jusqu'à la camionnette sans parvenir à étouffer ses cris.

— Allez ! Monte là-dedans ! ricana-t-il d'un air triomphant en poussant Sandy à l'intérieur du véhicule, dont il referma aussitôt la portière.

Sandy tambourina contre la tôle en hurlant. Whitt s'approcha en boitant, les reins en feu après avoir heurté de plein fouet le rétroviseur latéral d'une Toyota.

— Qu'est-ce qui te prend ? Relâche-la tout de suite !

— Cinquante secondes, répondit Tox en regardant sa montre avant de rouvrir la portière coulissante.

Sandy descendit de la camionnette et gifla Tox.

— Espèce de connard ! haleta-t-elle. À quoi tu joues ?

— Ce n'était qu'un jeu, ma chérie, se justifia Tox en la prenant doucement par les épaules avec ses mains calleuses. Pas de quoi te mettre dans un état pareil.

— T'es cinglé, répliqua Sandy en essayant de mettre bon ordre à sa coiffure artificielle. T'as toujours été cinglé, de toute façon.

Elle le gifla à nouveau, de toutes ses forces.

Tox, sans s'émouvoir, préleva quelques billets de cent dollars d'une liasse qu'il venait de sortir de sa poche. Sandy les lui arracha et les glissa dans son soutien-gorge avant de tendre la main. Tox lui donna de nouveaux billets en soupirant. Sandy fronça les sourcils en regardant Whitt.

— Merci de ton aide, dit-elle sèchement, le menton en avant. Ça te branche d'assister à un enlèvement, c'est ça ?

— Pas du tout, se défendit Whitt. Je ne…

— À quoi rime tout ce cinoche ?

— J'avais besoin d'une fille qui hurle vraiment, s'expliqua Tox. Pas de quelqu'un qui ferait semblant. Tu as participé à une expérience scientifique, ma chérie.

Sandy afficha une moue dubitative. Au même moment, ils virent un type en uniforme gris remonter la rampe d'accès en courant, la main posée sur sa ceinture.

— Que se passe-t-il ? s'enquit-il en s'épongeant le front. Quelqu'un a des ennuis ?

— Oui, répondit Tox. Toi.

55

— Je suis l'inspecteur Tate Barnes, et voici mon collègue, l'inspecteur Edward Whittacker.

Tox marqua un léger temps d'arrêt avant de présenter Sandy.

— Et voici notre… collaboratrice. Nous enquêtons sur la disparition de Caitlyn McBeal.

— Ah ! réagit le gardien de parking en lissant nerveusement la veste de son uniforme sur la poche duquel était épinglé un badge au nom de *Bill Perkins – Sécurité*.

— Monsieur Perkins, vous avez fourni un témoignage à la police parce que vous étiez là le jour des faits, c'est bien ça ? s'enquit Tox en croisant les bras.

— Oui.

— Intéressant, reprit Tox en jetant un coup d'œil sur les baies dépourvues de fenêtres du parking à travers lesquelles le soleil pénétrait à flots. Même jour de semaine, même heure, le vent soufflait à peu près dans la même direction. Une femme pousse des cris pendant cinquante secondes et vous accourez immédiatement.

— Oui, reconnut Perkins en se dandinant, mal à l'aise.

— J'imagine que vous vous trouviez dans votre guérite du rez-de-chaussée il y a quelques instants ?

— Oui, oui, répondit timidement le gardien.

— La même guérite dans laquelle vous étiez censé vous trouver le jour de l'enlèvement supposé de Caitlyn McBeal ?

— Oui.

— Les conditions aujourd'hui sont les mêmes que ce jour-là, mais vous affirmez dans votre déposition n'avoir entendu ni cris, ni bruits de lutte au deuxième étage. Pas plus que vous n'avez vu une camionnette blanche quitter le parking à l'heure où se produisait l'incident.

Le gardien observait fixement Sandy, anxieux d'éviter les regards inquisiteurs de Tox et Whitt.

— Je serais curieux de savoir si vous vous trouviez effectivement à votre poste ce jour-là, monsieur Perkins.

— Bien sûr, répondit l'intéressé en bombant le torse.

— Vraiment ? insista Tox en haussant un sourcil.

— Oui.

— Laissez-moi réfléchir un instant, monsieur Perkins. Que diriez-vous si je vous coinçais la tête dans la portière coulissante de ma camionnette et que je la refermais violemment, par exemple ?

Perkins avala péniblement sa salive en cherchant Whitt des yeux.

— Votre réponse serait-elle toujours la même ?

Le gardien recula de quelques pas avant de pivoter soudainement sur lui-même et de s'enfuir en courant.

— Répondez-moi ! lui cria Tox, mais le gardien courait ventre à terre, tête baissée.

Tox laissa échapper un long soupir, sortit de sa poche un paquet et alluma une cigarette.

— Il n'était pas dans sa guérite ce jour-là, dit-il en recrachant un nuage de fumée. Je ne sais pas où il se trouvait, mais il n'était pas à son poste.

56

Sandy repartie, les deux hommes s'accoudèrent à un muret de béton surplombant le campus. Tandis que Tox fumait tranquillement sa cigarette, Whitt essayait de contenir le sentiment de malaise ressenti lors de « l'expérience » tentée par son collègue. De l'autre côté d'un terrain de sport, des étudiants munis de caméras s'exerçaient à filmer des interviews, assis sur des bancs de bois, des notes posées sur les genoux.

— Ce crétin de gardien était peut-être aux toilettes, suggéra Tox. Va savoir. Ou alors il était allé retrouver une petite amie sur le campus, à moins qu'il n'ait écouté de la musique, un casque sur les oreilles. Quoi qu'il en soit, Linny Simpson dit peut-être la vérité. Quelqu'un a peut-être voulu l'enlever, elle a hurlé tout ce qu'elle savait et personne ne l'a entendue.

Whitt aurait été incapable de dire si cette découverte le consolait.

— Tout ça n'explique pas la camionnette, rappela-t-il à son compagnon. Il a été établi qu'aucune fourgonnette blanche n'était sortie du parking au moment de l'enlèvement de Caitlyn.

— Je me demande où Caitlyn peut bien être. Il suffirait de la retrouver pour comprendre ce qui s'est passé.

Les deux hommes gardèrent le silence, observant les étudiants sur la pelouse avec leurs caméras.

— À quoi ils jouent, tu crois ? demanda Tox.

— Des étudiants de cinéma, j'imagine.

— Et s'ils avaient filmé le campus ce jour-là ? dit Tox en recrachant un nuage de fumée.

— Ils auraient entendu les cris, tu ne crois pas ?

— Pas avec leurs casques.

Whitt, inquiet, suivit son collègue dans l'escalier. Les étudiants cessèrent de filmer quand ils aperçurent les deux inspecteurs. Ils étaient quatre autour d'une caméra, coiffés de gros casques qu'ils retirèrent à l'approche des nouveaux venus.

— Quoi de neuf ? fit Tox à l'adresse de celui qui semblait être le leader du petit groupe, un postado dégingandé aux dreads sales, le menton irrité par le feu du rasoir.

— Rien, répondit le jeune homme.

— Vous jouez à quoi ? demanda Tox en désignant les caméras.

— On tourne un film pour le cours de cinéma.

— Depuis longtemps ?

— Ça fait quelques mois. On doit rendre notre boulot la semaine prochaine.

Tox poussa un grognement en se dandinant.

— Fais-moi voir.

— Quoi ?

— Je voudrais jeter un œil.

— Pourquoi ?

— Parce que, rétorqua Tox en haussant les épaules d'un air menaçant. Montre-moi.

Whitt toussota, gêné. Il avait compris la raison qui poussait Tox à se montrer mystérieux avec les jeunes gens. Si jamais ils avaient filmé à leur insu l'enlèvement de Caitlyn McBeal, il serait nécessaire de leur confisquer les images, ce qui prendrait du temps car il leur faudrait un mandat. À ce stade, la loi leur interdisait théoriquement de visionner les scènes tournées par les étudiants et le meilleur moyen était encore de les intimider. Whitt avait beau réprouver le comportement de Tox, il ne pouvait se résoudre à entraver sa manœuvre, tout en ayant conscience de tordre le bras à son éthique personnelle et professionnelle.

— On ne te montre rien du tout, se défendit l'étudiant aux dreadlocks.

Tox s'approcha d'une étudiante aux cheveux verts. Il lui arracha sa caméra des mains et fit défiler les fichiers numériques sur l'écran en cherchant la date qui l'intéressait, sous les regards ébahis des autres cinéastes amateurs. Whitt, d'un air désolé, tendit à son tour la main en direction d'un autre caméraman, qui adressa un coup d'œil désespéré au leader du petit groupe avant de s'exécuter.

— C'est qui, ces mecs ? souffla l'un des étudiants dans un murmure.

— Tu crois qu'on devrait… appeler quelqu'un ?

— C'est quoi, cette histoire ? s'énerva l'une des filles. On fait rien de mal, on a des autorisations.

— Nous n'en avons que pour une minute, la rassura Whitt. Je suis désolé.

— Toutes les séquences de gens en train de se droguer sont des mises en scène, se justifia l'un des jeunes gens. On cherche uniquement à… à sensibiliser le grand public.

— J'ai trouvé, s'écria Tox en tendant sa caméra à Whitt. Le 10 juillet à 15 heures.

Les deux hommes se penchèrent sur le minuscule écran sur lequel s'affichait une séquence d'interview. L'objectif faisait face à la sortie du parking et Whitt sentit les battements de son cœur s'accélérer.

Tox fit défiler la séquence à vitesse rapide. À l'écran, une fille agitait muettement les lèvres de façon saccadée. Un casque sur les oreilles, elle réalisait un essai de son. Une voiture vert foncé sortit du parking et la séquence prit fin.

Au soupir poussé simultanément par les deux inspecteurs, les étudiants comprirent qu'ils étaient déçus. Tox rendit la caméra à sa propriétaire.

— Merci, les gars, sourit Whitt.

Il s'éloignait en compagnie de son collègue lorsqu'il se figea, pris d'un sentiment étrange. Sa gorge le chatouillait, tout comme l'extrémité de ses doigts. Soudain, il comprit. Tout s'expliquait.

Il saisit Tox par le bras.

57

— Quoi ? grogna Tox.

Les pensées se bousculaient dans la tête de Whitt, trop ému pour trouver ses mots.

— Quoi ? répéta Tox.

— Comment savons-nous qu'il s'agit d'une fourgonnette blanche ? finit par articuler Whitt.

— Parce que Linny Simpson affirme que le ravisseur a voulu l'obliger à monter dans une camionnette blanche.

— D'accord, mais personne d'autre ne l'a vue. Et jamais on n'a parlé de la moindre camionnette blanche à propos des autres enlèvements.

— Euh… non, en effet, réfléchit Tox.

Le pouls de Whitt s'accéléra encore.

— Au cinéma, les kidnappeurs utilisent toujours des fourgonnettes noires ou blanches. Qui nous dit que Linny Simpson ne dit pas la vérité, *sauf* au sujet du véhicule ? D'autant qu'elle avait d'abord parlé d'un véhicule vert.

Whitt, les paupières serrées, tenta de revoir Linny en face de lui dans le café le jour où il l'avait interrogée.

— Elle prétend que la portière coulissante de la camionnette était fermée. À l'entendre, le ravisseur l'a entraînée vers son véhicule, mais il n'a pas réussi à l'obliger à monter parce que la portière était fermée, ce qui n'a aucun sens.

— Pourquoi donc ?

— Parce qu'il l'aurait forcément laissée ouverte. Comment pouvait-il espérer la traîner jusqu'à la camionnette et la lâcher le temps d'ouvrir la portière coulissante ?

— Encore faudrait-il qu'elle soit certaine d'avoir vu la portière fermée. Elle s'est fait mal à la tête en tombant dans l'escalier. Elle a même perdu connaissance, au point que les enquêteurs ne l'ont pas crue. Ils ont pensé qu'elle n'avait pas les idées en place.

Comme Whitt affichait une mine perplexe, Tox prit le temps de réfléchir à l'hypothèse de son collègue. Il rebroussa brusquement chemin et s'empara à nouveau de la caméra de la fille aux cheveux verts.

— Eh, on en a besoin ! On est censés rendre notre film la semaine prochaine !

— Qui ne tente rien n'a rien, grommela Tox. Ça ne coûte rien de relever la plaque de la voiture verte, au cas où.

Quelques instants plus tard, les deux hommes s'éloignaient après avoir noté le numéro d'immatriculation du véhicule. Whitt, pris d'un violent mal de crâne, se frotta les yeux.

— Merde ! s'exclama-t-il. Mes lunettes !

Il se précipita dans l'escalier du parking en se souvenant que ses lunettes avaient volé lorsque Tox l'avait repoussé au moment du faux enlèvement de Sandy. Parvenu au deuxième étage, il se glissa entre les voitures, penché en avant, et finit par apercevoir les lunettes sous une Camry bleue. Il allait s'agenouiller mais Tox le retint d'un geste.

— Tu vas salir ton beau costume.

Tox se glissa à plat ventre sous la Camry. Les jambes de son jean crasseux se figèrent soudain.

— Tout va bien ? s'inquiéta Whitt.

Tox parvint à s'extraire de sa position inconfortable, se releva d'un bond, lança les lunettes à son compagnon et contourna la Camry, les yeux plissés à la façon d'un limier.

— Que se passe-t-il ?

— Le système de drainage, répondit-il en pointant du doigt un sillon dans le macadam, recouvert d'un grillage en fonte taché d'huile de vidange.

C'est tout juste si Whitt ne le vit pas plonger sous un véhicule, deux emplacements plus loin. Un grincement métallique se fit entendre.

Lorsqu'il se redressa moins d'une minute plus tard, couvert de cambouis, il brandissait dans son poing un portable cassé.

58

Caitlyn n'avait que trop attendu. L'heure était venue de jouer son va-tout. Elle avait essayé de négocier avec son ravisseur, de le raisonner, voire de sympathiser avec lui en cherchant à deviner quel argument pouvait atteindre un esprit malade tel que le sien, rien n'y avait fait. Elle ne figurait à ses yeux guère plus qu'un animal de compagnie inopportun. Il ne lui adressait jamais la parole et ne croisait plus jamais son regard, il ne lui donnait plus à manger qu'un jour sur deux. De toute évidence, il ne savait plus comment s'en débarrasser. Jamais elle ne s'en tirerait vivante si elle attendait qu'il prenne une décision. Il lui fallait passer à l'action et se battre pour sa liberté, quitte à mourir.

La meilleure façon d'y parvenir consistait à rester allongée par terre sans bouger au milieu des tessons de bouteille. L'odeur âcre de vinasse qui l'enveloppait lui piquait les yeux, mais elle patienta des heures durant jusqu'à ce que résonne dans le couloir un bruit de pas. Elle l'entendit repousser le bric-à-brac qui bloquait la porte, un bric-à-brac de meubles lourds et de petits objets. La serrure grinça et Caitlyn ferma les yeux en se remplissant longuement les poumons avant d'exhaler par la bouche. *Doucement, tout doucement*, pensa-t-elle. Si elle ratait son coup, tout était fichu.

Elle n'avait pas peur. D'une façon ou d'une autre, son calvaire allait prendre fin.

59

Assise sur mon lit de camp dans la véranda vitrée de Snale, je m'escrimais sur le clavier de mon ordinateur portable, bercée par le chant des oiseaux de nuit. Je m'étais posé un certain nombre de questions au sujet de Sam, Whitt m'ayant informée des pistes que Tox et lui exploraient. La voiture verte, le téléphone cassé. L'optimisme de Whitt dans son e-mail me dopait, au même titre que ma victoire sur Jace Robit et sa bande. J'avais même réussi à m'entretenir pendant un quart d'heure au téléphone avec Sam. Mon frère paraissait calme à l'autre bout du fil, en dépit des sifflets que j'entendais derrière lui. J'écrivais au Vieux, mon chef, pour lui recommander de procéder à un nouvel interrogatoire du gardien du parking. J'avais ensuite l'intention de contacter les enquêteurs de la Gold Coast où Caitlyn McBeal aurait été aperçue par plusieurs témoins, pour en avoir le cœur net.

Zac Taby, allongé sur un maigre matelas à côté de mon lit, a interrompu le cours de mes pensées.

— Si je comprends bien, tu travailles sur le meurtre de Théo Campbell dans la journée et tu enquêtes sur ton frère la nuit.

— Oui.

— Et tu dors quand ?

— Je laisse ça aux losers.

— T'as pas tort.

Les parents de Zac, mortifiés que leur fils ait trouvé le moyen de s'enfuir de chez eux et inquiets de savoir que les habitants de la ville le pourchassaient, avaient été trop heureux de nous le confier.

— Si le bruit de mon clavier t'empêche de dormir, je t'autorise à poser ton matelas un peu plus loin. Personne ne t'oblige à me coller autant. Franchement, c'est un peu zarbi.

— Pas question. Tu es mon chien de garde. Tu as leur as foutu une putain de raclée, tout à l'heure. Je te quitte pas d'une semelle.

Je ne sais pas si je devais me montrer flattée ou vexée d'être qualifiée de « chien de garde », mais il n'avait pas entièrement tort. Je n'aurais pas détesté être un chien de garde. Ça m'aurait évité de réfléchir autant, je me serais contentée de suivre un maître adoré à longueur de journée, tous les sens en alerte, en recevant des friandises en échange de ma loyauté infaillible. Je rêvais d'une existence sans complication.

Un grognement s'est fait entendre, signalant l'arrivée de Jerry le cochon dans la pièce. Il a reniflé l'air de la véranda à plusieurs reprises, puis s'est approché lourdement et s'est allongé de toute sa masse velue contre l'adolescent. Il faut croire que le coin où se trouvait mon lit était le spot à la mode cette nuit-là.

— Combien tu dis que vaut tout cet or ? m'a demandé Zac, le menton sur les mains, sur son oreiller.

Il avait ouvert de grands yeux en découvrant les pépites sur la table de la cuisine de Snale, avant de nous regarder les cacher derrière une rangée de bouquins sur une étagère du salon.

— Il y en a pour quatre-vingt mille dollars, à peu près.

— Pourquoi ne pas… juste les prendre ? m'a-t-il proposé sur un ton de conspirateur.

— Quoi ?

Il s'est mis sur le côté.

— Pourquoi pas ? On n'a qu'à se les partager, tous les deux, et se casser de ce trou de merde.

J'ai éclaté de rire.

— Tu rêves, mon vieux. Sauf que quarante mille dollars, c'est rien.

J'ai aussitôt regretté ma phrase. Pour beaucoup de gens, une telle somme représente beaucoup d'argent. C'était celle pour laquelle ma mère était prête à vendre son fils aux médias, au risque de mettre sa vie en danger et de le perdre définitivement aux yeux du grand public. Mais on ne refait pas sa vie avec quarante mille dollars. Et puis, après tout, qui sait ? Quelles ambitions pouvait bien avoir ce gamin ? Avait-il besoin d'aller si loin pour fuir le triste quotidien de ce village sans cœur ?

— En plus, ça ferait quatre-vingts si on restait ensemble, a-t-il poursuivi avec un petit sourire.

J'ai ricané.

— Je nous vois bien, tous les deux, au volant d'une vieille décapotable poussiéreuse, à fuir nos problèmes dans les bras l'un de l'autre en enchaînant les chambres d'hôtel minables à travers le pays.

— Trop bien !

J'ai soupiré.

— Je t'en prie. Je pourrais être ta mère.

— Ça t'excite pas, en vrai ?

J'ai sorti une jambe de la couette pour lui balancer mon pied dans les côtes.

— Tais-toi donc, gamin.

60

Il a fini par s'endormir, sans se soucier des ronflements du cochon. Allongée dans le noir, j'ai longuement regardé le mur avant de prendre mon téléphone et d'envoyer un texto.

Si tu refuses de donner cette interview, je suis prête à te verser cinquante mille. Pas question de te laisser saborder la défense de Sam.

J'ai attendu. Le portable a fini par vibrer dans ma main tandis que l'écran s'éclairait.

Quand ça ? voulait savoir ma mère.

Je fais le virement demain.

La réponse n'a pas tardé.

Je préfère en liquide.

Tu parles.

61

J'ai compris que je m'étais endormie lorsqu'une sirène m'a vrillé les tympans. Je me suis levée d'un bond en repoussant l'ordinateur et le téléphone, et j'ai failli me casser la figure en me prenant les pieds dans le cochon, allongé par terre à côté du lit vide de Zac. J'ai reconnu le bruit sourd des pieds nus de Kash sur le plancher du salon. Je l'ai trouvé habillé de son seul caleçon, ajustant tant bien que mal ses lunettes. Il a allumé la lumière.

— Que se passe-t-il ?

— Un klaxon, m'a répondu Kash en armant son pistolet.

— Où est Zac ?

— De quoi s'agit-il ? est intervenue Snale en déboulant de sa chambre dans un pyjama rose orné de petits cochons hilares en train de danser.

Je suis sortie de la maison au pas de course, mes collègues dans mon sillage.

Zac, installé derrière le volant du 4 x 4 de Snale, klaxonnait sans répit en faisant des appels de phares. Les mâchoires serrées, il m'a suivie des yeux.

— Que se passe-t-il, Zac ? Qu'est-ce qu'il y a ?

Je cherchais des doigts la poignée de la portière côté passager quand il s'est mis à hurler.

— Non ! Ne touche à rien ! a-t-il hurlé à travers la vitre fermée, les mains levées. Regarde ! Regarde !

Il m'a montré du doigt une feuille de papier scotchée sur le volant.

Une phrase manuscrite en lettres capitales s'étalait sur toute la largeur de la feuille.

NE SORS PAS

62

Les deux hommes montaient la garde dans la voiture de Whitt sur Parramatta Road, bercés par le crépitement de la pluie sur la tôle au-dessus de leurs têtes. Tox serrait le volant à deux mains alors que le moteur était coupé. La tête penchée en avant, mâchoires serrées, parfaitement immobile, il suivait machinalement le tracé des gouttes de pluie sur le pare-brise. Whitt se fit la réflexion que son compagnon respirait à peine. Son propre cœur n'avait pas cessé de battre violemment depuis qu'ils avaient visionné les images sur la caméra et vu la voiture verte sortir du parking. C'est à peine si l'on distinguait une ombre derrière le volant, avant que le véhicule, piloté par deux mains blanches, s'éloigne en direction de la faculté des sciences.

— Rien ne nous dit que ces éléments ont la moindre valeur, déclara Whitt. Quand on aura confié le portable au labo et qu'ils auront identifié le numéro de son propriétaire, on s'apercevra peut-être qu'il appartient à un étudiant quelconque qui l'a abandonné là, ou bien à quelqu'un qui l'a fait tomber par mégarde en descendant de voiture.

— C'est le téléphone de Caitlyn McBeal, insista Tox. Il s'est cassé quand elle l'a perdu au moment de son enlèvement.

Whitt soupira.

— Quant à la voiture verte, c'est sans doute celle d'un étudiant quelconque.

— Je te dis que c'est le tueur qui repart avec Caitlyn McBeal.

Une requête auprès du service des immatriculations avait confirmé que le véhicule était volé, mais Whitt voulait se persuader que cela ne voulait rien dire. Il n'est pas rare qu'un étudiant pique une bagnole pour la revendre ou l'échanger. Il pouvait s'agir d'une simple coïncidence, mais plus Whitt tentait de s'en convaincre, plus son instinct lui soufflait le contraire. Et lorsque la sonnerie du portable de Tox se mit en branle, les deux hommes se ruèrent sur l'appareil d'un même mouvement.

— Quand les flics ont retrouvé la voiture, déclara Whitt en faisant signe à son collègue de démarrer, elle se trouvait devant l'ancien hôtel Pinkerton. Allons voir à tout hasard.

63

Caitlyn entendit l'homme s'approcher d'un pas traînant. Sans doute éprouvait-il une forme de soulagement à l'idée qu'elle se soit enfin éteinte, paisiblement, sans faire de remous.

Il avait gagné la partie. Il n'avait pas eu recours à la violence et à la torture cette fois, il l'avait usée à petit feu, jusqu'à ce que son corps cède, cellule après cellule, et que la mort l'emporte. Il ne lui restait plus qu'à se débarrasser du corps à sa guise, à moins de la laisser là.

Il repoussa l'épaule de la jeune femme de la pointe du pied, une première fois, puis une seconde. Son corps resta sans réaction. Elle n'avait aucun mal à relâcher ses membres, elle qui avait consenti des efforts surhumains, depuis des semaines, pour rester éveillée.

Elle l'entendit grogner en s'accroupissant près d'elle.

Oui, pensa Caitlyn. *Encore un peu plus près*.

Dissimulé sous elle, à même le sol, elle serrait entre ses doigts l'objet de forme hexagonale, fixé à l'extrémité d'une longue tige métallique, qu'elle avait réussi à détacher de l'un des tonneaux de bière abandonnés. Un outil émoussé, tout rouillé, mais le seul dont elle disposait. Elle serra son poing autour de la tige en sentant l'haleine de l'homme lui caresser la nuque.

64

J'ai écarquillé les yeux en découvrant la feuille que me montrait Zac. Il a pointé du doigt le siège arrière d'un air affolé. En me penchant, j'ai distingué trois grosses bonbonnes de gaz sanglées sur la banquette arrière comme des passagers. J'ai posé les deux mains contre la vitre et Zac m'a imitée, de l'autre côté du carreau, en me dévorant des yeux. Il tremblait de tous ses membres.

— Je n'ai vu l'avertissement qu'une fois dans la voiture, a-t-il crié. Je n'avais pas remarqué les bonbonnes de gaz !

Il m'a également fallu crier pour être entendue.

— Je comprends. Tout va bien.

Je me suis retournée vers mes deux collègues. Snale, restée en arrière, se couvrait la bouche des deux mains. De son côté, Kash s'était approché et tournait autour du 4x4 en regardant l'intérieur de l'habitacle.

Il s'est mis à plat ventre devant le capot afin d'examiner le compartiment moteur par en dessous. Nous avions tous une respiration saccadée sous l'effet de l'adrénaline, dont le trop-plein m'empêchait d'avoir les idées claires. J'avais l'impression que mon cerveau avait éclaté, ses morceaux éparpillés dans tous les sens. À plusieurs reprises, j'ai réprimé l'envie d'ouvrir la portière et de tirer Zac dehors.

— Ne panique pas !

Mon avertissement était de peu de poids tant ma voix trahissait mon angoisse. Ma tête me suppliait de m'éloigner au plus vite du véhicule qui pouvait exploser à tout instant, faute de savoir à quoi était relié le détonateur. J'ai retiré les mains de la vitre.

— Surtout, surtout, surtout ! Seigneur, surtout ne panique pas !

L'expression de Kash n'était pas pour me rassurer. Il avait couvert sa bouche du dos de la main, comme s'il avait le cœur au bord des lèvres. Il s'est approché de la portière du conducteur d'une démarche hésitante.

— Que s'est-il passé quand tu es monté à bord du 4x4 ? a-t-il crié à Zac.

— J'ai entendu un clic quand je me suis assis, a répondu Zac, sa voix étouffée par la vitre. Comme un truc qui se refermait.

— Et maintenant ? Tu entends un tic-tac ou un ronronnement ?

— Je sais pas ! J'ai la trouille ! Me laissez pas comme ça, je vous en supplie !

Le gamin a fondu en larmes. J'ai vu sur le siège passager le paquet contenant les pépites. Il avait voulu s'enfuir en emportant l'or. Quitter la vallée sous la caresse glorieuse du soleil levant, dans l'espoir absurde d'une vie meilleure qui pourrait bien lui coûter celle qu'il avait voulu abandonner.

J'ai imité Kash qui reculait de quelques pas, les mains dans mes cheveux.

— Alors ?

— Il y a plusieurs solutions, m'a-t-il répondu en passant la langue sur sa lèvre supérieure luisante de transpiration. On sait depuis l'attentat de l'autre jour que le tueur est un artificier de circonstances. Je ne pense pas qu'on soit en présence d'un mécanisme à réaction chimique complexe. C'est très probablement un coupe-circuit qui actionne le détonateur. Un interrupteur au mercure, peut-être.

— Mais alors, comment désarme-t-on ce bordel ?

— Il faudrait que j'en sache davantage.

Lui aussi tremblait de toute sa carcasse, mais son expression était difficilement déchiffrable.

— La bombe peut être reliée au siège conducteur, ou alors aux portières.

— De combien de temps dispose-t-on ?

— Impossible à dire. Il faudrait savoir si la bombe est munie d'une horloge, et de quel type elle est.

— Je te laisse deviner. Pendant ce temps, je pars faire un petit tour dans les environs. Je vois mal le tueur rater un tel spectacle.

Je suis retournée dans la maison d'un trait, hantée par les appels de Zac.

— Ne m'abandonnez pas ! Je ne veux pas mourir !

65

Caitlyn roula sur elle-même en utilisant son élan pour se dresser d'un bond, la tige métallique en avant.

Elle rencontra moins de résistance qu'elle ne l'imaginait. L'extrémité de son outil de fortune s'enfonça dans l'orbite de l'homme, trembla légèrement en frôlant l'os et s'arrêta une fois plantée dans la cervelle.

Elle se releva en titubant tandis que l'homme s'affaissait mollement en laissant échapper un grognement. Il resta allongé à même le sol, la bouche grande ouverte, la tige s'échappant de sa tête de façon grotesque. Caitlyn frissonna de tout son être en détaillant mécaniquement les vieux vêtements du mort, ses bottes crasseuses, les mèches brunes mêlées de gris qui encadraient son crâne chauve.

Un SDF. Sans doute l'un des habitués qui hantaient l'ancien hôtel en y laissant les détritus qu'elle avait aperçus dans le couloir. À présent que la porte de sa prison était ouverte, elle entendait la pluie qui tombait dru au-dehors.

Elle crut qu'elle allait vomir, à jamais tourmentée par le souvenir de la tige s'enfonçant dans la tête de sa victime. Elle se reprit, emportée par un sentiment intense d'excitation en comprenant qu'elle pouvait fuir. Des sanglots menaçaient de l'étouffer, qu'elle n'entendait pas tant ses oreilles tintaient. Elle mit une éternité à atteindre le seuil de la pièce et jeta un coup d'œil dans le couloir.

Il était là, qui observait en silence la porte ouverte.

Il chercha des yeux le regard de Caitlyn.

66

Je ne voulais pas abandonner Zac. En même temps, je savais que si je trouvais le tueur, je pourrais l'obliger à nous expliquer comment désarmer la bombe. J'ai pénétré dans la maison, les dents serrées, et pris au vol mon pistolet. Snale m'a suivie en tenant dans sa main le carnet récupéré sur la table de la cuisine. J'écumais littéralement de rage, au point qu'un grondement montait de ma gorge. J'avais la ferme intention de retrouver ce cinglé et de l'obliger à sortir ce gamin du piège qu'il lui avait tendu. Au besoin, je n'aurais pas hésité un instant à le transformer en chair à pâté.

J'ai traversé la véranda en courant jusqu'à la porte de derrière et je me suis glissée dans le jardin en me tenant courbée de façon que ma silhouette ne se découpe pas dans les lumières de la maison. L'arme au poing, j'ai scruté les environs avant de franchir la clôture d'un bond et de passer dans la propriété voisine. Les cris de Zac me parvenaient, apportés par le vent. Des lumières commençaient à s'allumer dans les maisons alentour, les voisins s'apostrophaient dans la nuit, paniqués.

Je bouillais intérieurement.

— Allez, espèce d'enfoiré. Où te caches-tu ?

J'ai traversé la route avant de m'introduire dans la propriété d'en face. J'allais m'avancer dans la véranda de la minuscule maison quand est apparue sur le seuil une jeune mère de famille avec ses deux enfants. Elle a poussé un cri d'effroi en me voyant.

J'ai voulu la rassurer.

— Je suis de la police. Auriez-vous aperçu quelqu'un dans le coin ?

— Non, personne, a-t-elle répondu précipitamment en poussant ses enfants à l'intérieur, mais ils résistaient, hypnotisés par mon pistolet. Nous avons entendu des cris. Que se passe-t-il ?

— Retournez dans la maison et enfermez-vous.

— Ça devait arriver, a-t-elle rétorqué.

Elle secouait la tête avec tristesse en tremblant, agrippée aux chemises de pyjama de ses enfants, comme pour les empêcher de fuir.

— Ça finira mal.

J'ai haussé les sourcils.

— De quoi parlez-vous ?

Elle a disparu à l'intérieur de la maison et je n'ai pas insisté. Le temps de contourner le bâtiment, je poursuivais mon chemin dans le champ voisin, le cou et les côtes dégoulinant de transpiration. Quand j'ai fini par regagner la maison de Snale, je l'ai trouvée agenouillée dans le cône de lumière de la porte d'entrée, en train de feuilleter le carnet pendant que Kash s'occupait de Zac.

— Tu as vu quelqu'un ?

Je me suis assise à côté d'elle.

— Non, et toi ?

— Je crois que c'est ça, a-t-elle répondu en me montrant un croquis compliqué tracé en bleu et en rouge. Le détonateur est relié au siège. Si jamais il se lève, tout explose.

Je lui ai pris des mains le carnet que j'ai apporté à Kash, qui s'efforçait de regarder l'arrière du siège de Zac en l'éclairant du mieux qu'il le pouvait avec sa torche.

— Oh putain, a gémi Zac au comble du désespoir, ses mains laissant des traces moites sur la vitre. Putain, je crois bien que j'entends un tic-tac.

Kash m'a arraché le carnet des mains et s'est penché sur le croquis.

— C'est bien ce que je pensais. Un coupe-circuit relié au siège du conducteur. On peut ouvrir les portières.

— Non, pas ça ! s'est écrié Zac. Je veux pas mourir ! Mon Dieu, pitié !

— Le mieux est d'ouvrir du côté passager, a poursuivi Kash. Au cas où.

Nous avons contourné la voiture au pas de course. Kash m'a poussée en arrière.

— Je m'en charge.

Il a tiré la poignée très doucement et la portière s'est écartée avec un clic.

La bouche sèche, je m'attendais à tout instant à une explosion.

Rien.

Je me suis précipitée et j'ai pris les mains de Zac dans les miennes. Il avait les doigts brûlants.

— Tout va bien. Ne bouge surtout pas. On va trouver une solution.

Kash s'est penché à l'intérieur de l'habitacle en veillant à ne toucher à rien. Il a fait courir le faisceau de sa lampe sur les sièges, le tableau de bord, l'arrière.

— Vacherie, a-t-il grincé entre ses dents. Les fils passent sous les sièges, je ne peux pas les atteindre comme ça.

Il a reculé en me glissant dans un murmure :

— J'entends un tic-tac.

— Tu as vu où ?

— Non, sous les sièges quelque part. Je ne peux pas l'atteindre sans glisser la main et je ne sais pas du tout où se trouve l'interrupteur. Si je débranche le mauvais fil, tout va sauter.

Tout en parlant, nous nous étions éloignés instinctivement du 4x4. Sur le siège du conducteur, Zac nous implorait, les mains tendues.

— Ne partez pas ! Ne me laissez pas !

— Quelle solution ?

— Le mieux serait de glisser un objet lourd sur le siège à sa place, m'a répondu Kash en jetant un regard anxieux du côté de la maison. Il faudrait que l'objet en question soit aussi lourd que ce gamin. Si le poids ne suffit pas, tout peut…

— J'ai une idée !

J'ai couru jusqu'à la maison. Dans l'entrée se trouvait un sac à dos accroché à l'une des patères destinées aux manteaux et autres couvre-chefs. Je l'ai attrapé au vol, je me suis précipitée dans le salon au risque de m'étaler en glissant sur le parquet, et j'ai vidé le contenu du sac par terre avant de le remplir avec tous les objets lourds qui me tombaient sous la main : des bouteilles de vin, un gros dictionnaire, une sculpture en fonte posée sur une étagère. Je tremblais tellement que je faisais tout tomber au passage, aiguillonnée par les cris de Zac.

— J'arrive, Zac ! Tiens bon !

67

Les genoux de Caitlyn ployèrent sous elle, et ce fut ce qui lui évita de prendre en pleine figure le poing lancé à la volée qui lui était destiné. Elle s'écroula aux pieds de son geôlier, démoralisée par sa défaite. Il la saisit par la taille et les cheveux en voulant se dégager, mais elle le gênait dans ses mouvements et il se vit contraint de reculer.

— Pauvre connasse, grinça-t-il en l'agrippant méchamment par les aisselles. Retourne tout de suite là-dedans !

La vue de la porte raviva la fureur de Caitlyn. Elle pensa au cauchemar qu'elle y avait vécu, aux heures, aux jours, aux semaines passées dans cet enfer de béton en rêvant de liberté. Ses jambes amorphes retrouvèrent toute leur vigueur, elle se servit de son pied comme levier contre le chambranle et les envoya tous les deux bouler en arrière.

— Non ! hurla-t-elle, transformée en furie face à lui. Jamais !

Elle ne savait pas se battre. Il ne lui était même jamais arrivé de se disputer avec un inconnu, mais une peur animale avait pris possession d'elle. Mâchoires serrées et lèvres retroussées, elle se jeta sur lui, toutes griffes dehors. Ils roulèrent à terre, mais il parvint à enrouler ses jambes autour de la taille de sa prisonnière, dont il agrippa le visage à pleines mains. Elle se coula contre lui et le mordit de toutes ses forces à travers sa chemise, à l'épaule ou à la poitrine, elle n'aurait pas su le dire. Aveuglée par la rage, elle s'en prit à son visage et ses oreilles, voulut lui arracher les yeux.

Il lâcha prise et elle se retrouva soudain libre. L'instant suivant, elle s'enfuyait péniblement en se cognant contre les murs du couloir. Elle courait aussi vite qu'elle le pouvait en ayant le sentiment d'avancer au milieu d'une rivière. Il lui fallait impérativement reprendre ses esprits car les pas de l'autre résonnaient dans son dos.

68

Je suis sortie si précipitamment de la maison de Snale que j'ai failli trébucher. Le temps de me rattraper, je me suis précipitée vers le 4x4, l'énorme sac dans les bras. Snale se tenait légèrement à l'écart, le visage déformé par l'angoisse, tandis que Kash restait les bras ballants, comme groggy. J'ai déposé le sac sur le siège passager, à côté de Zac qui claquait des dents, terrorisé, les yeux exorbités.

— Zac, prends ce sac et glisse-le sur le siège entre tes jambes. Ne te lève surtout pas tant qu'il n'est pas en place. Je… je pense qu'il est assez lourd. Je crois…

Je me suis souvenue d'avoir vu une brique près de la porte d'entrée de la maison, à quelques mètres de là. Tout ce qui pouvait alourdir le sac était bienvenu.

Je courais chercher la brique quand la sonnerie du minuteur s'est déclenchée.

69

Il était là, juste derrière elle. Caitlyn sentit ses doigts frôler ses cheveux. Elle s'enfonçait dans le labyrinthe des couloirs en cherchant à se laisser guider par la lumière, mais les portes étaient toutes fermées, les fenêtres barricadées. Elle n'avait aucune idée de l'étage auquel elle se trouvait. Elle ne savait pas davantage quelle heure il était. Une partie de son cerveau refusait d'accepter qu'il s'agisse de la réalité. Elle avait si souvent rêvé qu'elle s'évadait tout au long de ces derniers mois. Elle aurait aimé se réveiller une fois de plus dans sa cellule. Tout ce qu'elle avait connu en dehors de cette pièce relevait du fantasme. Elle n'avait pas de mère, pas de travail, pas d'appartement. Elle était née dans cette cave qui l'avait vue grandir. À quoi bon continuer à se battre ?

Elle s'obligea à repousser sa fatigue en arrivant en vue de l'escalier dont les marches de bois en piteux état s'élevaient dans l'obscurité. Elle avait gravi les premiers degrés lorsque la main de son poursuivant se referma sur sa cheville et la tira brutalement en arrière. Elle chuta et son menton heurta violemment une marche dans un grincement de dents. Elle saisit au vol l'un des barreaux de la rampe, qui lui resta dans la main. Le morceau de bois était à moitié pourri, mais elle le lui lança à la figure et il lâcha prise. Elle profita de ce court répit pour se ruer à nouveau dans l'escalier et tourna à droite en haut des marches, sans savoir où elle allait.

Hantée par l'idée de s'être engagée dans un cul-de-sac, elle savait déjà qu'elle ne trouverait pas la force de lutter si jamais il l'acculait. Ses genoux et ses hanches commençaient à donner des signes de faiblesse. Elle jeta un coup d'œil par-dessus son épaule et constata qu'il n'était plus là. Sans doute avait-il emprunté un raccourci. Elle hurla à l'aide en tambourinant sur les portes, toutes fermées à clé dans ce couloir interminable dont le plafond laissait passer la pluie. En désespoir de cause, elle se jeta au hasard sur l'un des battants, qui céda sous son poids, et elle s'étala dans une ruelle détrempée, à l'air libre.

La lumière du jour l'aveugla. Elle rampa péniblement en direction de la rue, trop essoufflée pour crier. Elle distingua des taches de couleur et comprit qu'il s'agissait de passants. Elle voulut appeler, mais pas un seul visage ne se tourna vers elle. Elle n'avait plus de voix.

À cet instant, une poigne de fer se referma autour de son bras et elle se sentit soulevée de terre.

70

Il y avait des gens partout. J'ai entendu des cris, des pas précipités. J'ai senti des mains qui me soulevaient et me maintenaient la tête. Dans mon rêve, une foule haineuse me taillait en pièces. J'ai ouvert la bouche dans l'espoir d'aspirer une bouffée d'air, mais ma cage thoracique était bloquée.

J'ai tenté d'évaluer mes blessures. Je m'étais cogné brutalement l'occiput, le radius de mon bras gauche était cassé et si je ne me remplissais pas très vite les poumons, je pouvais oublier le reste. J'ai écarté les paupières et le ciel étoilé a tourbillonné autour de moi jusqu'à ce qu'apparaisse le visage de Kash. J'ai remarqué qu'il tenait à la main un tuyau d'arrosage.

J'ai compris qu'il m'aspergeait d'eau froide, mes vêtements étaient entièrement trempés.

— Ce n'est rien, m'a-t-il dit. Tu vas t'en tirer, mais tu as été brûlée par l'explosion.

J'ai toussé en essayant de me redresser. Le 4x4 était en feu.

— Zac !

Les voisins regardaient brûler la voiture, hypnotisés par les flammes qui atteignaient quatre ou cinq mètres de hauteur. Le toit du véhicule, à moitié arraché, s'était soulevé comme le couvercle d'une boîte de conserve et les portières avaient disparu.

— Ne bouge pas, m'a ordonné Kash en m'obligeant à rester allongée. Tu as été projetée sur plusieurs mètres par l'explosion, tu es peut-être blessée à la colonne vertébrale.

— Il est resté dedans ?

Kash n'a pas répondu.

— Le gamin s'en est tiré ?

De nouvelles voix ont résonné dans la nuit, tout près. L'herbe était délicieusement fraîche sous moi, ses brins verts m'enserraient les poignets. J'ai tourné la tête en direction des personnes rassemblées autour de la voiture incendiée. On aurait dit qu'elles portaient des masques en or.

J'ai reconnu Jace Robit un peu plus loin, en compagnie d'une femme mince en robe de chambre qui devait être sa femme. Un grand type à la tignasse ébouriffée les a rejoints, suivis par deux autres couples. Jace a donné un coup de coude à son copain en lui montrant du doigt le 4x4. Il a tendu les mains en avant, comme pour les réchauffer, et un large sourire a illuminé son visage.

71

— Je suis là, grogna l'homme en soulevant Caitlyn comme s'il s'agissait d'un paquet de linge sale. Je suis là, ma jolie.

Caitlyn, épuisée, laissa retomber sa tête contre le bras de l'inconnu en détaillant ses cheveux blonds mal peignés, ses traits fermes, son regard las. Il l'emporta au pas de course en lançant un coup d'œil par-dessus son épaule en direction du bâtiment.

— Je l'ai ! Vite, un médecin !

— Où est-il ? trouva-t-elle la force de demander. Il est… il est…

— Je ne sais pas, répondit l'inconnu, mais il n'est pas là et c'est le principal. Je suis de la police, vous êtes en sécurité. On finira par coincer ce salaud, n'ayez aucun doute là-dessus.

— J'ai tué quelqu'un, murmura Caitlyn que le sommeil menaçait d'emporter, au milieu des sirènes et des visages qui s'affichaient, toujours plus nombreux, tout autour de son sauveur.

— Comment ?

— J'ai tué quelqu'un, répéta Caitlyn.

— Ah oui ? réagit l'inconnu aux cheveux blonds avec un sourire de travers. Bienvenue au club, ma jolie.

72

Je me suis retrouvée dans un box minuscule que fermaient des rideaux vert pâle, raide comme un piquet sur un lit sous des projecteurs aveuglants. J'ai sursauté en sentant des mains bloquer ma gorge, des doigts serrer mes mâchoires. J'ai exploré mon cou de mon bras valide et compris qu'on m'avait posé une minerve en plastique. La douleur à la nuque s'est intensifiée et j'ai poussé un long gémissement sourd dans l'espoir qu'on m'apporte des antalgiques. Un produit quelconque avait pris possession de mon organisme. De la morphine, sans doute, puisque des larmes inondaient mes joues. La morphine me fait toujours pleurer.

J'ai cherché des doigts les attaches en Velcro de la minerve.

— N'y pense même pas, a fait la voix de Kash en écartant ma main. Tu n'es pas encore passée à la radio.

Un jeu passait à la télévision. Une ménagère trépignait d'excitation sur l'écran, j'ai cru comprendre qu'elle avait choisi la bonne valise dorée parmi celles que lui présentaient des mannequins bronzées.

— Zac.

— Il ne s'en est pas sorti, a répondu Kash.

Une boule de chagrin s'est formée au creux de mon estomac, dure comme un poing serré. Un sentiment de culpabilité m'a envahie, sous la forme d'une multitude de voix dissonantes qui me hurlaient dans les oreilles.

Tu aurais dû te douter qu'il voudrait piquer l'or.

Tu aurais dû l'écouter quand il t'a annoncé qu'il comptait s'enfuir.

Tu aurais dû savoir que la maison de Snale était visée.

Tu aurais dû le sauver.

Tu aurais dû le sauver.

Tu aurais…

— Tu as eu de la chance de t'éloigner du 4x4 au moment de l'explosion, a remarqué Kash.

Du coin de l'œil, j'ai remarqué qu'il regardait la télé.

— Tu as des brûlures au premier degré. Ce n'est pas plus méchant qu'un mauvais coup de soleil. Il n'y paraîtra plus d'ici à quelques jours.

J'ai soulevé le bras gauche afin d'examiner le plâtre bleu foncé qui recouvrait mon avant-bras, du coude aux phalanges. Mon poignet était en miettes. Ce n'était pas la première fois, je me l'étais cassé un jour que je m'étais pris un mur en voulant frapper un adversaire.

— Où suis-je ?

— À l'hôpital de White Cliffs, à quatre heures de la vallée de la Dernière Chance.

— Et toi, tu n'as rien ? Est-ce que Vicky…

— Tout le monde s'en est tiré. À l'exception de Zac.

Je transpirais à l'intérieur de ma minerve. À la télé, l'animateur expliquait les règles de l'épreuve suivante, avec quarante mille dollars à la clé. Une grosse somme pour bien des gens. Assez pour risquer sa vie. Assez pour mourir. *Plus que trois jours et je rentre à la maison, Sam.* Je me savais capable de tenir, mais pas de cette façon-là, allongée sans bouger à regarder le plafond.

J'ai retiré la minerve sans que Kash cherche à m'en empêcher cette fois. Il devait en avoir marre de mes conneries. Je me suis redressée et j'ai tâté les points de suture au niveau de ma nuque, rasée pour l'occasion.

— Comment fonctionnait la bombe ?

— Ne t'inquiète pas de ça pour le moment.

— Je veux savoir.

— Il a utilisé un coupe-circuit, comme je le pensais, a soupiré Kash. Les équipes de la police scientifique sont en train d'examiner ce qu'il en reste. La bombe était plus sophistiquée que celle qui a tué Théo Campbell, mais à peine. Il y avait deux détonateurs. Le premier sur charnière magnétique, comme dans les cuisines modernes aux placards sans poignée. Au lieu de tirer la porte vers soi, on la pousse et elle s'ouvre. Pour la refermer, on pousse à nouveau jusqu'au déclic. Le tueur avait relié la charnière magnétique à un fil de sorte que le détonateur soit activé par le poids de celui qui prenait place sur le siège. Il suffisait que Zac se relève pour que le circuit se coupe et déclenche la bombe.

« Le second détonateur était apparemment un minuteur en plastique. D'où le tic-tac qu'on entendait.

Le genre d'accessoire de cuisine qui coûte trois dollars dans n'importe quel supermarché. Il n'aura eu aucun mal à se procurer tout le matériel nécessaire sans attirer les soupçons.

— Ça ne nous empêche pas de vérifier à l'épicerie de la vallée comme dans celles des environs, au cas où quelqu'un aurait acheté récemment un minuteur.

— J'ai reçu le détail des recherches Internet dans le coin. Personne n'a cherché à savoir comment fabriquer une bombe au cours de l'année écoulée. Il nous faudrait un mandat si on voulait remonter plus loin dans le temps.

— Putain…

Je me suis frotté les yeux.

— Comment ai-je pu ne pas me douter qu'on allait nous prendre pour cible ? La première victime était l'ancien responsable de la police, il était naturel que le tueur veuille s'en prendre à Snale dans la foulée.

— Ce n'est pas forcément elle qui était visée, a répliqué Kash avec un haussement d'épaules. Ça pouvait aussi bien être toi ou moi. Ou même Zac.

La tête sur l'oreiller, j'ai observé mon coéquipier. Il regardait fixement la télé, les lèvres pincées. Ce n'était pas le Kash fanfaron et gonflé d'héroïsme que je connaissais. Il paraissait vidé et j'ai compris pourquoi quand il a poursuivi.

— Je sais que tu as téléphoné à Tenacity.

73

Je n'ai pas répondu. Travailler pour le service des délits sexuels implique un maximum de discrétion. La majorité des victimes auxquelles j'ai affaire ne souhaitent pas qu'on sache ce qui leur est arrivé, leurs proches en particulier. J'aurais enfreint les règles les plus élémentaires en lui confirmant que je connaissais Tenacity. Ou même en le niant. Kash devait être au courant, mais il s'en fichait. Il a continué à me parler tout en triturant son alliance.

— Tu t'es probablement occupée d'elle à la suite de son agression. Je sais que tu es tenue par le secret professionnel. Elle s'imagine que je ne suis pas au courant. Sa mère m'a tout raconté peu après les faits, elle m'a expliqué que Tenacity ne souhaitait pas m'en parler pour que ça ne tourne pas à l'obsession chez moi. Elle avait raison, bien sûr. Ça n'a fait qu'alimenter la haine que je ressentais déjà. Je venais de rentrer d'Afghanistan, j'y suis retourné le plus vite possible. C'était con. Tellement con.

Il s'est étiré sur son siège en allongeant ses grandes jambes. La femme à la télévision était en train de défaillir de joie. Elle avait franchi la barre des soixante-quinze mille dollars.

— Ce soir-là à Bali, je me trouvais dans ce bar depuis moins d'une minute quand j'ai reçu un appel de ma mère. Il y avait trop de bruit, alors je suis ressorti et j'ai traversé la rue. Le souffle de l'explosion m'a fait tomber. Je n'ai même pas entendu la détonation. J'ai cru que j'avais été renversé par une voiture.

Il s'est passé la main dans les cheveux et je l'ai vu à son coin de rue, baigné de l'éclat des néons, au milieu des hurlements.

— Je me suis retourné et un incendie ravageait le bar. Les gens sortaient en courant, certains étaient en feu, d'autres avaient des membres arrachés. Je n'avais jamais assisté à une scène d'horreur pareille, pas même au cinéma. C'était comme si j'étais mort d'un seul coup et que je me réveillais en enfer. Je n'avais aucune idée de qui avait perpétré cet attentat, mais j'ai tout de suite compris que ces gens étaient des envoyés de l'enfer. Ce n'était pas possible autrement, des trucs pareils ne se produisent pas sur terre.

La candidate du jeu télévisé venait d'engranger cent mille dollars. Rouge d'excitation, elle s'est frotté les yeux pendant que Kash la regardait.

— Depuis, je ne peux plus voir la vie autrement. Je me dis que ce sont des démons qui hantent la planète et qu'ils ont décidé de nous inoculer leurs maux. J'ai décidé de les combattre. Sinon, à quoi bon ? J'ai tout laissé tomber et je me suis lancé à leurs trousses. C'était comme si ma femme, mon boulot, ma famille et mes amis n'avaient jamais existé. J'étais chargé d'une mission contre un ennemi clairement identifié, et rien d'autre ne comptait. Et puis cette nuit…

Il a laissé sa phrase en suspens, perdu dans ses pensées, et j'ai attendu.

— Cette nuit, tout a recommencé. Le souffle, les flammes.

— Ce n'était pas…

Il me fallait trouver les mots justes.

— Tu n'as pas perdu ton temps. Le combat que tu as mené était juste. Tu ne sauras jamais combien de vies tu as sauvées grâce à ton travail.

— Sauf que mon intention était de mettre un terme à toute cette horreur. Je m'étais imaginé que j'y parviendrais et que ça justifierait tout ce que j'avais sacrifié. Mais le mal se trouve partout. Une petite partie de l'enfer se trouve sur terre, et tu ne sais jamais à quel moment tu vas la rencontrer.

74

Je lui ai pris la main.

— Tu devrais parler à Tenacity. Appelle-la.

Sur l'écran, la femme ne savait plus si elle devait risquer ses cent mille dollars sur le contenu de la dernière valise. Elle se pinçait le cou et se tirait les lobes des oreilles, entraînée par le poids physique de la décision qui la plombait. Elle s'est emparée de la valise mystère et des visages de clowns tristes ont envahi l'écran avant que s'affiche en gros plan le billet de dix dollars scotché à l'intérieur de la valise.

Kash a sorti son téléphone et m'a laissée seule avec la candidate malheureuse qui pleurait à chaudes larmes face aux caméras.

L'enfer sur terre. J'en avais eu moi-même un avant-goût. J'avais vu ses flammes briller dans les yeux de salauds que j'avais entendus confesser leurs crimes. J'avais lu le mal dans les regards des pères d'adoption qui nous accueillaient avec mon frère dans des logements humides et congestionnés dans les recoins desquels se détachaient, à la lueur de la télévision, les traits sans vie d'autres enfants abandonnés. Je comprenais ce qu'avait ressenti Kash en voyant brûler le corps de Zac Taby au volant du 4x4 de Snale, quinze ans après avoir vu ses meilleurs amis disparaître au milieu des flammes ce soir terrible, à Bali. Il est facile de se prendre au jeu, de s'imaginer qu'on remporte son combat contre le mal, que la planète sera bientôt définitivement débarrassée des terroristes et des assassins, des violeurs et des monstres. On est prêt à tout sacrifier au nom d'un tel rêve. L'amour, ses amis, son couple, ses enfants. On croit que le jeu en vaut la chandelle.

Et on finit par s'apercevoir que l'incendie qu'on voudrait maîtriser est inextinguible, qu'on mène un combat sans fin. J'ai sacrifié ma vie à mon boulot, comme Kash. Je n'ai jamais vécu que pour mon travail, au lieu de vivre pour mes amis et mes amoureux, les enfants que j'aurais pu avoir. C'est rare que je pense à tout ce que je n'ai pas eu, alors que la plupart des gens ne vivent que pour ça. Quel besoin étrange avait bien pu me pousser à m'attacher au bébé que Jed Chatt serrait dans ses bras ? Contre toute logique, je m'étais approchée de cet homme qui me menaçait encore d'une arme quelques minutes plus tôt, dans le seul but de découvrir les yeux de cet enfant. Était-il possible que mon inconscient me souffle dans un murmure la liste de ce à quoi je renonçais parce que je refusais de croire à la malveillance du monde ?

Kash avait perdu sa femme au nom de ce combat sans fin. Il avait besoin de la reconquérir.

Allongée dans ce lit d'hôpital, mon bras cassé serré contre ma poitrine, je me suis demandé si renoncer à lutter me rendrait plus heureuse.

Je me suis débarrassée de ma perfusion, j'ai repoussé les couvertures et dénoué les lacets de la chemise fendue qu'on m'avait passée. De l'autre côté du rideau, deux infirmières discutaient tranquillement. J'ai lacé mes chaussures et attendu qu'elles s'éloignent pour m'éclipser et aller au parking.

Décidément, je n'étais bonne qu'à me battre. Ce n'était pas le moment de m'arrêter.

75

J'ai trouvé Kash près de la voiture de police prêtée par les autorités de White Cliffs pour regagner la vallée. Il discutait tranquillement sur son portable, adossé contre la portière conducteur, quand je l'ai rejoint. Il a fait un bond en me voyant.

— Ma collègue vient d'arriver, a-t-il annoncé à la personne qu'il avait au bout du fil. Je vais devoir te laisser. Moi aussi, je t'aime.

— Moi aussi, je t'aime, hein ?

— L'habitude. Cela dit, c'est la première fois depuis une éternité qu'on n'a pas élevé le ton. J'imagine que tu ne sors pas avec la bénédiction des infirmières ?

— Absolument, alors autant ne pas traîner dans le coin.

La voiture glissait dans la nuit sur l'asphalte, au milieu du désert, lorsque les premières lueurs de l'aube sont apparues à l'horizon. D'un coup d'œil à mon téléphone, j'ai vu que ma mère m'avait envoyé un texto. Elle me signalait que mon virement était bien arrivé. Sans une allusion au fait qu'il ne s'agissait pas de liquide. Un numéro inconnu s'est affiché pendant que je consultais le portable et j'ai appuyé sur la touche verte d'un doigt tremblant.

— Allô ?

— C'est Tox.

— Ah !

J'étais la première surprise. Tox est généralement injoignable, et il ne dit rien quand on finit par l'avoir. La distance n'améliore en rien son problème de communication. Ma gorge s'est nouée.

— Que se passe-t-il ?

— On a retrouvé Caitlyn McBeal.

J'ai tourné la tête vers Kash pour voir s'il était au courant. Mon corps tout entier était traversé d'aiguilles, et ce n'était pas uniquement à cause de mes brûlures.

— Elle est…

— Elle est vivante.

J'ai fait un bond sur le siège passager.

— Putain ! Et qu'est-ce qu'elle dit ?

— Ne t'excite pas. Elle ne dit quasiment rien pour le moment, et le peu qu'elle laisse filtrer n'est pas très encourageant pour toi. Elle affirme avoir été séquestrée par un type dans une cave pendant plusieurs mois. Il l'a quasiment laissée mourir de faim. Elle est persuadée que son ravisseur est lié à Sam. Un complice, peut-être.

— Comment ça, persuadée ?

— C'est ce qu'elle a cru deviner.

— Bon Dieu, Tox, explique-toi !

Je faisais des efforts désespérés pour rester calme alors que toutes les fibres de mon être me poussaient à hurler.

— Que dit-elle, exactement ?

— Elle dit qu'il ne l'a jamais touchée, a grommelé Tox. Il ne l'a pas violée, il ne l'a pas torturée, c'est tout juste s'il posait les yeux sur elle. Il était en stand-by, comme perdu, et Caitlyn pense que sa perplexité était liée à l'arrestation de Sam. Elle pense qu'ils travaillaient en binôme et que son ravisseur s'est désintéressé d'elle quand il a appris l'arrestation de Sam.

J'ai frissonné sur mon siège. Mon corps n'avait pas encore évacué les produits qu'on m'avait injectés et j'avais le plus grand mal à me concentrer. Je ne rêvais que de rentrer chez moi. J'en avais besoin. Je devais parler à Caitlyn, la convaincre qu'elle se trompait. *Encore trois jours.* Après quoi je pourrais lui rendre visite à l'hôpital et la regarder droit dans les yeux.

— D'accord, mais comment… je veux dire, que…

— Je n'ai pas le temps de tout t'expliquer en détail, m'a coupée Tox. On est dans le couloir de l'hôpital, on doit aller retrouver Caitlyn dans sa chambre. Ce connard de Nigel nous a accordé un quart d'heure en tête à tête avec elle.

— Qui est ce type ? Celui qui a enlevé Caitlyn. On a réussi à le coincer ?

— Non, il s'est échappé. Tu verras son portrait-robot à la télé dans quelques heures, probablement.

— Mais…

Il avait déjà raccroché et je m'en suis pris à l'écran de mon téléphone sur lequel s'affichait le message : « Appel terminé ».

— Saloperie ! Saloperie de saloperie de saloperie !

76

Whitt et Tox patientaient côte à côte dans le couloir de l'hôpital, adossés au mur qui faisait face à la chambre de Caitlyn McBeal. À quelques mètres de là se trouvaient réunis plusieurs enquêteurs de la criminelle et des délits sexuels, ainsi que des collègues spécialisés dans la gestion des traumatismes que Whitt connaissait pour les avoir croisés dans les locaux de Parramatta. Un peu plus loin, des journalistes rongeaient leur frein à l'entrée du bureau des infirmières en tentant de négocier avec les trois plantons en uniforme chargés de monter la garde.

Whitt se fit la réflexion qu'une photo de Caitlyn McBeal à sa sortie de captivité aurait valu à son auteur son pesant d'or. Le cliché aurait fait la une de tous les journaux. La jeune femme avait maigri de plus de dix kilos depuis son enlèvement, presque cinq mois plus tôt, et perdu la moitié de ses cheveux. La jeune fille que Tox avait portée jusqu'à l'ambulance garée près de l'ancien hôtel Pinkerton avait tout d'une cancéreuse. Les orbites creusées, les dents jaunies, le cou et les bras couverts d'escarres, les lèvres parcheminées pleines de croûtes. Tox avait raconté qu'il l'avait découverte dans une ruelle longeant l'hôtel en train de ramper vers la rue, à la limite de la perte de connaissance. À en croire les médecins, si un malheureux SDF nommé Ronnie Hipwell n'avait pas ouvert par hasard la porte de sa cellule et favorisé son évasion, elle serait morte quelques jours plus tard. C'était à la fois un miracle et une tragédie que Hipwell se soit aventuré dans les sous-sols de l'établissement abandonné lorsqu'une inondation provoquée par des pluies diluviennes avait dégagé la montagne de détritus qui dissimulait la porte menant à la cave. Caitlyn était libre, et Hipwell était mort.

L'inspecteur Nigel Spader sortit de la chambre, dont il referma la porte. Il regarda Tox d'un air méfiant en rempochant son carnet de notes.

— Encore cinq minutes.

— Tu nous as déjà dit ça il y a une heure, se plaignit Tox.

— Pourquoi, tu veux porter plainte ?

— Non, mais je rentre, que ça te plaise ou non, rétorqua Tox en s'avançant vers la porte. Je ne te conseille pas de m'arrêter si tu ne veux pas te retrouver dans une benne à ordures.

— Tu as déjà de la chance d'être autorisé à rencontrer mon témoin, Barnes, s'énerva Nigel. Tu ne fais pas partie de l'enquête. Toi non plus, Whitt. C'est encore moi qui décide qui a le droit d'interroger Caitlyn ou non.

C'était la première fois que Whitt voyait Tox perdre son sang-froid.

— Laisse-moi te dire un truc, déclara Tox en montrant du pouce son coéquipier. À nous deux, on a découvert de quoi obtenir l'annulation du procès, au minimum la mise en liberté provisoire de l'accusé.

— N'importe quoi.

— On a la preuve que la caméra retrouvée chez Sam Blue a été achetée d'occasion dans une boutique de Bondi, enchaîna Tox en comptant sur ses doigts. La photo de l'acheteur de la caméra prouve qu'il s'agit d'un type nettement plus grand que Blue, d'après les analystes. Tu as toi-même reconnu que tes gars avaient tabassé Blue pour obtenir ses aveux. On a retrouvé le portable de Caitlyn McBeal sur le lieu de l'enlèvement. Résultat des courses, je peux déjà te dire que ta bande de bras cassés en prendra plein la gueule quand la presse saura de quoi il retourne, alors je te conseille de gérer tes arrières et de nous foutre la paix au sujet de Caitlyn McBeal.

Tox, plus grand que Nigel, l'acculait contre le mur du couloir et l'intéressé tenta de se dégager.

— Dégage, espèce d'assassin !

— Allez, les gars, inutile de vous battre, intervint Whitt en voulant séparer ses deux collègues. On t'a tenu au courant de nos recherches, Spader. On t'a prévenu des infos qu'on nous avait communiquées au sujet de l'hôtel Pinkerton de façon que tes hommes puissent se trouver sur place si jamais on parvenait à localiser Caitlyn. On a toujours fait preuve de bonne volonté, alors tu peux nous renvoyer l'ascenseur en nous autorisant à la voir.

— Je ne suis pas certain que lui imposer un interrogatoire de plus soit bon pour elle dans son état, se défendit Nigel sans quitter Tox des yeux. Elle est très fragile.

— Tu sais ce qui est fragile ? C'est ta gueule.

Les deux hommes s'affrontèrent du regard, Tox toisant son collègue d'une bonne tête. La porte de la chambre de Caitlyn s'écarta, laissant passer l'un des enquêteurs, et Whitt en profita pour se glisser à l'intérieur de la pièce.

77

La chambre débordait de monde. Caitlyn, la tête sur des oreillers, s'entretenait à voix basse avec un spécialiste de la reconnaissance faciale assis à côté d'elle. Il faisait défiler sur un écran diverses images de sourcils en cherchant à recomposer le visage du ravisseur. De l'autre côté du lit, la mère de Caitlyn, un portable à l'oreille, pleurait en silence. Whitt croyait savoir que Mme McBeal était arrivée une semaine plus tôt dans l'espoir de mettre la pression sur les enquêteurs.

— Je n'y crois pas non plus, disait-elle à son correspondant. Non. Non, je n'y crois pas. J'ai essayé de leur expliquer depuis le début.

— Caitlyn, je suis l'inspecteur Edward Whittacker, se présenta-t-il en se dandinant à l'entrée de la pièce, entre deux hommes dont il ne savait s'il s'agissait de collègues, de psychologues, ou de proches. Je… je suis le coéquipier de l'inspecteur qui vous a trouvée.

— Le coéquipier de l'inspecteur Barnes? réagit Caitlyn en posant sur lui un regard las.

— Oui.

— Venez, l'invita-t-elle en tapotant le lit près d'elle.

Whitt se glissa entre les visiteurs et s'assit sur le bord des draps. Cette fille avait une force incroyable. D'un regard autour de lui, il constata que la moitié des personnes présentes pleuraient. En dépit de l'état d'épuisement dans lequel elle se trouvait, Caitlyn avait conservé une flamme intérieure qui animait ses yeux. On comprenait qu'elle se voulait forte au nom de ses proches, de ses amis, et de tous ceux qui s'étaient évertués à la retrouver. Tous avaient besoin de savoir qu'elle allait bien.

— J'ai bien conscience qu'on vous a déjà posé beaucoup de questions, s'excusa Whitt, mais j'aurais besoin de savoir tout ce que vous savez au sujet des liens que pouvait entretenir votre ravisseur avec Sam Blue. Votre geôlier vous a-t-il jamais parlé de lui? A-t-il prononcé son nom?

— Il s'est montré choqué et furieux le jour de son arrestation, s'expliqua Caitlyn. La télévision était allumée dans ma prison le premier soir. Il a déclaré qu'ils n'en avaient pas encore fini tous les deux.

— *Tous les deux*? répéta Whitt en avalant sa salive, la bouche sèche. Vous êtes certaines que ce sont les mots qu'il a prononcés?

Caitlyn lui prit la main. Ses doigts étaient froids et rêches, au terme de longs mois passés dans sa cellule de béton, à attendre la mort dans l'obscurité.

— Il a précisé qu'il avait besoin de lui. D'ailleurs, il ne m'a jamais touchée, précisa Caitlyn. Pas une seule fois. Il ne s'adressait jamais à moi, il se contentait de me retenir prisonnière. Je le sentais perdu sans son complice. Sam n'était plus là et il ne savait pas comment réagir.

Whitt avait du mal à respirer, la gorge serrée.

— J'ai eu l'occasion de voir Sam Blue très souvent à la télévision, poursuivit Caitlyn. Quand on le conduisait au tribunal, ou qu'il était interrogé. Il avait le regard vide, comme le type qui m'a enlevée. On aurait dit que son âme s'était éteinte, ne laissant derrière qu'un grand trou.

Whitt fut parcouru d'un long frisson.

— Ce sont eux qui ont assassiné ces filles, inspecteur, insista Caitlyn. Mon ravisseur et Sam Blue. Ce sont tous les deux des monstres.

78

Une tente blanche avait été installée au-dessus de la carcasse fumante du 4x4 de Snale afin qu'elle échappe aux yeux des curieux. Les flashs des photographes de l'identité judiciaire illuminaient par intermittence les pans de toile lorsque nous sommes arrivés devant la maison, dessinant des silhouettes spectrales magnifiées par leurs tenues stériles. Toutes les vitres de la façade avaient explosé et j'ai fait crisser sous mes semelles des éclats de verre en remontant l'allée. Les gens qui empruntaient la route ralentissaient en passant devant la maison, le nez collé à la vitre, et de petits groupes de badauds discutaient entre eux un peu plus loin, pour certains encore en tenue de nuit.

Snale s'entretenait avec un flic à moustache quand j'ai pénétré dans la maison. Le type m'a lancé un regard bizarre. Snale s'est précipitée vers moi et m'a prise dans ses bras.

— Oh, Harry !

Elle m'a serrée contre elle en me caressant les cheveux, sans avoir conscience qu'elle me faisait mal. Elle avait pleuré. Elle m'a regardé de la tête aux pieds en attardant ses yeux sur mon visage, mon bras plâtré, mes vêtements déchirés qui sentaient la fumée.

— Je n'arrive pas à croire qu'ils t'aient déjà laissée sortir.

Je me suis tournée vers le type de l'identité judiciaire.

— Vous avez découvert des indices utiles au sujet de la bombe ?

— Aucune trace biologique de type ADN ou empreinte à cause de l'incendie. Ces bombes au gaz sont d'une efficacité redoutable. On s'efforce essentiellement de retrouver des éléments du gamin pour les rendre à ses parents.

J'ai senti mes intestins se nouer. Snale a dû le lire sur mon visage car elle m'a caressé les cheveux de plus belle.

Je me suis tournée vers elle.

— Tu as pu parler aux parents de Zac ? Que disent-ils ? Comment vont-ils ? Il faudrait les confier à une cellule psychologique. Veiller à ce qu'ils ne se suicident pas, peut-être. Ils doivent être incroyablement fragilisés, ils seraient capables…

— Je t'en prie, Harriet. Tu as l'air d'un zombie, et je ne te parle même pas de l'odeur. Accorde-toi un quart d'heure de répit, on reprendra l'enquête ensuite.

79

Je me suis rendue d'un air hébété dans la salle de bains, où j'ai commencé par me déshabiller. Des lambeaux de peau se décollaient par plaques au niveau de mes avant-bras et de mon cou. Quand je me suis regardée dans la glace, j'ai vu qu'une moitié de mon visage était comme brûlée par un vilain coup de soleil. Je pelais déjà au niveau de la tempe. J'imagine que je me suis détournée à la dernière seconde, au moment de l'explosion, en essayant de me protéger avec les mains. Le dessous de mes avant-bras avait été touché plus que le reste, et le bord du plâtre frottait contre la peau, déjà à vif.

J'ai veillé à ne pas mouiller mon bras cassé en le tenant au-dessus de ma tête sous la douche fraîche et j'ai fermé les yeux en lissant en arrière mes cheveux roussis par l'explosion. Sur mes paupières serrées s'est imprimée l'image du corps mutilé de Zac à l'avant du 4x4, au milieu des flammes qui s'échappaient du toit crevé.

J'ai poussé un cri en sentant une présence contre ma jambe. Le cochon avait réussi à pousser la porte de la salle de bains et passé son groin dans la douche.

— Vicky ! Vicky ! Au secours !

J'ai essayé de repousser cette vacherie d'animal, mais il pesait une tonne. Snale s'est précipitée dans la pièce, la main sur les yeux pour ne pas me voir nue.

— Oh, je suis désolée !

En dépit de tout ce qui était arrivé, nous n'avons pas pu nous empêcher de rire.

— Il adore boire l'eau de la douche, m'a-t-elle expliqué. Sans doute à cause du savon. Seigneur, je suis désolée. Jerry ! Viens ici, espèce d'idiot !

Le cochon poussait de petits grognements en aspirant l'eau accumulée dans le bac de douche. Snale a fini par renoncer à le tirer de là et c'est moi qui suis sortie. Elle m'a tendu un drap de bain.

— J'ai vu plusieurs sujets consacrés à Sam aux infos, m'a-t-elle expliqué. Caitlyn, la fille qu'ils ont retrouvée, une équipe a réussi à la filmer quand elle montait dans l'ambulance. Elle est dans un état épouvantable.

— Et rien sur ce qui s'est passé ici à la télé ? La bombe ? Zac ?

— Rien du tout. On n'intéresse pas les médias.

Elle s'est assise sur les toilettes pendant que je m'enveloppais dans la serviette après m'être essuyée. J'étais épuisée.

— Je voulais te dire…

Snale s'est éclairci la gorge avant de poursuivre.

— La fille… elle prétend que…

— Je sais, mais c'est faux.

Snale s'est tortillée sur son siège improvisé, gênée.

— Tu ne changeras jamais d'avis, tu crois ? m'a-t-elle demandé.

J'ai récupéré un peigne sur la tablette et je me suis coiffée en me regardant dans la glace. J'avais les mêmes yeux que Sam.

— Non. Jamais.

80

Kash se trouvait dans le salon, le carnet ouvert devant lui sur la table. Sur la page de gauche s'affichait un dessin d'une silhouette sans visage harnachée en prévision d'un massacre, des couteaux et des pistolets accrochés un peu partout. Le croquis n'était pas sans évoquer ceux qu'avaient laissés Dylan Klebold et Eric Harris dans leur propre journal en prévision de l'attaque. Ils avaient conçu des harnais spéciaux auxquels étaient fixés des tuyaux bourrés d'explosifs et des poignards de combat dans leurs fourreaux, au cas où ils viendraient à bout de leurs munitions. L'auteur du carnet avait même recopié des extraits de la prose d'Harris.

Je ne dois pas me laisser distraire par l'empathie ou la pitié.
Je veux mettre le feu au monde.

En réalité, les deux ados s'étaient lassés en cours de route. Ils ne s'étaient finalement pas servis de la plupart des armes accrochées à leurs tenues. Cho Seung-hui, le tueur de Virginia Tech, avait réagi de la même façon. Sa rage s'était épuisée bien plus vite que ses munitions. Tout était dans l'anticipation chez ces gens. Ils s'étaient nourris de la terreur de leurs victimes avant de passer à l'acte.

Peut-être était-ce la raison qui avait poussé le poseur de bombe à laisser un avertissement sur le volant à l'intention de Zac, pour lui laisser le temps de comprendre qu'il allait mourir. Sinon, pourquoi ne pas installer un système qui se déclenche instantanément au moment où quelqu'un se mettrait au volant ? Pourquoi lui laisser une chance ? Pourquoi lui laisser le temps de s'échapper ?

La réponse était simple.

Pour qu'il ait le temps de se voir mourir.

— Aïe ! a crié Kash en portant l'index à sa bouche.

— Quoi ?

— Je me suis égratigné sur l'agrafe du carnet.

Il a sucé le sang qui suintait de la minuscule plaie avant d'examiner celle-ci à la lumière.

Je me suis assise à côté de lui. Il y avait effectivement deux agrafes retenant ensemble les feuillets du carnet. L'extrémité de l'une d'elles était tordue et dépassait légèrement.

J'ai voulu la repousser, mais elle a résisté.

Un frisson électrique a traversé tout mon corps, ravivant la douleur, tandis que mes muscles se tétanisaient. J'ai saisi le carnet et l'ai examiné longuement à la lumière du salon.

— Mon Dieu ! Il manque une page.

81

— Comment le sais-tu ? s'est étonnée Snale en me prenant le carnet des mains.

— Les agrafes sont tordues. Quelqu'un les a dépliées de façon à retirer la page du milieu sans la déchirer avant de les repousser, mais on voit bien qu'elles ne sont pas enfoncées complètement.

J'ai récupéré le carnet.

— Regarde ici. On distingue même un carré en creux sur la feuille suivante. L'auteur de la page disparue avait appuyé fort avec son stylo.

Snale a froncé les sourcils, puis elle a sorti d'un tiroir un crayon de papier et une feuille blanche. Elle a posé celle-ci à plat sur le carnet et frotté légèrement à l'aide du crayon de façon à laisser apparaître les lignes en creux.

— Vous ne croyez pas qu'on devrait s'adresser à la police scientifique ? nous a suggéré Kash. Ils passeront le carnet au scanner.

J'ai secoué la tête.

— Nous n'avons pas le temps. Cette page disparue nous fournira peut-être des indications sur la prochaine action du tueur. Il ne l'a pas retirée sans raison.

Mon cœur battait à cent à l'heure. La méticulosité avec laquelle travaillait Snale me mettait les nerfs à fleur de peau. Millimètre par millimètre sont apparus des lignes, des carrés et des flèches. Une carte. Deux rangées de rectangles plus ou moins longs, alignés en parallèle.

— J'ai compris! Il s'agit de la rue principale du village.

82

Whitt colla la feuille sur le Plexiglas du parloir de la prison d'un geste brusque.

— Tu peux me dire de qui il s'agit, bordel de merde ?

Il n'avait pas l'habitude de jurer, mais sa patience était à bout. Avoir vu Caitlyn McBeal entourée de gens qui ne pensaient plus la revoir vivante avait mis ses nerfs à vif. Il aurait voulu la protéger, la nourrir et s'occuper d'elle comme s'il s'agissait d'un nouveau-né.

Sam examina le portrait-robot du ravisseur de Caitlyn et haussa les épaules.

— Je ne sais pas qui c'est.

— Arrête tes conneries, réagit Whitt en approchant son visage tout près du Plexiglas. Il s'agit du *type*. On avait déjà sa photo, prise par le système de surveillance du magasin où a été achetée la caméra retrouvée chez toi.

Il fouilla dans ses papiers et sortit le document.

— Caitlyn nous a expliqué que ton arrestation l'avait bouleversé. Vous avez tous les deux le même âge. Un grand type avec des bras interminables qui pourrait être ton jumeau. De qui s'agit-il, bordel ?

— Je n'en sais rien ! se défendit Sam. Ils ont passé son portrait à la télé toute la matinée. Je te répète que je ne le connais pas ! Je ne l'ai jamais vu de ma vie !

Whitt laissa glisser le portrait-robot le long de la vitre et se tassa sur son siège.

— Je ne te crois pas, soupira-t-il. Je ne peux plus. Ce n'est pas comme s'il avait voulu te piéger en lui affirmant que vous étiez complices. Il n'avait jamais imaginé qu'elle survivrait.

— Il lui a raconté que nous étions complices ?

— De façon détournée.

Sam se gratta le cou et secoua violemment la tête. On aurait pu croire qu'il cherchait à se débarrasser de l'eau qui bouchait ses oreilles.

— Comment a-t-elle réussi à s'en tirer ? s'enquit-il.

— Elle s'est enfuie.

— Ça faisait peut-être partie du plan de ce type.

— J'en doute. Elle a tué un SDF au passage, elle était prête à tout pour échapper à cet enfer. Tox l'a découverte en train de ramper sur le trottoir. Les médecins estiment qu'elle serait morte d'ici à quelques jours autrement.

— Écoute, fit Sam en s'approchant de la vitre. J'ai besoin de savoir que tu continues de croire en moi, sinon je ne sortirai jamais d'ici.

— Si tu veux vraiment sortir d'ici, je te conseille de regarder attentivement cette photo et de te demander qui ça pourrait bien être.

Whitt se leva en laissant la feuille sur la tablette et gagna la sortie.

83

À mesure que se précisait le dessin, il était clair que la feuille manquante correspondait au plan d'un massacre. J'ai été prise d'une furieuse envie de vomir. Jusque-là, je pouvais m'imaginer que l'auteur du carnet se contentait de professer son admiration pour les responsables de tueries passées et de s'intéresser à la fabrication d'engins explosifs, ce qui me laissait toute latitude de me leurrer sur ses intentions. Cette dernière découverte m'apportait désormais la preuve que le tueur n'entendait laisser derrière lui aucun survivant.

Les immeubles de la rue principale du village se présentaient sous la forme de deux colonnes parallèles de part et d'autre des agrafes du carnet, avec la poste, la quincaillerie, un petit café et une supérette à droite. Face à l'immeuble de la poste se trouvait le poste de police de Snale, un petit bâtiment carré de plain-pied disposant d'une salle d'interrogatoire, d'une cellule, d'un bureau capable d'accueillir deux personnes, et d'un arsenal. L'immeuble voisin accueillait le pub, doté d'un parking sur l'arrière, puis se succédaient un magasin de fournitures agricoles et un garage que jouxtait un autre parking.

Quatre bâtiments collés l'un à l'autre.

L'auteur du croquis avait tracé une ligne en pointillé figurant son trajet.

1 : Tuer l'agent Snale dans le poste de police. Récupérer des armes.

2 : Déposer l'engin n° 1 dans une voiture sur le parking du pub.

3 : Sortir le semi-remorque du parking attenant au garage et s'en servir pour bloquer la rue principale à son extrémité, de façon à piéger les victimes.

5 : Placer les engins n° 2 et n° 3 dans le semi, avec des minuteurs.

4 : Coincer John Destro et s'assurer un accès au balcon du premier étage de la poste.

J'ai suivi les indications du tueur sur le plan, Kash et Snale à côté de moi.

— C'est terrifiant, a murmuré Vicky, dont le front s'était couvert d'un voile de transpiration.

Je me suis tournée vers Kash.

— C'est toi le spécialiste. Qu'en penses-tu ?

Un sourire a brièvement étiré ses lèvres. L'heure de la trêve était venue, il allait enfin pouvoir mettre à profit ses connaissances.

— Le fait que les différentes étapes de son plan s'enchaînent apporte la preuve que notre homme agit seul, m'a-t-il répondu. Ce type est très sûr de lui. Prenons la première étape. Tuer Vicky à l'intérieur du poste de police n'est pas une mince affaire. Je le vois mal débouler dans ton bureau, Vicky, et te demander les clés de l'arsenal.

— Sauf s'il est armé, a rétorqué Snale. Il compte sur l'effet de surprise avant de se servir.

Un silence tendu a accueilli sa déclaration. Kash a posé l'index sur la ligne en pointillé.

— Ensuite, il dépose ce qui doit être l'une de ses bombes artisanales dans un véhicule à l'arrière du pub. Il s'empare du semi-remorque et l'utilise pour bloquer la rue. J'imagine que la première bombe lui sert à chasser les clients du pub. Tout le monde se retrouve dans la rue, le camion explose en empêchant toute possibilité de fuite de ce côté-là, ce qui oblige tout le monde à se réfugier là.

Il a désigné, au milieu du plan, le U dessiné par les deux côtés de la rue bloqués à leur extrémité par le camion en flammes.

— Tout le monde se retrouve coincé comme un troupeau de vaches. La seule issue possible reste la route qui part de la poste. Posté sur le balcon avec une arme semi-automatique, il n'a plus qu'à déquiller les gens les uns après les autres en profitant de la confusion.

— C'est…

Snale a laissé sa phrase en suspens, muette de saisissement.

— C'est un plan très sophistiqué, a conclu Kash à sa place. Sa technique est conçue pour tuer un maximum de monde. Il a beaucoup appris en étudiant les tueries précédentes. Il a notamment cherché à comprendre où se rassembleraient naturellement les victimes potentielles, prises de panique, afin de les enfermer dans une nasse. Je note avec intérêt qu'il ne cherche pas à faire exploser les survivants. Il préfère les abattre un à un.

— Pour la même raison qu'il a déjà laissé cet avertissement sur le volant du 4x4, et qu'il a tourné autour de Théo Campbell. Il veut que ses proies aient le temps de comprendre ce qui leur arrive.

J'ai haussé les épaules avant de poursuivre.

— Le temps de...

— De regretter, a suggéré Kash.

— Regretter quoi ? est intervenue Snale.

J'ai feuilleté le carnet. Le seul élément commun à tous ces auteurs de tueries était la colère. Leur désir de punir.

Je ne voulais pas mourir, mais je n'avais pas le choix. Me venger est la seule solution.

Je me vengerai de vous tous.

Vous aviez les moyens d'empêcher ça.

— Tu avais raison, Harry, a reconnu Kash. Tu avais raison depuis le début. Il ne s'agit pas d'un acte de terrorisme ou d'un manifeste politique. Il s'agit d'une vengeance. Il veut que les habitants de la vallée de la Dernière Chance regrettent ce qu'il leur reproche.

— Mais quoi, précisément ? s'est interrogée Snale, les larmes aux yeux.

Elle a poussé un grand soupir et s'est enfermée dans la salle de bains en s'essuyant les joues.

Je me suis penchée sur la carte.

— Il a l'intention de tuer un maximum de personnes. J'en déduis qu'il agira à un moment où il y aura beaucoup de monde au pub, s'il n'a pas changé d'avis.

— Pourquoi renoncerait-il à son plan ? a dit Kash. Il sait que nous avons le carnet, mais il ignore que nous connaissons le contenu de la page disparue. Il ne peut pas se douter qu'on a percé son secret.

— À quel moment le pub fait-il le plein ?

— Tout le monde s'y retrouve le samedi soir, m'a répondu Snale en nous rejoignant.

Nous avons machinalement posé les yeux sur le calendrier accroché au mur. Il nous restait deux jours pour arrêter le massacre.

84

Nous avons appelé Dez en lui demandant de recommander aux gens de ne pas se rendre au village. Snale nous a ensuite quittés, elle avait rendez-vous chez les parents de Zac avec des psychologues venus de White Cliffs.

Installée dans la voiture de Kash, j'ai effacé tous les textos qui m'avaient été envoyés par des journalistes. Parfois au sujet des attentats dans la vallée, le plus souvent à propos de Sam. J'ai examiné le portrait-robot du type dont Caitlyn McBeal affirmait qu'il était le complice de mon frère. Son visage ne me disait rien. J'aurais tout donné pour lui trouver un air familier. J'ai longuement contemplé son long nez droit, ses yeux sombres, la forme de son crâne rasé. Je connaissais suffisamment bien les logiciels d'identification faciale pour savoir que le vrai ravisseur serait légèrement différent, mais aucun déclic ne s'est produit dans ma tête.

J'ai regardé l'heure. Dans quatre minutes, Sam aurait accès aux téléphones de la prison. J'attendais son appel, prête à décrocher, quand Kash m'a rejointe.

— J'attends un appel de mon frère d'une minute à l'autre.

— Oh, désolé. Tu préfères que je…

— Non, pas de souci. Allons-y.

Mon portable a sonné et Kash, gêné, s'est tortillé sur son siège en mettant le contact.

— Salut, Sammy.

— *Ceci est un appel en PCV du centre de détention de Silverwater, un établissement rattaché à l'ensemble pénitentiaire de Silverwater. Si vous souhaitez répondre à cet appel, composez le 1.*

J'ai fait la grimace.

— J'oublie à chaque fois cette vacherie de message automatique.

Kash m'a adressé un sourire embarrassé.

Et puis j'ai reconnu la voix de Sam.

— Harry ?

J'avais le cœur serré, ce qui ne m'a pas empêchée de sourire.

— Salut. Comment vas-tu ?

— Je t'avoue que je suis un peu groggy. Quand j'ai appris qu'on avait réalisé le portrait du ravisseur, j'étais persuadé de découvrir un visage que je connaissais. C'était la seule solution logique. Je m'attendais à être furax. Au lieu de quoi… Je ne sais pas qui est ce type. Et toi ?

— Non plus. Jamais vu.

— Je n'arrive pas à y croire.

Je l'ai senti, Sam avait peur. Tout comme moi. Il m'a fallu une demi-seconde pour me reprendre et le déclic du système d'enregistrement des appels de la prison a troublé le silence.

— J'espère que ce cauchemar s'arrêtera une fois qu'ils l'auront arrêté.

— Whitt et Tox sont sur le coup. De mon côté, j'ai presque terminé ici. Je les rejoins dans quelques jours.

— J'aimerais autant pas, m'a freinée Sam. S'il a réussi à entrer dans mon appartement, Harry, il est parfaitement capable de s'introduire chez toi. Ce type est un animal. Il est aussi malin que dangereux.

— Je suis capable d'être dangereuse, moi aussi.

Kash a souri à côté de moi tout en conduisant.

— Je sais bien, mais je n'ai pas besoin d'avoir des raisons supplémentaires de m'inquiéter. Tant que tu es dans le désert, je me dis que tu es en sécurité.

Sam était déjà comme ça quand on était petits. Inquiet et protecteur. Chaque fois qu'on nous plaçait dans des familles différentes, il trouvait le moyen de me rejoindre, quitte à prendre un train. Il voulait s'assurer que j'allais bien. Je bouillais intérieurement à l'idée de me trouver près de lui, de me mettre en chasse de l'inconnu du portrait-robot.

J'ai promis à Sam qu'on allait l'attraper. D'une façon ou d'une autre. Même si ça devait me coûter jusqu'à mon dernier sou. J'étais prête à tout donner pour y parvenir. Mon boulot, ma vie, ma liberté.

Prise d'un embryon d'idée, j'ai envoyé un texto à Tox Barnes.

Une petite expérience. Passe à mon appartement et allume la lumière ou la télé. S'il a pu s'introduire chez Sam, il tentera peut-être de faire pareil chez moi. Ça ne coûte rien d'essayer.

Tox ne m'a pas répondu. Comme souvent. Il comprendrait que le piège pouvait fonctionner. Qui que soit ce type, il faisait une fixette sur mon frère. À présent que Sam était hors d'atteinte, il aurait peut-être la tentation de s'en prendre à moi.

85

Quand Kash m'a réveillée à l'aube en remuant le pied de mon lit avec la pointe de sa botte, j'avais à peine dormi. Je l'avais entendu enchaîner les exercices de musculation vers 3 heures du matin et il ne s'était pas douché depuis car il sentait la transpiration.

— C'est un coup monté, m'a-t-il annoncé.

— Je vais avoir besoin de café si tu ne te montres pas plus précis que ça.

Au fond de moi, j'espérais qu'il faisait allusion à Sam, mais j'ai constaté qu'il surfait sur le site de la compagnie Qantas lorsqu'il s'est assis sur mon lit, son ordinateur à la main.

— La bande de Jace Robit est à la veille de prendre la fuite, a-t-il précisé en tendant le doigt vers l'écran. J'avais placé une alerte sur Robit et ses trois potes, un copain du Renseignement intérieur vient de m'envoyer l'info. Tous les quatre ont fait une demande de passeport au cours des six derniers mois et ils ont tous acheté un aller simple pour Denpasar, à Bali. Le même jour.

— Quand ?

— La semaine prochaine.

Je me suis frotté les yeux.

— Si ça se trouve, ils se font un week-end entre mecs.

— John Stieg a fermé tous ses comptes sur les sites de jeu et récupéré ses mises, a poursuivi Kash en faisant apparaître à l'écran la photo de l'ami trapu de Jace. Frank Scullen a partagé en deux son argent à la banque, viré la moitié sur le compte de sa femme et sorti le reste en cash. Damien Ponch a vendu son pick-up.

— Un *long* week-end entre mecs.

— Ils ont acheté des allers simples, Harry. Réveille-toi. Je suis convaincu que toute cette histoire est une diversion. Ils cherchent à nous occuper pendant qu'ils font leurs petites affaires ailleurs.

— Je ne comprends pas.

— Prépare-toi, je t'expliquerai en route. Les habitants de la vallée sont plus encore en danger qu'on ne l'imaginait.

86

Kash a braqué ses jumelles sur la maison de Jace Robit en faisant le point. Il disposait d'un arsenal impressionnant dans son pick-up. Un micro parabolique, posé sur le capot du véhicule en direction de la maison, permettait d'entendre les conversations par intermittence.

Robit était en compagnie de ses trois petits camarades, Frank Scullen, John Stieg et Damien Ponch. Quand la tension monte, les criminels ont tendance à se serrer les coudes, ce qui n'est pas très malin. Les trafiquants de drogue multiplient les réunions, les amateurs de hold-up se donnent rendez-vous tard le soir, les jeunes fêtards qui ont dépassé les bornes un week-end trop arrosé en violentant une fille organisent une réunion de crise pour s'accorder sur leur version officielle des faits.

— Ils sont quatre à l'intérieur, m'a confirmé Kash dans un murmure. Personne à l'extérieur.

Je lui ai donné une tape sur la poitrine.

— Hé, général Patton ! Explique-moi un peu ce qui se passe.

— Voici ma théorie. L'or retrouvé chez Théo Campbell appartenait à ces types.

— Comment peux-tu le savoir ?

— Réfléchis un instant. Campbell cache chez lui quatre-vingt mille dollars en or à l'insu de sa femme. Tu remarqueras aussi qu'il ne rédige aucune déposition officielle. Les premiers suspects dont nous a parlé Olivia Campbell sont Robit et sa bande en nous expliquant qu'ils menaçaient son mari. Quand elle lui pose la question, il lui explique qu'il enquête sur un trafic de drogue. Nous savons que c'est faux parce que ses registres de police n'en font pas mention et que Snale n'était pas au courant.

— Jusque-là, je te suis.

— Je suis persuadé que ces types se sont procuré cet or illégalement, a poursuivi Kash. Théo Campbell les a surpris et il s'en est emparé. Nous savons par Bella Destro que Campbell s'affranchissait volontiers du règlement. Il a très bien pu les coincer lors d'un contrôle routier, ou bien alors il a découvert le pot aux roses en croyant qu'ils trafiquaient de la drogue. Je ne sais pas. Quoi qu'il en soit, il est tombé sur l'or et il l'a gardé.

— D'accord.

— À compter de ce moment-là, nos quatre mecs ont un problème. Ils décident de se débarrasser de Théo Campbell, mais le village ne compte que soixante-quinze habitants et il faut trouver un moyen de le tuer sans qu'on les soupçonne. Comment y parvenir tout en gardant la maîtrise des circonstances ?

— La maîtrise de quelles circonstances ?

— Désolé, c'est une expression de tactique militaire. Tu t'arranges toujours pour maîtriser les pensées et les réactions de l'ennemi en lui fournissant de fausses informations.

— D'où la rédaction du carnet, qui nous met sur la piste d'un adolescent en colère.

— Exactement. Ils ont fait diversion en nous livrant Zac Taby sur un plateau.

— Dans ce cas, pourquoi le tuer, si c'était le suspect idéal ?

Il a haussé les épaules.

— Rien ne nous dit qu'ils voulaient tuer Zac. N'importe lequel d'entre nous aurait pu monter dans ce 4x4. Si ça se trouve, ils voulaient peut-être juste nous effrayer et nous pousser à ordonner l'évacuation de la vallée. Si on était montés dans la voiture en plein jour, on aurait tout de suite vu les bonbonnes de gaz sur la banquette arrière. Zac a eu la mauvaise idée de vouloir s'enfuir de nuit.

— Quatre-vingt mille dollars, c'est une jolie somme, mais ça fait nettement moins si on partage le magot en quatre. En plus, si leur seul but était de récupérer le magot, pourquoi ne pas l'avoir fait ?

— Si ça se trouve, les pépites découvertes chez Campbell ne sont que la pointe de l'iceberg. Ils en ont peut-être suffisamment pour recommencer de zéro ailleurs. Et voilà que Théo Campbell réduit leurs espoirs à néant.

Tout en l'écoutant, j'observais le taudis en parpaing perdu au milieu de nulle part qui servait de refuge à Jace. À l'évidence, la tentation était grande pour ces gens, après une vie de labeur passée à exploiter cette terre aride. Zac rêvait de fuir la vallée. Robit et sa bande avaient-ils également entendu l'appel du large ?

— Tu te souviens de la façon dont étaient emballées les pépites ? a repris Kash. Dans un simple plastique noir scotché. Pour quelle raison ? Pour l'expédier facilement de façon anonyme.

J'ai récupéré le dossier criminel des quatre intéressés, imprimé avant de partir ce matin-là.

Jace Robit : vol à main armée, violences domestiques, détention de substances illégales.

Frank Scullen : voies de fait aggravées, vol.

Quant à John Stieg et Damien Ponch, ils avaient tous deux été condamnés pour fraude, sans parler des violences domestiques dont les accusaient leurs épouses respectives.

Kash avait raison. Ces types n'étaient pas des citoyens modèles. Ils avaient de bonnes raisons de vouloir quitter en douce leur ancienne vie.

— Quelles sont leurs intentions, à ton avis ? Ils ont déjà tué deux personnes et sont persuadés que notre enquête nous occupe ailleurs. Tu les crois capables de s'éclipser discrètement ?

— Je ne sais pas, m'a répondu Kash. Je trouve inquiétant qu'ils aient pris la précaution de retirer la page centrale du carnet. Ou bien ils ont pensé que c'était trop, ou bien…

Il a soupiré d'un air inquiet.

— Ou bien ils voudront partir en beauté, provoquer un écran de fumée et profiter du chaos pour prendre la fuite.

Un grésillement est sorti du haut-parleur, transmis par le micro.

— Putain, j'espère vraiment ! a fait une voix. J'espère que ce petit merdeux en a bien chié… Cet endroit serait nettement moins craignos avec un quart… de ses habitants. Soixante-quinze personnes, c'est encore… bien trop. Plus que soixante-treize, en fait. On n'est pas loin du compte.

Un ultime grésillement et le haut-parleur s'est tu. J'ai tenté de le réveiller d'un coup de poing.

— Putain de micro. Il faudrait qu'on se rapproche.

— J'ai fait une reconnaissance des lieux. Cet endroit est le plus adapté, mais on pourra toujours essayer de changer de position si le vent tourne.

J'ai ouvert ma portière et je suis descendue du pick-up. Je venais de m'accroupir dans un massif de fougères à la limite de la propriété de Robit quand Kash est venu me rejoindre.

Des sauterelles, dérangées par ma présence, se sont envolées. Les rayons du soleil frappaient de plein fouet mon visage brûlé et j'ai voulu m'en protéger en me postant derrière de vieux fûts rouillés, le long des barbelés.

— Évite-nous une mort imbécile, Harry, a murmuré Kash derrière moi. On se trouve chez Jace. S'il nous tire dessus, trois personnes pourront témoigner qu'il se trouvait en état de légitime défense.

— Et si je les tue la première ? Tu diras quoi ?

Il a levé les yeux au ciel et m'a fait signe de l'attendre. Grâce à sa formation militaire, il pouvait nous permettre d'atteindre la maison sans que personne ne nous voie. Je me suis agrippée à sa ceinture.

Il a désigné un point droit devant et nous avons traversé le champ à toute vitesse.

87

Les herbes sauvages nous arrivaient jusqu'à la taille et j'avais du mal à suivre Kash. Sans avoir été grièvement blessée par l'explosion, j'en étais sortie très affaiblie. Une fois franchi l'obstacle, nous nous sommes collés sous une fenêtre. Kash s'est allongé et il a rampé sous la maison. L'imiter n'a pas été facile avec un bras dans le plâtre, mais j'ai fini par y arriver, de la terre plein les joues, collée par la sueur.

Le plancher a craqué un mètre au-dessus de nos têtes. Allongée sur le flanc, j'observais mon coéquipier, ses lunettes embuées par la condensation.

— Ça sera pas un problème longtemps, a fait une voix. On récupère tout ce qu'on peut dans les jours à venir et on se casse.

— Ta femme va nous compliquer la vie, John, lui a répondu une autre voix. Elle se doute de nos intentions, tu crois ?

— Jamais de la vie, mec. Si jamais vous touchez à un cheveu de sa tête, tous tant que vous êtes, je vous bute.

— Faites ce qu'il vous dit, a réagi un troisième protagoniste, sans doute Jace. Foutez la paix à sa femme. Pas question d'attirer l'attention sur nous tant que tout est pas prêt. Ensuite, on n'aura plus qu'à mettre les bouts.

On s'est regardés, Kash et moi, attentifs au moindre bruit. J'ai reconnu le bruit caractéristique d'une bière qu'on décapsule. L'un des types se tenait juste au-dessus de nous, de la poussière s'échappait des planches à chacun de ses mouvements et nous tombait dans les cheveux.

— Je sais que ça peut sembler bizarre, je sais pas pour vous. Vous avez déjà pensé à rester quand tout sera fini ?

— Rester ici ? T'es malade, mec ! Ce patelin est le trou du cul du monde. On a décidé de *tout* changer. Pourquoi tu voudrais qu'on reste ?

— Je pense que mes gosses vont me manquer.

Un silence a suivi cet aveu. Nous avons entendu les types se déplacer, ouvrir et fermer des portes. Le son d'une télé ou d'une radio nous est parvenu, retransmettant une course de chevaux. Celle-ci a pris fin et deux des membres de la bande ont poussé des cris, de joie ou de dépit, impossible à savoir.

— À quelle heure veux-tu y aller ce soir ? a demandé quelqu'un.

— Comme d'habitude, lui a répondu Robit. À 20 heures.

On a échangé un regard, Kash et moi. J'ai aperçu une ombre du coin de l'œil, sur la route. J'ai tourné la tête.

— Et merde…

— Quoi ?

— Digger, la chienne du village. Regarde.

L'animal marchait nonchalamment, langue pendante. En plus de la nourriture, les chiens adorent les humains allongés. Si jamais elle nous apercevait, notre opération de reconnaissance était largement compromise.

J'ai serré les paupières.

— Seigneur, fais qu'elle ne nous voie pas.

Le plancher a craqué au-dessus de moi. J'ai glissé à Kash dans un murmure :

— Ne bouge pas et ne tourne pas la tête. Avec un peu de chance, elle ne nous verra pas.

Avec ma chance habituelle, j'ai vu Digger fouiller des yeux l'ombre du vide sanitaire, sous la maison. Elle s'est figée, la truffe en l'air, et j'ai cru la voir sourire en bondissant dans notre direction.

— Saloperie ! a grondé Kash en se relevant à quatre pattes. Putain de chien !

Digger s'est mise à aboyer joyeusement. Les occupants de la maison sont sortis afin de voir de quoi il retournait.

88

Je me suis tournée vers Kash.

— Cours te cacher pendant que je l'occupe.

Il a rampé jusqu'à l'arrière de la maison avant de disparaître au milieu de la végétation. Au même moment, Digger se jetait sur moi en me léchant entre deux aboiements.

— À quoi joue cette putain de chienne? a réagi Jace au-dessus de la tête.

J'ai muselé Digger avec les mains. Elle a poussé un grondement joyeux, très intéressée par mon plâtre.

— Tu crois qu'elle a chopé un kangourou? a demandé l'un des types, assis sur le canapé.

— Sais pas. Je vais aller voir.

J'ai cherché des yeux une cachette sous les fondations. Si jamais Jace Robit me trouvait là, il comprendrait instantanément que leur plan était à l'eau. Si jamais il me chopait… Je me suis efforcée de contenir ma panique.

En levant les yeux, j'ai aperçu un espace entre les briques et l'une des poutres du plancher. Un espace tout juste assez large pour que je puisse m'y cacher. Restait à savoir si je trouverais la force de m'y hisser.

Je n'avais plus rien à perdre. J'ai ramassé une poignée de terre.

— Désolée, ma vieille.

Et je lui ai jeté la terre dans les yeux. Elle a jappé en se contorsionnant, j'en ai profité pour glisser mes pieds dans le vide entre les briques où j'ai achevé de me réfugier.

Digger, aveuglée, s'est enfuie du vide sanitaire en essayant d'essuyer ses yeux avec ses pattes. Mon bras cassé, coincé contre la poutre, me faisait terriblement mal. J'ai fermé les yeux et serré les dents en m'imaginant que je faisais partie intégrante de la maison, que j'étais devenue invisible. Jace a dévalé les marches de la véranda à quelques mètres de moi.

J'ai senti quelque chose bouger le long de mon corps. Quelque chose de gros. J'espérais qu'il s'agisse d'une sauterelle. Ou alors de l'une de ces grosses araignées velues inoffensives. Pourvu que ce ne soit pas une veuve noire. Les pattes pointues de la chose ont traversé mon aisselle, mon épaule.

— Qu'est-ce qui te prend, saleté de bâtard ?

J'ai vu apparaître les pieds de Robit près de la chienne. Il s'est baissé et j'ai remonté ma tête le plus haut possible, contre le plancher. Mes jambes se sont mises à trembler. J'ai réparti le poids de mon corps de la gauche à la droite en m'agrippant du mieux que je le pouvais aux parois de ma cachette. J'entendais respirer Jace, je sentais son regard dans le vide sanitaire. Je transpirais à grosses gouttes dans ma chemise. La bestiole a grimpé sur mon oreille, parcouru ma tempe. J'ai serré les paupières quand elle a franchi le cap de mon nez. J'avais envie de hurler, de renoncer à m'accrocher. *Tu n'y arriveras jamais, Harry, ça ne sert à rien de continuer.*

Le grincement des bottes de Jace m'a fait comprendre qu'il se relevait.

— Allez, casse-toi, sale clébard.

Il a donné un coup de pied à la chienne, qui a fini par s'éloigner, puis il a craché par terre avant de rentrer dans la maison.

Je me suis laissée tomber lourdement sur la terre battue et j'ai chassé d'une pichenette l'araignée prise dans mes cheveux. Une énorme veuve noire qui a roulé dans la poussière avant de se retourner sur ses pattes et de s'éloigner.

89

Whitt se posta tout au fond de la salle de réunion tandis que ses collègues prenaient place sur des chaises. Tox, debout à côté de lui, grignotait lentement un cookie qu'il examinait attentivement entre deux bouchées. Whitt, les nerfs à vif, se fit violence pour ne pas le lui arracher des mains en voyant une pluie de miettes tomber par terre.

Il n'avait pas réussi à obtenir davantage de détails sur les meurtres que la rumeur attribuait à son collègue. À défaut de pouvoir consulter son dossier, les collègues de « Tox le Toxique » préféraient rejoindre la masse de ceux qui le détestaient. Whitt, s'il ne le détestait pas, était bien trop nerveux pour le trouver attachant.

— Écoutez-moi, commença Morris, leur chef.

Les jeunes flics qui discutaient et riaient entre eux se tournèrent aussitôt vers leur supérieur.

— Je serai bref pour ne pas vous détourner longtemps de votre tâche. Nous sommes inondés d'appels de citoyens lambda qui croient reconnaître le ravisseur de McBeal. Jusque-là, vous avez fait du bon boulot en essayant de trier toutes ces dénonciations, mais je souhaitais vous communiquer de nouvelles informations susceptibles de vous aider.

Tox, qui avait dû se coincer un morceau de cookie dans la trachée, se frappa la poitrine du poing, au grand agacement de Whitt.

— Nos équipes scientifiques ont passé l'ancien hôtel Pinkerton au peigne fin. Ils se sont contentés de chercher les empreintes dans la cave où Caitlyn était retenue prisonnière, mais ils en ont relevé des centaines. En les comparant à celles dont nous disposons dans nos bases de données, nous avons pu identifier un certain nombre de personnages douteux. Nous avons montré à Caitlyn les photos de ces gens, mais elle n'en a reconnu aucun. Il est possible que plusieurs d'entre eux aient changé d'apparence depuis leur dernier passage chez nous, certains de ces portraits étaient très anciens.

Six photos de police s'affichèrent sur l'écran. Six individus de race blanche, l'air blasé, le regard vide, la bouche pendante. Trois d'entre eux portaient une barbe, un autre avait des lunettes à monture épaisse et arborait un sourire édenté.

— Regardez bien ces hommes, poursuivit Morris. Ce sont tous des marginaux, d'anciens taulards ou des drogués de longue date. Celui-ci, Regan Banks, a été accusé de meurtre il y a quinze ans, tout comme celui-là, Malcolm Donovan. Les autres sont tous passés par la case prison pour divers motifs : vol à main armé, violences aggravées et autres. Il est possible que l'un d'eux soit notre homme. Je vais vous demander de former des binômes, de retrouver ces types et de les interroger.

Morris enfonça une touche sur le clavier de l'ordinateur posé devant lui et une nouvelle galerie de portraits s'afficha à l'écran tandis qu'un gradé distribuait aux enquêteurs des photos des intéressés.

— Il nous faut coincer ce type avant qu'il récidive. Messieurs, au travail. Nous sommes loin d'en avoir terminé avec cette affaire.

— Je comptais passer chez Harry, remarqua Tox en avalant le reste d'un deuxième cookie. Tu m'accompagnes ?

— Non, je reste ici, répondit Whitt en se massant les orbites.

Vingt-quatre heures s'étaient écoulées depuis qu'ils avaient découvert Caitlyn McBeal, et il n'avait pas dormi depuis trente-six heures. Les deux hommes avaient passé leur temps à suivre diverses pistes, à la recherche du suspect. Il avait un mal de crâne carabiné.

— Je compte m'enfermer dans la salle de repos. Comme ça, je serai sur place en cas d'urgence.

— D'accord, approuva Tox. À tout à l'heure.

Whitt le regarda s'éloigner, sans se douter du sort qui l'attendait.

90

Regan n'en avait pas terminé.

Figé devant la vitrine du magasin d'électronique, il regardait les images défiler sur un écran plat. Il passa machinalement la main sur son crâne rasé. La police s'intéressait à douze suspects dans le cadre de l'affaire McBeal, pensant que l'un d'eux pourrait être impliqué dans les meurtres de la Georges River. Il reconnut son visage dans le coin supérieur droit de l'écran. Il avait les joues creuses et une tignasse ébouriffée sur le portrait de police, il s'était laissé pousser la barbe à l'époque pour se donner un air plus inquiétant qu'il ne l'était en vérité. Un ado terrifié aux yeux écarquillés, photographié à la veille de son incarcération à Long Bay. Il se souvenait du maton qui avait pris ce cliché, quinze ans plus tôt. Il avait conservé dans sa mémoire les sifflets des autres détenus, à l'extrémité du couloir. Les autres détenus l'attendaient.

Cette période de sa vie l'avait initié à la souffrance. Il lui avait fallu des années pour s'adapter, trouver le moyen d'encaisser de façon positive. Et lorsqu'on était venu le chercher à la fin de sa peine, l'homme qui regardait Regan dans le miroir de sa cellule était passé maître dans l'art de souffrir.

En quittant la cellule qui lui avait servi de refuge, Regan avait senti ses muscles se durcir. Et au moment de récupérer ses effets personnels dans le bâtiment de l'administration, ce n'était plus des doigts qu'il avait à l'extrémité des mains, mais des griffes. Des ailes noires lui avaient poussé dans le dos, et des larmes de rage lui avaient brûlé les yeux lorsqu'on l'avait finalement laissé seul sur le parking de l'établissement, libre de se rendre où il le voulait.

Cette longue période avait fait de lui le monstre qu'il était devenu. Son séjour derrière les barreaux lui avait servi d'initiation. Une période d'incubation. La prison l'avait endurci, l'avait privé de tout sentiment positif. L'empathie, la passion, la faiblesse. Debout dans l'obscurité au milieu de ce parking, bercé par le bruit du ressac au pied des falaises toutes proches, il avait fermé les yeux et repensé à Sam Blue. Tout au long de sa peine, Regan ne s'était jamais autorisé à convoquer le visage de son ami dans sa tête. Il avait trop peur de la rage qui risquait de s'emparer de lui et de le consumer. Il était libre de se souvenir de Sam à présent et savait juste qu'il lui fallait impérativement le retrouver.

Regan regarda longuement son propre visage sur l'écran. L'image finit par s'effacer, remplacée par le beau visage de Sam, ses yeux baissés, ses joues creuses.

Regan posa une main sur la vitrine et se pencha en avant, fasciné par les pixels qui dessinaient le visage sur l'écran.

Sam. Son âme sœur.

91

Notre surveillance de la maison de Robit achevée, j'ai regagné le village avec Kash. Des agents prêtés par les services de police des environs discutaient avec les habitants. Mick, le propriétaire du pub, les bras chargés d'essuie-mains, nous a regardés passer, son ventre rebondi dessinant un cercle de transpiration sur son T-shirt au niveau du nombril.

J'ai fait signe à Kash de stopper. Des cris d'enfants résonnaient dans la petite maison en face de celle de Victoria Snale. La mère de famille avec laquelle j'avais discuté la nuit où Zac avait trouvé la mort leur a répondu.

J'ai toqué à la porte et deux bambins blonds de trois et quatre ans se sont précipités, poussés par la curiosité. La dernière fois que je les avais vus, ils étaient en pyjama. Leur mère les a rejoints d'une démarche lasse, croyant probablement accueillir quelqu'un d'autre. Elle m'a reconnue.

— Bonjour, je suis Harriet Blue et je vous présente mon collègue Elliot Kash.

Elle a écarté la porte moustiquaire et les deux gamins se sont précipités, impressionnés par Kash, avec son allure de superhéros.

Le père n'était visiblement pas dans les parages.

— Mary Skinner, s'est présentée notre interlocutrice. Les enfants, rentrez tout de suite !

Les deux petits ont obtempéré en pouffant de rire. J'ai suivi Mary dans un couloir sur le mur duquel étaient accrochées des photos dans des cadres. Des sacs étaient pendus aux patères et la petite étagère était bien trop modeste pour accueillir les dizaines de chaussures poussiéreuses qui s'y empilaient. La jeune femme nous a entraînés dans la cuisine sans nous offrir de café. On la sentait mal à l'aise, elle triturait en permanence ses ongles rongés.

— J'imagine que vous devinez la raison de notre présence ici.

— Les attentats, a-t-elle répondu en détournant le regard alors qu'un bruit s'échappait de l'une des chambres. C'est effrayant. Vous tenez un suspect ?

— Nous avons quelques pistes, mais j'ai le sentiment que vous pourriez nous aider. Je ne sais pas si vous vous souvenez de ce que vous m'avez dit l'autre nuit.

Mary serrait les soudes contre son corps, comme pour se protéger. Elle a ouvert le réfrigérateur pour se donner une contenance.

— Je ne me souviens de rien en dehors de l'explosion. Je me trouvais à la fenêtre à ce moment-là. Je vous ai vue tomber. Comment allez-vous ? Je veux dire…

Elle a regardé mon bras cassé.

— … pas de handicap à vie, au moins ?

— Non, ça va. Cette nuit-là, vous avez prononcé deux phrases qui m'ont intriguée. Vous avez dit : « Ça devait arriver, ça finira mal. »

Son expression horrifiée n'a pas échappé à Kash, assis sur un tabouret près du banc de cuisine qu'elle occupait. Elle s'est levée pour récupérer dans le frigo une bouteille d'eau qu'elle a posée sur le plan de travail en nous tournant le dos.

— Je n'ai jamais dit ça, a-t-elle déclaré d'une voix sourde.

— Si.

Elle m'a lancé un regard dur, on la sentait prête à craquer.

— Écoutez, je vis seule ici. J'ai perdu un enfant, j'ai perdu mon mari, il m'arrive de m'exprimer de façon bizarre, mais ça ne veut rien dire.

Un silence pesant est retombé sur la pièce. Les deux petits, debout sur le seuil de la cuisine, ont murmuré entre eux. Je les ai regardés et ils se sont enfuis en poussant de petits cris.

— Que s'est-il passé, Mary ?

— Mon mari m'a quittée. Il s'est installé dans le nord, à Cairns.

— Je voulais parler de votre enfant. Vous venez de nous expliquer…

— Brandon est mort d'une overdose, a-t-elle répondu en soutenant mon regard. C'était un accident. Avec ses copains, ils ont voulu consommer des trucs achetés aux routiers de passage. Il avait dix-sept ans, je l'ai eu avec mon premier mari.

— Je suis désolée.

— Je n'ai rien d'autre à vous dire.

Elle a refermé la porte du frigo si violemment que les bouteilles ont tremblé à l'intérieur.

— C'est tout. Maintenant, j'ai du boulot dans la maison.

Elle ne nous a pas raccompagnés jusqu'à la porte. Dehors, le soleil donnait l'impression de s'être rapproché de façon inquiétante. J'avais le sentiment d'avoir dérangé un insecte inconnu en soulevant une pierre. Un insecte dangereux.

92

Regan, mû par un instinct étrange, avait passé son existence à détruire ce qui était beau. Le même instinct qui incite certaines personnes à redresser un cadre de travers sur un mur, à effacer des traces de doigts sur un carreau. Chaque fois que l'on apportait de nouveaux jouets dans le centre d'accueil où il vivait, quand il était enfant, il les cassait. Il leur en voulait, avec leurs sourires et leurs grands yeux en plastique tout neuf. Leur perfection lui était douloureuse. Il arrachait l'œil d'un ours en peluche ou le bras d'un robot, coupait les cheveux d'une poupée pour ne laisser que des touffes hirsutes sur son crâne de caoutchouc. Casser et salir lui procurait du plaisir. Peut-être parce que ces jouets lui ressemblaient brusquement lorsqu'ils étaient déchirés et mutilés. Il était trop petit à l'époque pour comprendre.

Très vite, il s'était intéressé aux autres enfants. Il avait commencé avec la petite Claudia, qui avait de grands yeux et de jolies boucles blondes. Claudia n'aurait aucun mal à être adoptée, les responsables du centre en parlaient déjà, tout le monde voyait en elle une poupée. Regan s'était glissé dans la cuisine où il avait récupéré des allumettes, et Claudia n'avait plus rien d'une poupée après son passage.

Regan était un enfant « difficile ». Un adjectif qui revenait souvent dans la bouche des parents d'accueil et des assistantes sociales qui parlaient de lui en sa présence, comme s'il était transparent. Il s'était montré « difficile » dans sa dernière famille d'accueil, il était « difficile » à placer du fait de son comportement « difficile ». On employait d'autres termes aussi en parlant de lui. On disait qu'il avait l'esprit de contradiction, qu'il était agressif et introverti.

Regan avait seize ans lorsqu'il avait rencontré Sam, près de la table sur laquelle trônaient les gâteaux lors des atroces fêtes de Noël organisées chaque année à l'hôtel de ville par les services d'aide à l'enfance. Sam était un ado dégingandé au teint pâle, doté d'une mèche noire qui retombait systématiquement sur son œil. C'était le seul autre gamin de son âge à cette fête imbécile et Regan avait tout de suite remarqué que Sam observait le superbe gâteau de Noël préparé pour l'occasion. Un gâteau parfaitement dessiné, avec un glaçage rouge et vert. À un moment où il pensait que personne ne le regardait, Sam avait enfoncé dans la génoise spongieuse l'une des sucettes plantées au sommet du gâteau, laissant un trou béant dans le décor. Le sourire de Regan n'avait pas échappé à Sam.

Regan venait de trouver son double.

Comme toujours dans sa vie, le répit n'avait pas duré longtemps.

Très vite étaient venus le sang et les cris. Le Regan d'aujourd'hui repensait à l'époque où il déambulait dans les rues sombres et vides, la tête rentrée dans les épaules, sa casquette de baseball rabattue sur les yeux. Tout était chamboulé à présent, comme déchiré. La période était aussi belle que terrifiante, les rues débordaient désormais de vie. Regan tourna le coin de la rue et croisa une bande de jeunes filles enveloppées dans un nuage parfumé. Il sentit se nouer les muscles de ses épaules et se contracter les os de son cou. Marissa. Ella. Rosetta. Ses filles à lui, celles qu'il avait offertes en sacrifice à Sam. Il laissa les filles s'éloigner, tel un vol d'oiseaux. Ce n'était pas le moment. Cette époque de sa vie était close.

Il avançait en regardant de temps en temps la feuille qu'il tenait à la main tout en déchiffrant les numéros des immeubles. Il atteignit enfin celui qu'il cherchait, un bâtiment bleu pâle, et son regard se posa sur les fenêtres du deuxième étage dominant les eaux, dans le lointain.

Les lumières de l'appartement d'Harriet Blue étaient allumées.

93

Les gens s'imaginent à tort qu'il est impossible de se cacher dans le désert australien, qu'il s'agit d'un terrain de chasse idéal puisqu'il n'y a pas un abri à des centaines de kilomètres à la ronde. Un océan de sable dépouillé au milieu duquel se dressent, ici et là, des arbres morts. La réalité est tout autre, le désert regorge de failles. De l'endroit où nous avions pris position avec Kash, la vallée de la Dernière Chance était quasiment invisible à l'horizon, à l'exception d'une crête rocheuse. Au-delà, nous étions sûrs de trouver une multitude de crevasses, profondes de plusieurs kilomètres pour certaines, dans lesquelles il était facile de tomber. L'endroit était dangereux, mieux valait ne pas s'y aventurer par une nuit sans lune. Et si le désert est un terrain de chasse idéal, ce n'est pas parce qu'il est aride, mais précisément à cause de sa porosité et des secrets qu'il recèle.

C'était là, en plein désert, que nous avions donné rendez-vous aux techniciens de la police scientifique après avoir passé la journée à surveiller la maison de Jace Robit.

Nous avons vu arriver à bord d'un 4x4 poussiéreux deux des types qui avaient examiné le véhicule de Snale après l'explosion. J'ai reconnu la moustache de celui qui m'avait observée avec curiosité quand je l'avais croisé dans le couloir, chez Snale.

— Bonjour, je m'appelle Glen. Je vous présente Wayne.

Il a serré la main de Kash en m'ignorant.

— On a terminé l'examen du véhicule, tout est là, a-t-il poursuivi en tendant son rapport à Kash.

— J'aurais besoin que vous restiez dans le coin en cas de besoin. Nous avons repéré des suspects qui préparent une action pour ce soir à 20 heures, lui a expliqué Kash. On surveille la bande en question avec Harry pendant que Snale et d'autres collègues se chargent du village.

Glen m'a lancé un regard mauvais et je l'ai défié du menton.

— Vous avez un problème ?

Il a haussé les épaules.

— Non, rien.

— Allez-y, dites-le.

Il a soupiré en me lançant un regard torve.

— Je sais qui vous êtes. J'ai procédé à l'examen de l'appartement de votre frère après son arrestation.

Un silence pesant a suivi sa déclaration. Le poids du fardeau que je trimbalais sur les épaules s'est brusquement alourdi.

— Ouais ? Où voulez-vous en venir ?

— J'ai vu ce que j'ai vu, inspecteur. Le ruban adhésif sur le lit, les draps salis, la caméra vidéo. Un spectacle révoltant. J'en fais des cauchemars la nuit, et ça m'énerve que vous ayez pris le parti de votre frère, voilà tout.

— Il ne s'est *rien* passé dans cet appartement.

— On ferait peut-être mieux…, a tenté de s'interposer Kash, mais Glen n'en avait pas terminé.

— Alors comment expliquez-vous tout ça ? Je vous ai entendu affirmer que votre frère était victime d'un coup monté. Sans doute par le type qu'on recherche actuellement, le type au crâne rasé qui a enlevé Caitlyn McBeal. Celui qui a *précisé* être le complice de Sam. Vous vous imaginez quoi ? Que ce type a enlevé exprès des filles sous le nez de votre frère avant de les assassiner et de s'en débarrasser comme de vulgaires détritus ? Qu'il a voulu recommencer avec Caitlyn avant de s'arrêter du jour au lendemain ? « Merde, ils ont arrêté Sam ! C'était pas prévu dans le scénario ! »

— C'est bon, ça suffit, a voulu le calmer Kash en levant la main.

— Alors le type se dit : « Merde alors ! Il va falloir que je me dépêche d'aller planquer toutes les preuves chez Sam avant que la police débarque chez lui ! »

Glen attendait que je lui réponde, mais j'étais incapable d'articuler une syllabe.

— Vous pensez pas plutôt que Sam comptait rentrer chez lui ce soir-là avec l'intention de tuer Caitlyn McBeal en compagnie du type au crâne rasé ? Tout le monde sait que vous êtes violente, inspecteur. Tout indique que votre frère est violent, lui aussi, au lieu d'être l'innocent incompris que vous dépeignez. Redescendez un peu sur terre !

Au fond de moi, la bonne vieille Harry aurait dû envoyer ce type rouler dans la poussière d'un uppercut bien senti. Mais quand j'ai voulu m'adresser à elle, elle était trop usée pour réagir.

J'ai tourné le dos à Glen et je suis montée dans le pick-up de Kash. Pour une fois, je n'avais pas la force de me battre et de regarder mes problèmes en face. J'ai préféré fuir.

94

Redescendez un peu sur terre!

J'y suis redescendue, sur terre, en m'enfonçant dans le désert au volant du pick-up.

C'est vrai, mon frère avait avoué les meurtres de jolies filles qui étudiaient à l'université dans laquelle il donnait des cours trois jours par semaine. Elles avaient disparu sous son nez, comme venait de me le rappeler cet enfoiré de Glen, et « tout indiquait » que mon frère était le coupable.

C'est vrai, on avait retrouvé tout un tas de revues porno trash dans son appartement, et « tout indiquait » que Sam en était le propriétaire. Preuve qu'il aimait ça, qu'il en avait besoin pour alimenter ses fantasmes, que c'était lui le tueur.

C'est vrai, « tout indiquait » que l'homme au crâne rasé, quelle que soit son identité, avait avoué à Caitlyn McBeal être le complice de mon frère, et que c'était vrai.

C'est vrai, « tout indiquait » que Sam était violent parce que j'étais moi-même violente, qu'était tapi au fond de son être un monstre qu'il ne contrôlait pas. Un chien de garde brutal, le frère jumeau de celui qui m'accompagnait depuis ma naissance.

Un molosse féroce que je lâchais à ma guise. Que je libérais lorsque mes pères ou frères d'adoption s'introduisaient dans ma chambre en pleine nuit, quand j'étais petite. Lorsque les gamins se liguaient contre moi à l'école. Lorsque les types que j'étais chargée de poursuivre dans mon boulot parvenaient à s'en tirer.

Le chien de garde qui sommeillait en moi était dangereux, il lui arrivait de bondir hors de sa tanière avant que j'aie pu refréner ses ardeurs. Je réussissais parfois à l'obliger à rentrer dans sa niche, mais à force de me protéger, depuis tant d'années, il était devenu trop puissant pour que je puisse espérer un jour l'apprivoiser.

Sam abritait-il un molosse, lui aussi ? Un molosse qui aurait fini par lui échapper, attiré par l'odeur du sang ?

Non. Je ne pouvais pas me résoudre à le croire. Et je ne m'y résoudrais jamais. Car si son chien de garde lui avait échappé, le mien pourrait s'échapper aussi.

95

Je me suis retrouvée devant chez Jed Chatt à mon insu. Au moment de me garer au pied de sa maison, j'ai compris avec horreur que j'avais parcouru le dernier kilomètre dans le viseur de son fusil, sans m'en rendre compte. Je me suis aperçue que je pleurais en passant machinalement le dos de la main sur mes joues. C'était mauvais signe. Je suis descendue du pick-up et j'ai gravi la butte rocheuse en continuant à m'engueuler avec Glen dans ma tête. Digger a surgi de la véranda en aboyant joyeusement.

— Salut, toi.

La chienne a posé ses pattes avant sur mon ventre et je lui ai gratté la tête.

— Je suis désolée pour tout à l'heure, ma vieille.

Jed est sorti sur le pas de sa porte et il a posé sur moi un regard réprobateur.

— Je vous avais pourtant dit de partir, a-t-il grommelé.

— Ce genre de truc m'arrive souvent.

Il a levé les yeux au ciel d'un air las et il est rentré dans la maison en faisant claquer derrière lui la porte moustiquaire. J'ai été surprise par les changements intervenus depuis mon dernier passage. La véranda avait été rangée et nettoyée, le vieux barbecue avait disparu. La chienne m'a suivie dans la maison.

J'ai trouvé le maître des lieux sur le canapé usé, tout un assortiment de petites vis et de pièces en plastique colorées devant lui. Il était en train de monter un tapis d'éveil pour bébé. Il avait visiblement passé une bonne partie de ses journées à réorganiser la pièce en prévision de sa nouvelle vie.

Le nouveau-né était assis dans un transat bleu pâle que Jed animait à l'aide de son gros orteil, afin de bercer l'enfant. Si ma présence l'agaçait, il ne se montrait pas curieux des raisons qui m'avaient conduite chez lui. Je crois que j'aurais pu rester plantée là pendant une heure sans qu'il me pose une question.

Je m'expliquais mal pourquoi je me sentais aussi à l'aise en présence de ce type, tout en sachant que j'avais inconsciemment décidé de me réfugier là dès l'instant où Glen m'avait attaquée.

— Vous êtes pas comme tout le monde, vous, a fini par dire Jed.

— Je crois que j'en ai autant à votre service.

Je me suis intéressée au bébé dans son transat. Un sourire maladroit agitait instinctivement ses lèvres parfaitement dessinées.

— Je peux ?

Comme Jed ne répondait pas, j'ai pris délicatement l'enfant dans mes bras. Il était plus lourd et plus chaud que je ne l'imaginais. Il m'a caressé la bouche et le menton. J'ai déposé des baisers sur ses petits doigts.

— C'est le fils de ma nièce, m'a expliqué Jed en voyant que la main potelée du bébé m'emprisonnait un doigt. Je ne la connais pas plus que ça. Ses parents sont morts il y a quelque temps, et je n'ai jamais été doué pour rester en contact avec les autres. Elle m'a écrit il y a deux ou trois mois. Elle aurait pu m'appeler, mais j'ai pas le téléphone.

Jed a abandonné sa tâche et s'est enfoncé sur le canapé en posant un pied nu sur son genou.

— Elle a grandi du côté de Bandelong, un coin encore plus dur qu'ici, et elle n'en est pas revenue quand elle est arrivée en ville. Elle était pas la seule. Elle a passé son diplôme et tout ce qui va avec, et elle a finalement réussi un concours de droit très poussé. Elle avait toujours voulu devenir avocate et passer ce concours, à ce qu'elle m'a dit. Chaque année, ils prennent trois personnes dans tout le pays. Bref, elle a réussi. C'était la première fois qu'un membre de la communauté noire intégrait ce programme. Un truc habituellement réservé aux gamins blancs des écoles privées de Sydney Harbour. Comme les deux autres candidats reçus en même temps qu'elle. Ils étaient plutôt croqués de devoir l'affronter pour le poste qui va avec, à la fin du programme. Un statut d'associé… un truc du genre.

Le bébé s'était endormi dans mes bras. Ses mèches noires, plus douces que du coton, se soulevaient au gré de la brise qui pénétrait dans la pièce par la fenêtre.

— Le matin du jour où ma nièce devait signer son contrat, elle apprend qu'elle attendait celui-ci, a-t-il poursuivi en montrant du menton le bébé dans mes bras. Tout le monde a bien ri, les deux autres candidats se disent qu'ils auront aucun mal à devenir associés au bout des quatre années d'études. Un des avocats responsables du programme veut la virer tout de suite à moins qu'elle ne se fasse avorter, alors elle m'a écrit pour me demander mon avis. Je suis la seule famille qui lui reste, et elle me connaît ni d'Adam ni d'Ève. Mais elle a besoin de parler à quelqu'un.

— Que lui avez-vous conseillé ?

— Je lui ai dit de suivre ce programme et d'avoir son bébé. Je lui ai promis de m'en occuper, le temps qu'elle prenne ses marques. Même si elle prenait jamais ses marques, pas de problème. Je me suis dit que si elle avait dû abandonner, elle s'en serait pas remise. Et que si elle avortait, elle s'en remettrait pas non plus. C'était la seule solution que j'ai trouvée pour qu'elle s'en tire.

Le bébé a pleurniché. Je l'ai appuyé contre ma poitrine en le tapotant dans le dos, la joue contre sa petite tête.

— C'est pas le paradis sur terre, a repris Jed en posant les yeux sur les murs tout tachés et le désert qui s'étalait à l'infini au-dehors, mais ça résout le problème.

Il s'est levé et j'en ai déduit que c'était le signal du départ. Il m'a fallu quelques secondes pour lui rendre l'enfant, prise par l'impression idiote que ce lieu résolvait aussi mon problème.

Je lui ai tendu le bébé, il l'a pris et m'a regardée dans les yeux. Il savait que j'aurais aimé rester dans cet asile au bout de nulle part, loin de tout problème. Un endroit comme ceux dont il est question dans les chansons tristes. Cet homme avait la capacité d'ingurgiter les malheurs, les plaies et les soucis de n'importe qui.

Je sentais si bien que ma place était dans cette maison que j'en avais mal à la poitrine quand j'en ai franchi le seuil.

96

Tout était allé trop vite. Regan avait entendu dire qu'il en était de même des histoires d'amour. En discutant avec l'adolescent qu'était Sam Blue lors de cette fête de Noël, il avait appris que cet ado timide aux cheveux noirs avait été placé dans une famille de Panania, pas très loin de Picnic Point où il vivait lui-même. Leurs familles d'accueil respectives se connaissaient. Sam venait d'échouer là, après avoir été séparé de sa sœur, et cette dernière lui manquait. Regan l'avait écouté raconter ses déboires de sa voix douce.

Jamais il n'aurait pu avouer à Sam ce qu'il ressentait à son endroit. Il ne pensait qu'à Sam, allait jusqu'à rêver de lui. Il s'était souvent demandé depuis si son ami avait soupçonné la vérité à l'époque. Regan se faisait violence pour ne pas apporter de cadeaux à Sam. Il lui rendait constamment visite et restait jusque tard à discuter et rire dans la petite chambre bleue que les parents d'accueil de son nouvel ami lui avaient attribuée. Regan mémorisait tout ce que lui racontait Sam. Celui-ci lui avait montré un jour la photo d'un vélo de course rouge dans un catalogue, et Regan remarquait les vélos rouges partout où il allait. Il fermait les yeux et se demandait quelle serait la réaction de Sam s'il lui apportait un jour le vélo de course de ses rêves. Il l'imaginait pleurant de gratitude et le prenant dans ses bras, son corps mince tout contre le sien. Le bonheur absolu. Sauf que c'était trop risqué. Leur relation était trop belle et pure, trop précieuse et parfaite, pour qu'il prenne le risque de tout gâcher.

Plusieurs mois s'étaient écoulés, comme dans un rêve. Sam et Regan se donnaient rendez-vous au bord du fleuve, ils fumaient des pétards à la lueur d'un feu de camp, entre rochers et sable gris, au milieu des bandes d'ados qui riaient et poussaient des cris. Regan n'avait jamais oublié ce soir où, assis sur le ponton, les pieds dans l'eau, une fille quelconque penchée sur son entrejambe, il avait croisé le regard de Sam, qu'une autre fille excitait. Il avait gardé le souvenir précis de l'éclair de plaisir, au tréfonds de son être, qui avait agité ses jambes d'un spasme. Ils s'étaient allongés ensuite avec ces filles anonymes qu'il s'était appliqué à ignorer. En fermant les yeux, il sentait le coude de Sam frôlant le sien, entendait la respiration saccadée de son ami. Ils auraient tout aussi bien pu être tous les deux sous le regard des étoiles. Cette nuit-là, il s'était brusquement senti libre.

Jusqu'au jour où les services sociaux avaient sonné à la porte de sa famille d'accueil à Picnic Point. Ses parents adoptifs partaient en vacances en Italie et, faute de pouvoir l'emmener, ils avaient demandé son placement ailleurs. Sachant combien il était émotif, ils n'avaient pas osé le lui annoncer eux-mêmes, laissant ce soin aux assistantes sociales.

Par émotif, ils entendaient « difficile », bien sûr. Sans se douter que Regan ne serait bientôt plus difficile, mais dangereux.

97

Regan se hissa silencieusement sur les toilettes du logement d'Harriet Blue et ferma l'imposte de la salle de bains. Un léger déclic troubla la paix qui régnait à l'intérieur de l'appartement. Il descendit de son piédestal dans la pénombre et détailla avec un sentiment d'excitation contenu les objets posés sur la tablette : un peigne, des boîtes de médicaments, des lotions et des crèmes.

Il regagna le petit couloir et son regard se posa sur le parquet vernis du salon. C'était un bel appartement. L'investissement avisé de quelqu'un qui se consacrait corps et âme à son travail, au détriment de sa vie sociale. Regan savait que la jeune femme avait récemment vendu ce logement, sans doute pour financer la défense de Sam. Dans quelques semaines, l'ensemble de ces meubles et de ces objets auraient disparu, emportés par les déménageurs. Regan était heureux de voir, avant qu'il soit trop tard, le cadre de vie d'Harry, cette sœur dont Sam lui avait tant parlé.

Il savait qu'il n'y avait personne. Harriet aurait laissé les lumières allumées de façon à décourager les journalistes ou les curieux qui auraient pu avoir la tentation de visiter les lieux pendant son absence.

Regan sentit combien l'appartement était abandonné en pénétrant dans le bureau. Il examina le contenu du tableau en liège consacré au tueur de la Georges River. Les photos des victimes, vivantes et telles qu'il les avait laissées après les avoir tuées, prostrées sur la rive de sable gris comme des créatures marines échouées. Les rapports de la police scientifique. Les notes de la jeune femme. Autant d'éléments dont Regan avait pu avoir un aperçu en ouvrant l'attaché-case volé à Edward Whittacker. L'enquête se resserrait, mais elle n'était pas encore bouclée.

Si seulement tout s'était déroulé comme prévu... L'idée lui était venue le jour où il avait revu Sam, à sa sortie de prison. Sam discutait avec l'une de ses mignonnes petites étudiantes sur le campus de l'université de Sydney. La longue chevelure couleur chocolat de la jeune femme était éclatante à la lumière du soleil. Regan les avait suivis et il avait compris que Sam se complaisait au milieu de superbes créatures. Elles le hélaient depuis le café, l'arrêtaient d'un geste lorsqu'il passait près d'elles, tout sourires, le temps de lui poser une question quelconque au sujet d'un exercice de travaux pratiques. Sam était heureux et cela se voyait à sa façon de marcher quand il rentrait chez lui et gravissait l'escalier jusqu'à son bel appartement. Sa réussite était un doigt d'honneur géant à tous les travailleurs sociaux, toutes les familles d'accueil, tous ces gamins aux regards creux qui se retrouvaient autrefois pour glander au bord de la Georges River. Regan était resté le gamin difficile et rebelle qu'il avait toujours été, celui dont personne ne voulait, alors que le quotidien de Sam était chorégraphié comme une comédie musicale de Broadway.

Le spectacle était trop bien réglé et Regan s'était introduit dans le ciel immaculé de Sam à la façon d'une nuée d'orage.

Il quittait le bureau lorsqu'il entendit du bruit dans la cuisine.

98

Je suis passée prendre Kash, que j'ai trouvé à notre poste d'observation, à plat ventre en haut de la crête, en train de surveiller avec ses jumelles la vallée au-dessus de laquelle se couchait le soleil. Il est monté dans le pick-up sans un mot et j'avais les intestins noués à l'idée qu'il me reproche d'avoir pris la fuite au lieu de défendre mon frère. Il faut croire que ma capacité à réagir s'émoussait. Plus que deux jours avant la fin de mon éloignement forcé.

— On a un problème, m'a annoncé Kash.

— Lequel ?

— Dez a passé la consigne à tous les habitants de ne pas sortir et il a ordonné la fermeture du pub, mais il a obtenu l'inverse de l'effet voulu. Les gens, furieux, sont décidés à en découdre. Ils parlent de se retrouver ce soir dans la rue principale pour montrer qu'ils n'ont pas peur.

— Génial ! Excellente idée ! On leur a expliqué qu'il était dangereux de se réunir et que décident-ils ? D'organiser une fête.

— Ce sont des Australiens, a soupiré Kash. Leur demander de ne pas se rendre au pub équivaut à agiter un chiffon rouge sous le nez d'un taureau.

De petits groupes discutaient sur les trottoirs quand nous avons regagné le centre du village. Une douzaine de personnes en tout, mais ils seraient bientôt plus nombreux. Il y avait de l'électricité dans l'air, comme un soir de Noël ou de Nouvel An. Ils se fichaient tous d'avoir un tueur à leurs trousses, ils étaient forcément plus forts que lui.

Ce en quoi ils se trompaient lourdement.

J'ai aperçu Mary Skinner, la mère des deux petits blonds, qui rentrait chez elle. Ses enfants couraient devant. Elle au moins avait pris la mesure de la menace qui pesait sur la vallée.

Nous sommes retournés à la propriété de Jace Robit, où nous avons retrouvé notre place au milieu des fougères. À 19 h 30 précises, Jace est sorti de sa maison d'un pas décidé. La nuit était tombée, une lumière brillait dans le garage de Frank Scullen et les deux hommes sont montés dans un pick-up.

J'ai mis le contact.

— Allez, bande d'enfoirés. On est curieux de connaître la suite.

99

Nous roulions dans la nuit, Kash tendu à côté de moi, les paupières plissées. Je veillais à laisser la plus grande distance possible entre notre pick-up et celui de Frank de façon à ne pas l'effrayer avec mes phares. Il nous a entraînés en plein désert.

On avait parcouru plusieurs kilomètres lorsque ses phares se sont figés. J'ai éteint les miens et je me suis dirigée lentement vers un grand eucalyptus jaillissant des broussailles. Kash est descendu de voiture, je l'ai imité, et des dingos ont hurlé dans la nuit.

En pareille situation, je me dis toujours que c'est peut-être la fin de la route. Qu'il s'agisse d'investir une maison où la présence d'un enfant en danger nous a été signalée, d'enfoncer la porte d'un studio de films porno ou d'opérer un raid dans un bordel clandestin. À l'école de police, j'ai appris à me méfier des snipers postés dans les étages, du type armé d'un fusil planqué derrière une porte, du fil de fer relié à une grenade dans lequel on se prend les pieds. J'ai beau avoir les yeux partout, vous ne savez jamais ce qui vous attend. Il suffit que l'ennemi ait mis au point une tactique inédite. *Des flics meurent tous les jours, et ça pourrait être mon tour aujourd'hui.*

Kash s'est rapproché de nos deux cibles au pas de course, courbé en deux, et je l'ai imité, l'arme au poing. Deux autres pick-up étaient garés au pied d'une paroi rocheuse traversée d'une faille verticale d'un mètre de large. Il était probable qu'ils auraient posté une sentinelle à l'entrée de la crevasse. Kash s'est adossé à la roche d'un côté, moi de l'autre. J'ai glissé un œil à l'intérieur et aperçu deux jambes trapues étendues par terre. John Stieg s'installait confortablement en prévision d'une longue nuit de garde, son téléphone à la main, occupé à envoyer des textos. J'ai bondi avant qu'il ait pu relever le nez de son portable, sachant que la lumière de l'écran aurait altéré sa vision nocturne.

Il a tenté de récupérer le pistolet posé à côté de lui. Je l'ai arrêté d'un geste.

— Non.

Ses doigts se sont figés sur le pontet.

Comprenant qu'il avait perdu la partie, il a retiré sa main et s'est relevé à regret en se grattant la barbe. Je l'ai obligé à reculer, Kash en a profité pour récupérer le pistolet et l'a glissé dans sa ceinture, au niveau des reins.

Après avoir prévenu Stieg à voix basse que je l'abattrais sans une hésitation s'il faisait seulement mine d'ouvrir la bouche, je lui ai fait signe d'avancer et des bruits de voix n'ont pas tardé à nous parvenir, amplifiés par les parois de la grotte. Des fils électriques traînaient par terre et ma poitrine s'est contractée lorsque j'ai aperçu des bonbonnes de gaz à la lueur des lampes frontales qui peinaient à dissiper l'obscurité poussiéreuse. J'ai dû me retenir pour ne pas tousser.

La faille s'est élargie et nous sommes tombés sur les trois autres. Jace Robit était en train d'enfiler un masque au-dessus de son nez et de sa bouche, un petit marteau à la main. J'ai poussé Stieg, qui est allé rejoindre ses copains.

— Police ! Les mains en l'air !

L'écho de ma voix s'est répercuté sur les murs de la grotte.

Aucun des hommes de Jace n'a obtempéré. Ce n'était pas une étrangère qui allait leur donner des ordres et ils ont interrogé leur chef du regard.

— Les mains en l'air, espèces de sacs à merde !

D'un coup de pied au poignet, j'ai fait tomber le marteau de Jace. Il est parti d'un rire dur en croisant les doigts derrière la nuque. Je me suis assurée que Kash les tenait en respect avant de baisser le canon de mon pistolet. Je suis passée derrière eux, curieuse de voir le contenu de la grotte. Le boyau se rétrécissait avant de dessiner un coude dans l'obscurité.

— Y a-t-il quelqu'un là-bas ?

— Non, m'a répondu l'un des types.

Je lui ai balancé un coup de pied dans le genou et il a compris qu'il s'agissait d'une aimable invitation à s'agenouiller. Les autres se sont empressés d'imiter son exemple. La caverne recélait toutes sortes d'équipements. Des rouleaux de ruban adhésif, des seaux remplis d'eau, des récipients en plastique. Les pensées se bousculaient dans ma tête et je n'arrivais toujours pas à contrôler les battements de mon cœur. Je ne sais pas à quoi rimait tout ce matériel, mais il ne servait pas à la fabrication d'engins explosifs. Je m'en suis réjouie, mais mes doigts continuaient de trembler autour de la crosse de mon arme.

— C'est quoi, tout ce bordel ?

Personne n'a répondu et Kash a donné un coup de pied dans un seau rempli de cailloux.

— Ils ont découvert un gisement d'or.

— Putain…

En m'intéressant aux parois de la grotte, j'ai remarqué de nombreuses traces laissées par des pics.

— Voilà qui explique la présence des pépites retrouvées chez Théo Campbell. Il vous les avait confisquées ? Vous l'avez tué parce qu'il avait découvert votre petit secret ?

Jace Robit ne me quittait pas des yeux, au-dessus de son masque. Je lui aurais volontiers écrasé le nez avec mon pistolet. S'il y a bien un truc que je ne supporte pas chez un suspect, c'est l'entêtement dans le silence. Surtout quand je cherche désespérément à comprendre.

— Si je comprends bien, vous ne trafiquiez pas de la dope, mais de l'or. Jusqu'au jour où Théo Campbell s'en est mêlé.

Je me suis tournée vers Kash, cherchant son approbation des yeux.

— Il savait que le filon était loin d'être épuisé, alors vous l'avez tué en le faisant sauter.

— On n'a tué personne, s'est défendu Frank Scullen en me fusillant du regard. C'est du grand n'importe quoi. Pas question de porter le chapeau.

— Lequel d'entre vous a rédigé le carnet ? Il s'agissait de nous lancer sur une fausse piste, c'est bien ça ?

Ma voix tremblait, bien contre mon gré.

— On n'a tué personne et c'est pas nous qui avons rédigé ce putain de carnet, s'est énervé John Stieg.

— Dans ce cas, pourquoi tant de mystère ?

Les quatre hommes se sont regardés, à l'exception de Jace, qui continuait de m'observer.

— À qui appartient cette parcelle de désert ? a voulu savoir Kash.

Comme personne ne lui répondait, il a pointé la terre du doigt.

— Si cette parcelle ne vous appartient pas, c'est du vol qualifié. À qui appartient ce terrain ?

J'ai entendu un déclic tout près de mon oreille. Le déclic d'un chien de revolver qu'on arme.

100

Regan traversa le salon de façon à ne pas être vu de la cuisine et glissa un œil à l'intérieur de la pièce. Un inconnu l'observait, les bras croisés, adossé au plan de travail. Un type mal attifé, les cheveux en bataille, comme s'il avait survécu à un cataclysme quelconque. Il avait tout d'un homme des bois avec ses traits marqués et ses vêtements sales. Il était grand et musclé, les pieds chaussés de lourdes bottes. Regan comprit qu'il avait commis une grossière erreur en s'introduisant chez Harriet. Pouvait-il s'agir de son petit ami ? Il ne savait quasiment rien de la sœur de Sam. Une fois de plus, le destin venait contrarier ses plans. Il allait devoir changer son fusil d'épaule et un éclair d'excitation le parcourut.

— J'espérais vraiment te trouver ici, déclara Tox.

Regan s'efforça de donner un sens à ce qu'il venait d'entendre. Il jeta un coup d'œil en direction de la porte. Pouvait-il s'agir d'un piège ? Non, bien sûr que non. Il se trouverait menotté à terre depuis longtemps, les hommes des unités spéciales auraient déjà déboulé de tous côtés. Ce type était seul. Il avait même posé son pistolet sur le plan de travail, le canon tourné dans le mauvais sens.

L'intrus de la cuisine observa longuement Regan en reniflant.

— Alors c'est toi. J'ai vu ta photo. J'ai également vu les traces que tu as laissées sur les corps de tes victimes. Les coups que tu leur as donnés. Tu es différent de ce que j'imaginais.

— Différent comment ? s'enquit Regan.

L'homme au blouson de cuir haussa les épaules.

— J'espérais découvrir quelqu'un de plus baraqué.

— Plus baraqué ? réagit Regan, amusé.

— Ouais, soupira Tox en détaillant son interlocuteur. Plus costaud. En fait, j'aime pas les types qui font du mal aux femmes ou aux filles. Je les aime pas du tout, et je m'étais dit que le jour où je te coincerais, je te ferais bien mal avant de te refiler aux flics. Je me faisais une joie de te casser la figure.

Regan éclata de rire. Quel don du ciel !

— Dans ce cas, tu ne vas pas être déçu, répondit-il.

L'inconnu de la cuisine décroisa les bras et se mit en position, les mains légèrement écartées.

— Tu es prêt ? demanda-t-il.

— Oh oui, sourit Regan. Et même plus que prêt.

101

Bien sûr qu'ils n'étaient pas seuls. Comment aurais-je pu imaginer qu'une opération de cette envergure se limite à cinq personnes ? Théo Campbell, Jace Robit, Frank Scullen, John Stieg et Damien Ponch ? Rien ne restait longtemps secret dans une communauté aussi petite que celle de la vallée de la Dernière Chance, dont tout le monde rêvait de s'échapper. Quelques-uns y étaient parvenus, d'autres s'y employaient. C'était leur espoir secret. J'ai voulu tourner la tête et le canon de l'inconnu s'est posé contre ma nuque. Du coin de l'œil, j'ai vu une silhouette barbue et corpulente. Le patron du pub. Mick le Trouduc. Il émanait de lui une odeur de sueur et de bourbon.

— Lâche ton arme. Et toi aussi.

J'ai obtempéré, tout comme Kash. Curieusement, le regard de Jace avait perdu de son agressivité. On le sentait à la fois incrédule et mortifié, comme si ses espoirs venaient de s'écrouler.

— Mick ? C'est quoi ce bordel ?

— Exactement, a répliqué le barman avec un large sourire. C'est quoi ce bordel ? Vous tombez par hasard sur une petite fortune et vous pensez pouvoir récupérer le magot et vous en aller tranquillement ? Sans partager avec les copains ? Tu sais quoi ? Vous êtes une bande de salopards égoïstes.

Il était temps de calmer le jeu. J'ai veillé à ne pas hausser le ton, les mains le long du corps.

— On peut encore tous repartir d'ici sans souci si personne ne perd son sang-froid.

— Je me demandais à quoi vous jouiez, bande de connards, a ricané Mick en me poussant devant lui.

Je me suis rapprochée de Kash avant de me retourner très lentement. Mick a donné des coups de pied aux deux types les plus proches jusqu'à ce qu'ils s'allongent à plat ventre.

— J'avais bien remarqué que vous passiez votre temps à chuchoter comme des vieilles filles quand vous étiez au pub. Je me suis douté qu'il y avait anguille sous roche, alors je vous ai suivis jusqu'ici. Surprise, surprise. Je comptais d'abord vous laisser le temps de vous taper tout le boulot, et puis j'ai vu débarquer ces deux flics. Il fallait bien que j'intervienne avant qu'ils vous arrêtent.

Il nous a fait un signe, à Kash et moi.

— Vous deux, à genoux.

On s'est exécutés. Je transpirais à grosses gouttes. Mick a récupéré le pistolet que Kash avait dans le dos et l'a obligé à se mettre à plat ventre avec les autres.

Il m'a désigné des fils électriques.

— Toi, attache-les. Et n'essaye pas de me la faire à l'envers, je vérifierai.

À quatre pattes, j'ai récupéré les câbles à l'aide desquels Jace et sa bande faisaient détoner les explosifs grâce auxquels ils exploitaient le filon. Restait à savoir si la galerie ne risquait pas de s'effondrer en nous ensevelissant tous. Des mouches trop avides prises à leur propre piège. En relevant la tête, j'ai vu que la fissure traversait le plafond de la grotte jusqu'au ciel dans lequel brillaient une nuée d'étoiles. Tout n'était peut-être pas perdu. Mick s'était approché de Jace quand j'ai voulu entraver les poignets de ce dernier.

— Il fallait qu'il y en ait un sacré paquet pour que vous décidiez de partir en laissant tout le monde derrière vous, a marmonné le barman. Si je voulais recommencer de zéro, j'aurais besoin d'au moins cent mille dollars. Avec cent mille boules, on a de quoi se refaire une santé en Thaïlande.

— Pauvre con, a grondé Jace, les dents serrées.

Je suis passée à Frank.

— En même temps, ça fait un bail que vous rôdez dans le coin, a repris Mick. Ça fait un bon moment que j'ai remarqué votre manège. Disons que vous soyez en train d'extraire des pépites depuis trois mois quand La Soupe vous prend la main dans le sac. Vous voilà obligés de l'associer à votre combine.

Je me suis tournée vers Mick. Pour qu'il m'ait demandé de ligoter les autres, c'est qu'il m'accordait un minimum de confiance. Le tout était de rester calme, de ne surtout pas l'inquiéter.

— Et vous ? Quelles sont vos intentions ? J'imagine que vous souhaitez nous laisser ici, aller récupérer le magot chez ces messieurs et prendre la fuite. C'est bien ça ?

Mick n'a pas répondu. Après en avoir terminé avec Jace et ses hommes, il ne me restait plus que Kash. Il avait les mains moites.

— Je ne vois pas l'intérêt de vous en prendre à nous. Il vous suffit de leur demander où ils ont planqué leur or, ce qui vous laisse tout le temps de quitter la vallée.

— Tais-toi un peu. Je t'ai demandé de tous les attacher.

— Pour l'instant, il s'agit d'un simple vol. Si jamais vous êtes arrêté, ça jouera en votre faveur. Vous n'avez pas envie qu'on vous colle six meurtres sur le dos. Sinon, vous pouvez être sûr qu'ils mettront tout en œuvre pour vous mettre la main dessus le jour où ils retrouveront les corps.

Mick m'a forcée à m'allonger par terre à mon tour, j'ai cru vomir en sentant son sexe tout contre moi tandis qu'il me maintenait les poignets dans le dos de sa main libre.

— Qui te dit qu'ils retrouveront les corps? a-t-il rétorqué.

102

Tox fit craquer ses doigts en souriant et l'autre l'imita avant de se ruer sur lui.

Tox comprit tout de suite qu'il avait affaire à quelqu'un qui avait appris à se battre en prison. Les détenus sont toujours pressés. Ils sont contraints de se battre vite, avant que les gardiens ne s'interposent, si bien que Regan feinta une seule fois avant de frapper pour de bon. Tox lui attrapa le poignet au moment où il lui frôlait l'oreille, le repoussa et lui enfonça son poing dans le sternum.

Regan, plié en deux, le souffle coupé, s'écroula sur la table basse, qui vola en éclats.

Tox prit le premier objet qui se trouvait à sa portée, un vase ou une sculpture quelconque, et lui porta un coup à la tête. Un seul. L'autre l'empêcha de récidiver en lui donnant un grand coup de pied dans le genou. Tox, qui ne s'y attendait pas, s'écrasa contre une étagère dont le contenu s'éparpilla dans tous les coins.

Regan se jeta sur lui et lui envoya un direct brutal à la mâchoire. Tox bloqua le coup de poing suivant en écrasant le nez de son attaquant. Le sang jaillit, tachant la chemise de Regan, sans que celui-ci semble s'en émouvoir. Il se battait avec détermination, pleinement concentré. Tox se fit la réflexion qu'il n'avait pas dû laisser la moindre chance à ses victimes.

L'espace d'un éclair, il vit défiler leurs visages souriants dans sa tête. C'était tout ce dont il avait besoin pour se reprendre. L'instant suivant, il bondissait sur ses jambes.

103

Il allait devoir me ligoter les poignets d'une seule main, et le plâtre ne lui facilitait pas la tâche. Il finit par renoncer et recula. J'ai ramené mes mains le long de mes épaules, comme pour une série de pompes, prête à bondir. La manœuvre pouvait très bien ne pas réussir, mais je n'avais pas le choix. J'étais la seule en capacité de réagir. Un voile de transpiration acide rongeait mon visage brûlé par l'explosion. J'ai enfoncé la pointe de mes chaussures profondément dans le sable. Tout en nous surveillant, Mick se demandait quel sort nous réserver. Il n'était peut-être pas trop tard pour l'ébranler.

— Tout le monde rêve de quitter ce trou, a-t-il dit à mi-voix en caressant sa barbe. Je comprends. Moi aussi, j'ai grandi ici. Quand on comprend qu'il est possible de mener une autre vie ailleurs, il est trop tard, on a déjà pris racine. On a le choix entre rester ou bien tout abandonner. Il n'y a pas de solution intermédiaire.

La gorge nouée, j'ai compris qu'il s'excusait d'avance de la suite. C'est tout juste si j'arrivais à respirer.

— Cet or était votre unique chance, a-t-il poursuivi en pointant le canon de son arme vers Jace. Désormais, c'est mon unique chance à moi.

— Non!

J'ai hurlé, mais trop tard. Le revolver a aboyé à deux reprises. Mick n'était pas un tueur de circonstance. Il avait toujours vécu dans le bush, il avait abattu des chiens malades et des chevaux blessés, des dingos qui avaient eu le malheur de s'aventurer sur ses terres.

Il avait tué Jace d'une balle en pleine tête, et il a trouvé le temps d'abattre son voisin, Damien, avant que j'aie pu me relever. J'ai bondi sur lui, électrisée par le souvenir des visages qui venaient d'exploser sous mes yeux.

Des hurlements ont retenti. Les deux survivants de la bande, Frank et John, se sont réfugiés contre la paroi de la crevasse. Kash, debout, tentait d'arracher le fil électrique qui lui enserrait les poignets. Je me suis battue avec Mick pour le revolver. Il me repoussait avec son gros ventre et levait les bras le plus haut possible dans l'espoir de se dégager.

Un troisième coup est parti et la balle s'est fichée dans la roche en faisant pleuvoir des échardes de pierre qui nous ont aveuglés tous les deux. J'ai reculé d'un pas et je lui ai envoyé un méchant coup de pied dans l'entrejambe sans lui laisser la possibilité de viser à nouveau. Il s'est écroulé, je lui ai repris le revolver des mains avant de lui écraser le nez avec la crosse et de l'assommer d'un coup à la tempe.

Kash avait trouvé le moyen de se libérer et il m'a arraché l'arme des mains avant que je puisse récidiver.

Je me suis assurée que Jace et Damien étaient morts pendant que Kash sortait de la grotte en courant pour alerter les secours à l'aide de son portable.

J'ai récupéré le fil électrique dont s'était débarrassé Kash, et puis j'ai ligoté les poignets de Mick dans son dos après l'avoir retourné, sous les regards muets de Frank Scullen et John Stieg.

— Je devrais vous laisser vous libérer tout seuls, espèces de salopards.

Au lieu de quoi je les ai délivrés.

104

Regan se battait de façon sournoise, ce qui n'était pas pour déplaire à Tox. Il réussit à immobiliser son adversaire sur le tapis et lui serra la tête en lui comprimant le cou, mais Regan se dégagea en lui enfonçant dans l'avant-bras un éclat de porcelaine du vase éclaté.

Tox se réfugia dans la cuisine et retira l'écharde de son bras blessé en arrosant de sang les placards. Avisant une bouilloire, il en saisit l'anse incurvée et l'envoya à la tête de Regan. Ce dernier se vengea en prenant par le col une bouteille de vin qu'il brandit à la façon d'une matraque.

Tox lui agrippa le bras avant qu'il ait pu le frapper et la bouteille se fracassa sur le haut du réfrigérateur. Il en profita pour assener quelques directs à Regan. Les deux hommes roulèrent contre le frigo, dont le contenu carillonna dangereusement. Tox prit à la gorge Regan et lui serra la trachée de toute la force de ses pouces en lui écrasant les tendons. L'une des bottes de Regan ripa dans la mare de vin et il tomba entre les jambes de son opposant. Tox empoigna sa chemise, mais Regan lui happa la cheville et le fit chuter à son tour.

Dans la confusion, le tueur parvint à s'éloigner en rampant.

Tox se releva en s'agrippant au plan de travail, sur lequel était posé un bloc à couteaux. Regan toussait et cherchait désespérément sa respiration, la trachée brisée ou tordue. Tox s'empara d'un couteau de boucher dont la lame était aiguisée comme celle d'un rasoir et se tourna vers sa victime, fermement décidé à accomplir le fantasme dont rêverait n'importe quel parent dont la fille aurait été violée. Le monstre était à sa merci, les jambes écartées, et il disposait de l'instrument idéal. Tox savait qu'il lui faudrait remettre Regan vivant entre les mains de ses collègues, mais du moins pouvait-il s'assurer que le tueur ne viole plus jamais.

105

— De combien d'hommes disposez-vous ? a demandé Kash à son interlocuteur, le portable collé à l'oreille.

J'ai compris qu'il s'adressait au chef de la police de White Cliffs, qui nous avait déjà envoyé du renfort en prévision de l'attentat.

— J'ai besoin de deux personnes au moins pour surveiller les corps des victimes et arrêter plusieurs suspects. Pouvez-vous transmettre la consigne ? Non, il ne s'agit pas de l'auteur des attentats, mais d'un autre. Je vous envoie les coordonnées précises par texto.

Après avoir recommandé à Frank et John de ne pas bouger, je m'étais postée devant l'entrée de la galerie au cas où Mick reprendrait connaissance et ferait mine de vouloir sortir. Je n'y avais pas été de main morte en l'assommant. John Stieg pleurait, allongé à même le sol. Kash est venu me rejoindre.

— Tu les crois ? Au sujet du carnet ?

— Oui.

— Alors la ville est toujours en danger.

Nous n'avons pas échangé deux mots au cours de l'heure qui a suivi, jusqu'à l'arrivée de la relève.

Nous sommes repartis et Kash, au volant, roulait à toute vitesse sans chercher à contourner la végétation ou les branches mortes. Nous venions de frôler la mort tous les deux. Je m'étais jetée sur le revolver sans réfléchir et mon cerveau s'efforçait de ralentir mon pouls en me disant que tout allait bien. Nous nous étions trompés sur toute la ligne au sujet de Jace Robit et de sa bande. Je me suis aperçue que je serrais le rebord du siège avec mon poing valide quand Kash m'a touché le bras.

— Arrête, tu me rends nerveux.

— Regarde plutôt devant toi.

Il a bientôt retrouvé la route et j'ai changé de position sur mon siège. J'avais du sable à l'intérieur de ma chemise, ça me rendait dingue. J'ai tiré sur mon soutien-gorge et une bonne partie du sable s'est écoulé sur mon ventre. Je me suis tortillée jusqu'à ce qu'il s'écoule le long des jambes de mon pantalon.

En plus d'une bonne dose de sable, la poche de poitrine de ma chemise contenait un morceau de papier que j'ai déplié. J'ai allumé la liseuse et reconnu immédiatement l'écriture, petite et maladroite.

Chère madame Blue,

Je suis triste que vous ayez pas voulu vous enfuir avec moi. On aurait fait une belle équipe. Désolé d'avoir piqué l'or ! Je sais que c'est pas bien, mais le monde non plus est pas bien et je vais voir s'il veut ma peau. J'arrive enfin à me tirer d'ici ! Vous êtes une fille cool. À un de ces jours.

Zac Taby

— De quoi s'agit-il ? m'a interrogée Kash.

— Rien.

J'ai remis la lettre dans ma poche. Zac avait dû la glisser dans ma chemise au moment de partir vers son destin. Je n'avais pas été à la hauteur. De beaucoup.

— Harry ?

— C'est rien, tout va bien. Allons voir en ville à quoi ressemble notre tueur. Je n'ai pas l'intention de lui accorder le moindre répit.

106

Le village était illuminé comme un sapin de Noël. Les gens affluaient de tous les côtés vers le centre avant de se garer tant bien que mal. Nous avons remonté lentement la rue principale en klaxonnant. Les énormes projecteurs de toit du pick-up de Kash aveuglaient les passants coiffés de vieux chapeaux, une bouteille de bière à la main.

J'ai secoué la tête.

— Putains d'Australiens. Ils ne ratent jamais une occasion de picoler.

Un inconnu menaçait de tuer tout le village et ils trouvaient le moyen de venir en masse, histoire de bien montrer qu'ils n'avaient pas peur. Tous les magasins étaient ouverts. Je me suis penchée en passant devant le garage, aucun semi-remorque n'était garé sur le parking donnant sur l'arrière. C'était déjà ça.

Kash s'est arrêté à hauteur de Snale, occupée à engueuler des ados. Des auréoles de transpiration tachaient son uniforme.

— Une vraie folie, a-t-elle soufflé alors que Kash baissait sa vitre.

Elle a vu à nos têtes que nous n'étions pas dans notre assiette.

— Que s'est-il passé ? Ça va, tous les deux ?

— Oui, tout va bien. Le temps de garer la voiture, on vient te donner un coup de main.

Kash a redémarré. On atteignait la sortie du village quand une ombre blanche s'est jetée devant nous. Kash a écrasé la pédale de frein. On a reconnu Bella Destro, en jean et talons hauts stratosphériques. Elle essayait de se relever, une bière à la main.

J'ai ouvert de grands yeux.

— Je ne m'attendais vraiment pas à vous trouver ici ce soir.

— Oh ! L'inspecteur Harriet Blue !

Elle m'a adressé un sourire béat en lissant ses cheveux en arrière, mal assurée sur ses jambes.

— Vous avez vu tout ce monde ? C'est la teuf !

Kash a klaxonné et j'ai tiré Bella jusqu'à la portière passager.

— Je vais la reconduire chez elle, elle est complètement paf. Pendant ce temps-là, Kash, donne un coup de main aux collègues, j'en ai pour une minute.

J'avais du mal à me concentrer, perturbée par le petit mot de Zac, par tous ces jeunes qui traversaient la rue comme des animaux blessés, l'haleine chargée de bière. On se serait crus dans un asile, j'étais muette de colère.

J'ai pris le volant sans réfléchir et fait demi-tour avec l'intention de raccompagner Bella chez elle.

107

Elle a posé sa tête contre la vitre. La gamine joyeuse et maladroite de tout à l'heure avait disparu. Sans doute était-elle fatiguée. De mon côté, j'avais la tête ailleurs, préoccupée par le tueur qui projetait peut-être d'organiser un massacre.

J'ai repassé dans ma tête le détail des précautions élémentaires qui avaient été prises. Snale et un collègue avaient mis sous clé les armes et les munitions dans deux endroits séparés. Quiconque voudrait s'en emparer perdrait un temps précieux à s'équiper. J'aurais dû penser à emporter une radio, de façon à rester en contact avec Snale et les autres. Tant pis. Je ne m'absentais pas longtemps. Après ça, on allait devoir s'occuper de Stieg et Scullen. Les inculper de vol et d'exploitation minière illégale sur une propriété privée. Il faudrait arrêter Mick et prévenir les familles de ses deux victimes. Rien d'urgent. L'essentiel, à cette heure, était de veiller à la sécurité de tous ces gens. Même si le tueur ne pointait pas le bout du nez.

Je me suis engagée sur l'allée éclairée conduisant à la maison des Destro.

— Vous devez vous sentir très seule, a brusquement remarqué Bella.

J'ai jeté un coup d'œil dans sa direction. Elle fixait la maison d'un air calme, les mains posées sur ses genoux.

— Pourquoi dites-vous ça ?

— Votre frère, a-t-elle précisé alors que je m'arrêtais devant la porte d'entrée. Il est en prison, où il doit avoir ses problèmes à gérer, mais vous êtes dehors et votre vie continue comme si de rien n'était. Personne ne vous croit quand vous affirmez qu'il est innocent.

Je n'avais aucune envie de parler de mon frère ce soir. Je suis descendue du pick-up en laissant mon arme de service à côté d'elle sur la console centrale. Comme une idiote.

— On doit se sentir terriblement isolé, quand personne ne vous croit, a-t-elle poursuivi pendant que j'ouvrais sa portière.

— J'ai pas vraiment de temps de philosopher. Allez, descendez. Il faut que j'y aille.

Je venais de finir ma phrase quand elle a pointé l'arme sur moi.

— Vous n'allez nulle part, a-t-elle laissé tomber.

J'étais sidérée. Mon cerveau n'a pas tout de suite réagi, persuadé qu'il s'agissait d'un obstacle de plus dans ce qui s'annonçait comme une nuit d'horreur. Je m'en voulais toujours de ne pas avoir emporté de radio.

— Ne faites pas l'idiote. Reposez ça.

— Réveillez-vous, Harriet, a-t-elle répondu d'une voix ferme pour me rappeler à la réalité.

Me réveiller. Respirer. J'étais plantée comme une idiote devant la maison, les bras ballants, hypnotisée par ce flingue étrange qui me visait. Mon flingue. Elle l'a armé, preuve qu'elle savait s'en servir. Le déclic m'a électrisée et je l'ai regardée droit dans les yeux.

— Oh non…

109

Je me suis dirigée d'un pas mécanique vers la maison, le pistolet dans les reins, trop hébétée pour tenter de résister. J'étais dans le déni complet, preuve de mon état de stress général et du détachement émotionnel engendré par les meurtres auxquels j'avais assisté plus tôt dans la soirée. Dissonance cognitive. Un syndrome que connaissent bien les soldats lorsqu'ils traversent le no man's land sous le feu de l'ennemi en ayant le sentiment de se promener. Tout ça n'était qu'un jeu. Un canular imaginé par une gamine soûle. Elle n'avait pas fini d'en entendre parler, mais il fallait d'abord qu'elle me rende mon arme. Et je n'avais pas fini d'en entendre parler si jamais on apprenait que je l'avais laissée jouer avec. Oui, «jouer». Ce n'était qu'une gamine. Une étudiante venue réviser ses cours en prévision des examens, dont la préoccupation essentielle était de travailler au lieu de passer son temps devant la télé ou sur Facebook.

Elle m'a ordonné d'aller dans la salle à manger où nous avions tous dîné quelques jours plus tôt à l'invitation de son père qu'elle avait accusé de racisme. Dez était assis à table, comme la fois précédente, mais on le sentait infiniment moins à l'aise, saucissonné sur sa chaise à l'aide de gros Scotch, la chemise trempée de sueur au niveau de sa bedaine. La longueur de Scotch qui le muselait était si serrée que ses joues étaient violacées. Il a posé sur moi des yeux affolés.

Bien sûr ! Le plan dessiné sur la page manquante du carnet parlait de tuer l'agent Snale et de *coincer* John Destro. Snale était un simple obstacle dont il était facile de se débarrasser, mais la vraie cible était Destro. C'était lui le catalyseur. Il serait tué ensuite. Une fois qu'il aurait servi.

110

J'ai tout de suite remarqué qu'il portait autour du cou un engin explosif rudimentaire, scotché à même la peau, constitué d'une bouteille en position horizontale, remplie d'un liquide brun clair, comme du thé. Des fils s'échappaient des deux extrémités de la bouteille et d'autres fils électriques, enrobés de ruban isolant noir, se croisaient à l'intérieur du liquide.

L'aspect artisanal de la bombe ajoutait à ma confusion. J'avais du mal à imaginer qu'un truc pareil puisse présenter un danger réel. Je m'inquiétais davantage du pistolet avec lequel Bella me menaçait, ou encore de la respiration saccadée de Destro, qui donnait tous les signes d'un infarctus imminent.

Je me suis retournée vers sa fille. C'était elle qui avait tout manigancé, évidemment. Déjà, lors de notre première rencontre, elle avait exprimé son mécontentement vis-à-vis du village, de ses habitants, de son père, de tout le reste.

Elle n'était pas seulement mécontente, elle était en colère. Le soir du dîner, elle avait craché son venin à la face de son père en m'implorant du regard, sans que je comprenne. Personne ne l'avait sans doute jamais comprise. De quoi une aussi jolie étudiante, issue d'une famille blanche, aurait-elle pu se plaindre ? Elle m'a fait signe de m'asseoir d'un mouvement de pistolet et j'ai obéi.

— J'ai décidé de me servir de vous pour le Jour Zéro quand j'ai appris que vous étiez en mission ici, m'a expliqué Bella en se lissant lentement les cheveux d'un geste machinal. L'occasion était trop belle. J'ai su que c'était un signe. Je vous suivais à la télé depuis le début du procès de votre frère. Je vous ai vue entrer dans la salle d'audience le premier jour. Vous aviez l'air complètement paumée et je me suis aussitôt dit que vous alliez devenir la victime incomprise. La victime oubliée.

Elle a posé les yeux sur son père, qui transpirait à grosses gouttes.

— Il y a deux camps, a-t-elle poursuivi : ceux qui sont du côté de votre frère, et ceux qui sont du côté des filles et de leurs familles. Et vous, vous êtes perdue au milieu. Personne ne vous soutient, personne ne vous croit. Je sais parfaitement ce que vous ressentez.

Elle a pris sur la table une épaisse enveloppe jaune. Un pistolet était posé à côté. L'arme de Théo Campbell. Elle s'en serait emparée le soir où elle l'avait attiré dans les collines, sans doute en usant d'une ruse similaire à celle dont elle s'était servie avec moi. La pauvre gamine qui ne tenait pas sur ses jambes. Elle a jeté l'enveloppe aux pieds de son père. Dez a sursauté et le liquide s'est agité dans la bouteille.

Je me suis levée pour récupérer l'enveloppe avant de retourner m'asseoir. Je devais absolument rester calme. Ne pas la contrarier. Ne pas la défier.

L'écouter, à l'affût de la moindre faille susceptible de la stopper. Bella était tout sauf une imbécile. Elle était rusée et manipulatrice. Elle n'était pas du genre à oublier un carnet débordant de plans de tueries dans un coin. Le sac à dos n'était pas rouge pour rien. Il faisait office de pancarte en néon. ARRÊTEZ-MOI. Elle voulait qu'on l'arrête. Elle voulait qu'on l'écoute. Et c'était moi qu'elle avait choisie pour ça.

Je me suis aperçue que mes mains tremblaient en ouvrant l'enveloppe. J'ai trouvé un paquet de photos dont les coins étaient encore collants.

La première représentait un jeune garçon adossé à une paroi rocheuse. S'il avait dix ans, c'était le bout du monde. Il était nu, les jambes écartées. Un autre gamin était allongé, la tête sur la cuisse du premier, tout près de son sexe. Tous deux étaient évanouis.

Je laissais tomber les photos par terre à mesure que je les regardais. Des ados des deux sexes et des jeunes gens un peu plus vieux. Allongés près du feu, la plupart du temps. Sur du sable ou des rochers. Recroquevillés au milieu des herbes sèches. Parfois mélangés dans des positions étranges. La tête ballante, bouche ouverte dans l'obscurité.

Un adulte faisait alors son apparition. Un adulte au gros ventre blanc et aux cuisses laiteuses. Dez.

J'ai cru que j'allais vomir. J'avais vu ce genre de clichés plus souvent qu'à mon tour dans mon boulot.

— Qu'attendez-vous de moi, Bella ?

— Vous allez me servir de porte-parole, a-t-elle souri.

111

On tambourina à la porte et un cri retentit de l'autre côté du battant.

Tox, refusant de se laisser interrompre, restait planté au-dessus de Regan. Ce dernier se contorsionnait par terre sur l'un des coussins du canapé qui avait volé pendant la bagarre. Tox pesa de tout son poids avec sa botte sur la jambe de son adversaire afin de l'immobiliser. Il prenait un malin plaisir à lui infliger ce qu'il avait fait subir à ses victimes.

La porte s'ouvrit à la volée, un homme baraqué en polo de couleur sombre se précipita, les mains en avant. Un voisin qui passait devant l'appartement en rentrant du boulot et qui avait entendu un bruit de lutte. Tox se retourna une fraction de seconde et Regan lui échappa.

Tox reçu un violent coup à la tête, identifia un bruit de porcelaine cassée, et tituba sous le choc. Il tenta d'esquiver le coup suivant, mais l'ennemi s'était posté derrière lui et l'emprisonnait entre ses bras.

Tox ne sentit rien lorsque la lame du couteau s'enfonça dans son corps comme dans du beurre. Regan, en tueur aguerri, l'avait poignardé sous les côtes, au niveau de l'abdomen.

Tox tenta de contenir Regan dans l'espoir de l'empêcher de frapper à nouveau, mais la lame s'enfonça une seconde fois, profondément, en lui coupant le souffle.

Ses jambes ployèrent sous lui et il s'effondra. Incapable du moindre mouvement, il assista à la suite avec une acuité mentale intacte. Ce n'est pas la fin. Impossible. Il s'obligea à maintenir les yeux grands ouverts et vit le tueur l'enjamber dans un éclair de jean et de chaussures, prêt à s'en prendre au bon Samaritain debout sur le seuil, ce voisin généreux qui avait eu la mauvaise idée de vouloir calmer une dispute domestique avant d'assister, pétrifié d'horreur, à une agression au couteau.

Tox réunit ses dernières forces. Il n'avait pas le droit à l'erreur. La cheville du tueur passait à sa portée et il agrippa avec ses ongles la mince bande de chair entre le bas du jean et le haut de la chaussette noire. C'est tout juste si Regan s'aperçut qu'il l'avait égratigné.

Regan s'avança vers le voisin, qui recula précipitamment.

112

J’ai reposé à mes pieds le paquet de photos. J’en avais assez vu. Bella me surveillait d’un œil tout en réunissant son arsenal : un rouleau de ruban adhésif et trois téléphones portables comme on en trouve en supermarché pour trente dollars. Dez, tête baissée, essayait de se distancier de ce qui lui arrivait en suivant les lignes du carrelage au sol.

— Il a commencé quand j’avais quatorze ans, m’a expliqué Bella. Juste après le départ de maman. Les premières fois qu’il partait animer des camps, il me laissait à la maison, mais je suppose qu’il avait besoin d’une complice, et de quelqu’un susceptible de rassurer les mères de famille qui envoyaient leurs filles adolescentes dans le désert avec lui. Il avait tout prévu. Pas vrai, papa ? Il attendait la deuxième nuit, après l’exercice en morse au cours duquel on signalait aux familles que tout le monde s’amusait bien. Il organisait toujours une grande randonnée au matin du deuxième jour, tout le monde rentrait le soir lessivé et déshydraté. C’était à ce moment-là qu’il me demandait de trafiquer les bouteilles d’eau.

Dez a fondu en larmes, paupières serrées. Le liquide brunâtre de la bouteille scotchée autour de son cou s'agitait au rythme de ses sanglots.

— Ça marchait comme sur des roulettes, a poursuivi Bella sans s'émouvoir des pleurs de son père. Tout le monde se réveillait le lendemain à moitié hébété en s'étonnant d'être aussi fatigué, sans se souvenir de ce qui s'était passé pendant la veillée. J'étais là pour les rassurer, leur expliquer qu'ils s'étaient endormis tranquillement, épuisés. De retour dans la vallée, je paradais devant les parents des autres en leur expliquant qu'on s'était bien amusés. Il ne me laissait pas le choix. J'étais une enfant.

Elle s'est tournée vers son père.

— Je n'étais qu'une *enfant* quand il m'a embringuée là-dedans.

— Je comprends votre colère, Bella.

— Vraiment ?

Elle s'est assise devant ses accessoires de mort en me dévisageant.

— J'imagine que vous avez vu pas mal de trucs du même style avec votre métier. Dans ce cas, vous devez savoir que les ados drogués ont parfois des souvenirs. Ils restent partiellement conscients et il serait dangereux de les droguer davantage. Ils se souviennent qu'on les a déshabillés…

Elle a adressé un sourire méprisant à Dez.

— … qu'on leur a retiré leur soutien-gorge d'ado.

— Bella…

— J'étais là. Je lui servais d'alibi. J'étais chargée de remettre le génie dans la bouteille. De leur expliquer qu'ils avaient fait un cauchemar, que ce n'était pas vrai. J'ai fini par devenir si forte à ce petit jeu que j'arrivais même à les convaincre qu'il ne s'agissait même pas d'un rêve. Les plus petits en particulier. On les culpabilise en leur affirmant qu'ils sont ridicules, et ils n'en parlent plus jamais. Pas même à leurs parents.

La musique qui s'échappait du pub traversait la nuit dans le lointain. Une pulsation de basse, des cris de joie. Les champs étaient plongés dans le noir de l'autre côté des fenêtres ouvertes. J'aurais donné cher pour que Kash ou Snale débarquent à ce moment-là. Quelqu'un qui prenne immédiatement la mesure de la situation. Une simple diversion, le temps que je récupère mon arme. Bella a suivi mon regard en m'adressant un sourire apitoyé. Elle savait aussi bien que moi que personne ne viendrait.

113

C'était son idée de bout en bout. Bella avait pris le plus grand plaisir à tout planifier, à compter les jours qui la séparaient de la date fatidique. Plus que dix-sept jours avant le grand saut. Plus que dix jours. Et ainsi de suite, jusqu'au Jour Zéro. Eric Harris et Dylan Klebold avaient fait le compte à rebours pendant plus d'un an, si bien qu'ils s'étaient réveillés le jour du massacre aussi excités qu'un matin de Noël. Personne n'avait voulu les écouter jusque-là. Leur parole compterait désormais.

— La première fois que j'ai parlé ouvertement à quelqu'un de ce que j'avais vécu, c'était à Théo Campbell, m'a expliqué Bella. J'ai hésité à m'adresser en premier à Vicky Snale, et puis je me suis dit que je ne supporterais pas sa pitié. Elle se serait montrée très… *compréhensive*. Elle aurait pris des pincettes pour m'interroger, et je ne l'aurais pas supporté. Alors je suis entrée bille en tête dans le bureau de La Soupe un beau jour et je lui ai tout balancé.

— Et il ne vous a pas crue.

— Non, il ne m'a pas crue, a acquiescé Bella. À compter de ce moment-là, j'ai compris que Snale m'enverrait bouler aussi, en dépit de toute sa bienveillance dégoulinante. Théo lui aurait soigneusement recommandé de ne pas croire un seul mot de ce que je lui aurais dit, et elle l'aurait écouté. Théo était son modèle et comme il pensait que je mentais…

Comment aurait-il pu en être autrement ? Elle s'était adressée à la pire des personnes en pareil cas : un homme d'âge mûr occupant un poste à responsabilité, quelqu'un qui ne la connaissait pas et qui n'était visiblement pas très regardant, à en juger par ses activités illégales. En outre, Théo Campbell connaissait trop bien les états d'âme des ados de sa commune. Des gamins condamnés à l'enfermement, sans avenir. Et voilà que la fille d'un des notables du cru venait lui raconter des histoires grotesques sans l'ombre d'une preuve ou d'un témoignage. Sans compter qu'elle reconnaissait elle-même avoir été complice des faits qu'elle dénonçait. Il avait dû la prendre pour une gamine hystérique. Le genre de jolie fille qui n'hésite pas à flirter avec ses profs pour obtenir de bonnes notes et qui les accuse de harcèlement s'ils refusent. La jeune voisine qui se déshabille devant sa fenêtre en laissant les rideaux ouverts et qui joue à la sainte-nitouche le jour où elle se fait prendre. Une dangereuse tentatrice, une jolie menteuse, le fléau des mecs de plus de quarante ans.

Je connaissais bien ce type de profil dans mon boulot. Les filles qu'on ne croit jamais. De celles qui conjuguent honte et sentiment de culpabilité en gardant le silence, jusqu'à ce qu'elles finissent par douter de leurs souvenirs. Bella faisait partie des silencieuses, de celles qui ne supportaient plus de tout garder en elles et finissaient par se tuer en laissant une confession derrière elle.

À ceci près que Bella n'avait pas décidé de se tuer. Elle avait imaginé un plan infiniment plus grandiose. Un spectacle terrifiant dont on aurait tout le temps de mesurer l'horreur avant de mourir, fauchés par ses balles en voulant fuir. Un show digne de *Carrie au bal du diable*.

Plus personne n'aurait envie de rire.

114

— J'en ai parlé à une ancienne prof, Rebecca Greene, a poursuivi Bella en comptant sur ses doigts. Elle m'a promis d'agir. La semaine suivante, elle était mutée à Darwin et je ne l'ai jamais revue. Quand Brandon Skinner est mort d'une overdose l'année dernière, j'ai essayé d'en parler à Mary, sa mère. Elle m'a soutenu qu'il s'agissait d'un accident. Pour elle, il ne s'était jamais rien passé, c'était un enfant joyeux.

J'ai perdu un enfant. Les mots de Mary me sont revenus.

Ça devait arriver.

Ça finira mal.

— Je n'avais pas de preuve. Je n'arrivais pas à remettre la main sur les photos, il les avait trop bien cachées. Je n'avais que ma parole. J'en ai parlé à l'une des filles qui avaient participé à ces camps dans le désert, Maria. Je l'ai croisée à l'université, à Sydney. On a picolé un soir ensemble. Elle ne voulait rien savoir, trop de temps s'était écoulé. Elle se sentait bien dans sa peau, elle n'avait aucune envie qu'on vienne réveiller cette vieille histoire à laquelle elle ne croyait qu'à moitié et dont elle ne se souvenait même pas.

Nous avons regardé Dez toutes les deux. Il implorait sa fille du regard.

J'ai montré du doigt les photos à mes pieds.

— Moi, je vous crois, Bella. D'accord ? Je peux vous aider. Je vais emporter ces photos, recueillir votre témoignage, et il sera inculpé. Il passera de très longues années en prison, et je peux vous assurer que le quotidien ne sera pas rose pour lui là-bas.

J'ai repensé à Sam, aux menaces couramment proférées à l'encontre de tous les détenus qui s'en prennent à des femmes ou des enfants.

— J'ai donné aux habitants de la vallée toutes les chances d'éviter une catastrophe, a-t-elle repris. Vous avez lu le carnet, vous savez que je me suis intéressée à d'autres personnes qui se trouvaient dans des situations comparables. À chaque fois, ils ont laissé la possibilité aux gens de rectifier le tir. J'ai abandonné ce carnet sur cette aire de repos exprès. Je vous suppliais d'agir ! Résultat des courses, je vous trouve ici un soir en train de boire ses paroles en mangeant son putain de poulet rôti. Ça ne peut plus durer.

Elle a pris l'un des téléphones portables posés devant elle et s'est tournée vers son père. Une ado blasée qui en avait marre des conneries paternelles.

Dez s'est tortillé sur sa chaise.

— C'est l'heure, a décrété Bella.

Et elle a enfoncé l'une des touches de l'appareil.

115

— Mon Dieu, murmura Whitt en redescendant la rue après avoir garé sa voiture sur le premier emplacement qu'il avait trouvé.

Des voitures de patrouille et des ambulances bloquaient la circulation, un camion de pompiers tentait péniblement de se glisser au milieu des véhicules de secours. Des agents déroutaient le trafic en direction de Kings Cross pendant que leurs collègues installaient des barrières afin d'empêcher les curieux d'approcher de l'immeuble d'Harriet.

Il avait entendu l'appel sur sa radio. On signalait la présence de l'individu soupçonné dans le cadre de l'enquête sur le tueur de la Georges River. Bilan : un blessé grave et un mort. Quant au suspect, il avait disparu.

Lorsque Whitt, ne parvenant pas à joindre Tox sur son téléphone, avait appris où s'était déroulé le drame, il avait compris. Il récupéra son badge dans la poche arrière de son pantalon et fendit la foule des badauds jusqu'à la bande jaune de police.

Une fenêtre brisée au premier étage. Du verre dans l'entrée. Whitt s'élançait à l'assaut des marches lorsqu'il dut se plaquer contre le mur pour laisser passer des secouristes faisant pivoter une civière dans l'étroite cage d'escalier. Il reconnut Tox à ses cheveux blonds en dépit du sang qui les maculait, un masque à oxygène sur le visage. La gorge couverte de sang, un teint de cire.

— Poussez-vous ! s'écria l'un des secouristes en repoussant Whitt d'une main qui laissa une empreinte rouge sur sa chemise. Vite !

— Il est vivant ? Seigneur, dites-moi s'il est vivant !

Un blessé grave et un mort. Cela faisait des années que Whitt n'avait pas prié, et voilà qu'il se surprenait à invoquer Dieu pour la survie de cet étrange personnage qu'il n'était même pas certain d'apprécier vraiment. En dépit de ses manières douteuses, de sa rugosité et de son caractère imprévisible, il comprenait à présent combien il tenait à lui.

Le même phénomène s'était produit avec Harry. Whitt avait mis longtemps à comprendre qu'il lui était très attaché, au point d'être désormais disposé à tout sacrifier pour elle. Au bout du couloir, un individu imposant vêtu d'un polo gisait sur la moquette dans une mare de sang, au pied des secouristes qui avaient vainement tenté de le ranimer.

Whitt rebroussa chemin et s'élança à la poursuite des deux types qui emportaient Tox sur une civière.

— J'ai besoin de savoir s'il est vivant !

Les secouristes, sourds à son appel, échangèrent des informations dans leur jargon médical. L'un d'eux, tout en portant le brancard jusqu'à l'ambulance, cherchait à séparer les deux mains de Tox. Le geste intrigua Whitt. Tox, prostré sur la civière, serrait le poing contre sa poitrine en tenant son poignet de l'autre main. Il était vivant. Whitt sentit une vague de soulagement l'envahir en voyant son collègue écarter les paupières. Ses yeux se posèrent brièvement sur lui avant de basculer vers le haut.

— Monsieur ! insista le secouriste. J'ai besoin de votre main pour vous poser une perfusion. Lâchez votre poignet.

— Pleuve, gémit Tox, le mot étouffé par le masque à oxygène.

— Comment ? réagit Whitt en repoussant le secouriste. Qu'est-ce que tu dis ?

— Pleuve, balbutia Tox, la respiration saccadée.

Il fut pris d'une quinte de toux et l'intérieur du masque à oxygène se trouva recouvert de sang.

— Pleu-ve, articula péniblement le blessé.

— Je ne comprends pas, lui répondit Whitt, au comble de la frustration. Je…

Tox lâcha son poignet et agrippa son collègue par la chemise, le poing toujours serré contre sa poitrine.

— PREUVE !

Cette fois, Whitt comprit, malgré la présence du masque. Il posa les yeux sur le poing serré.

— Seigneur ! Mais bien sûr ! J'ai compris ! J'ai compris !

Whitt courut jusqu'à la voiture de patrouille la plus proche, fouilla la boîte à gants et s'empara d'un sachet hermétique réservé au collectage des pièces à conviction. Les secouristes chargeaient la civière à l'arrière d'une ambulance lorsqu'il rejoignit son collègue. D'un bond, il se hissa à l'arrière du véhicule.

— Monsieur, vous ne pouvez pas monter ! On a besoin de place pour s'occuper de lui !

— Laissez-moi.

Whitt saisit le poignet de Tox et enferma son poing à l'intérieur du sachet. Le blessé avait perdu connaissance et il resta sans réaction, la main molle.

Whitt saisit sur l'étagère la plus proche un bandage qu'il enroula autour du poignet de son collègue de façon à isoler sa main.

— Il a réussi à récupérer l'ADN du tueur sous ses ongles, expliqua-t-il aux secouristes. Il faut impérativement récupérer les lambeaux de peau afin d'effectuer des tests.

— Comment peut-on se montrer aussi égoïste ? lui reprocha la secouriste en claquant les portes arrière de l'ambulance d'un geste agacé. Vous ne voyez donc pas que cet homme est en train de *mourir* ?

— S'il meurt, ce ne sera pas pour rien, se défendit Whitt.

116

Un bruit sourd a résonné dans la pièce et Dez a basculé en arrière. Une boule de feu a jailli de sa tête au milieu d'un nuage de sang, d'os, de dents et de cervelle avant de s'éteindre. Le corps sans tête est resté en équilibre instable sur sa chaise avant de s'écraser sur le carrelage avec fracas. J'en suis restée sans voix, les poumons paralysés par le choc. C'est seulement en voyant s'écrouler le cadavre de Dez qu'un cri rauque est monté de ma gorge.

Il y avait du sang partout. Au plafond, sur les meubles, sur mon visage. Je ne suis pas un modèle de sensiblerie, mais rien de ce que j'avais vu dans ma vie ne m'avait préparée à une scène aussi atroce. Encore moins à l'indifférence froide dont faisait preuve Bella. Le sentiment d'empathie que j'éprouvais à son endroit quelques instants plus tôt s'est transformé en terreur. D'un seul coup, je ne la comprenais plus du tout.

Pétrifiée par l'horreur, je l'ai vue prendre sur la table une autre bouteille en plastique.

— Bella, non ! Pas ça, je vous en prie !

Je m'étais levée, mue par un réflexe, mais elle avait récupéré mon pistolet et m'a obligée à me rasseoir en m’adressant des gestes apaisants de mère de famille. Elle m’a lancé le rouleau de ruban adhésif.

— Scotchez-vous à la chaise, m’a-t-elle ordonné.

117

Whitt attendait, debout dans le couloir de l'hôpital. Un étage plus bas, au pied de l'escalier qui s'ouvrait sur sa gauche, se trouvait le service dans lequel avait été conduit Tox. Le cœur de ce dernier s'était arrêté dans l'ambulance et les secouristes avaient tenté de le ranimer sous ses yeux. Whitt n'avait pas compris s'il était vraiment mort car la secouriste lui avait posé un autre masque sur le visage et lui avait rempli les poumons de force en vidant dans sa bouche le contenu d'un sac en caoutchouc. Dans le même temps, son collègue avait examiné les pupilles de Tox à la lueur d'une torche avant de lui installer des perfusions au niveau des bras. La main, enveloppée dans le sachet en plastique, pendait à côté du blessé. Après la panique initiale, une forme d'accord tacite s'était instaurée entre Whitt et les secouristes, conscients que la main recélait des éléments susceptibles d'identifier le tueur. Whitt n'avait pas prononcé une parole depuis son arrivée à l'hôpital, se contentant d'attendre devant la salle des urgences. Au bout d'une heure, une infirmière était sortie et lui avait tendu un sachet transparent contenant une languette de verre. Il l'avait remerciée et s'était précipité au deuxième étage, où se trouvait le laboratoire. Il n'était pas question de confier l'échantillon à la police scientifique, on avait perdu assez de temps, le mieux était de procéder aux analyses sur place et il avait donné des ordres en conséquence. Il attendait depuis, entre le labo où étaient analysés les fragments de peau retrouvés sous les ongles de Tox et les urgences où ce dernier luttait contre la mort.

Whitt sortit son téléphone et composa le numéro d'Harry. Il tomba sur sa messagerie.

— Salut, dit-il après le bip.

Il s'aperçut soudain que ses mains étaient couvertes de sang. Ses vêtements aussi. Les gens qui passaient à sa hauteur l'observaient tous avec des regards inquiets.

— Euh… appelle-moi… euh… quand tu as un moment. On a réussi à récupérer un échantillon ADN du tueur de la Georges River. J'aurai les résultats dans trois heures, normalement. Je… je ne sais pas très bien ce qui est le mieux maintenant. Tox est… il est. Écoute, rappelle-moi.

Il prit place sur une chaise en plastique à côté du distributeur de snacks. Il allait devoir se concentrer. Plusieurs équipes recherchaient les douze suspects dont les empreintes avaient été retrouvées dans les sous-sols de l'hôtel abandonné, d'autres écumaient les hôpitaux et les cliniques de la ville en quête d'un blessé, sachant que le tueur ne serait pas sorti indemne de son combat avec Tox. À l'évidence, il ne s'attendait pas à découvrir quelqu'un dans l'appartement d'Harry en dehors de celle-ci, qu'il aurait voulu surprendre en voyant de la lumière chez elle.

Pour quelle raison s'était-il introduit chez elle ? Que voulait-il à la jeune femme ? Lui réservait-il le même sort qu'à ses autres victimes ?

Cette histoire n'avait aucun sens. Surtout si l'inconnu était effectivement un complice de Sam Blue. Si Sam avait un complice, celui-ci n'avait aucune raison de s'en prendre à Harry. Et pourquoi s'introduire chez elle si ses intentions étaient pures ? Comment était-il entré ? Il était impossible de le savoir puisque la porte d'entrée avait été enfoncée, probablement par la victime retrouvée dans le couloir, à en croire les voisins. Le tueur avait-il pu pénétrer dans l'appartement d'une autre façon ?

Il fallait retrouver ce type coûte que coûte. Il avait pris des risques en se rendant chez Harry. Caitlyn McBeal lui avait déjà échappé. Il était probable que sa photo faisait partie de celles diffusées à la télévision. Il était en cavale à présent. Certainement blessé. Comme tous les assassins aux abois, le tueur voudrait se réfugier chez lui. En sécurité. Pas à son adresse officielle, puisque la police surveillait les domiciles des douze suspects, mais dans l'endroit qui lui tenait le plus à cœur.

Restait à savoir de quel lieu il s'agissait.

Whitt avait sa petite idée.

118

J'ai aperçu les lumières du village, entouré de tous côtés par les parois du cratère. Le vent me faisait frissonner, alors qu'il ne faisait pas vraiment froid. Je veillais à ne pas marcher trop vite de façon à pouvoir réfléchir. La bouteille était lourde, fixée à l'aide de l'épais ruban adhésif que Bella m'avait enroulé autour du cou. Le Scotch me tirait les cheveux et me pinçait la peau derrière une oreille. J'avais du mal à marcher, les bras liés dans le dos. Bella avait trop serré lorsqu'elle avait immobilisé mon poignet indemne avec du ruban adhésif contre le plâtre qui enserrait l'autre avant-bras. Lorsqu'elle m'avait demandé de m'attacher, j'avais veillé à laisser du mou entre mes deux poignets en espérant qu'elle ne remarque rien. Tu parles. Elle s'était empressée de vérifier et elle avait serré comme une malade, si bien que j'avais des aiguilles dans les doigts.

— Remue-toi un peu, espèce de feignasse, m'a admonestée Bella en m'enfonçant le canon du pistolet dans les côtes.

— Je vais me casser la figure si jamais je marche plus vite.

— Je ne te le conseille pas vraiment, a-t-elle rétorqué. Il suffit que l'un des fils sorte du bouchon pour que la bombe explose.

— Qu'as-tu utilisé ?

— Un engrais chimique, m'a-t-elle expliqué. Du nitrate d'ammonium mélangé à de l'essence et deux ou trois autres trucs. Avec les composants électroniques d'un téléphone portable de base en prime. J'ai désossé l'appareil avant d'isoler le circuit imprimé qui est activé par la sonnerie. Quand je composerai le numéro du portable, ça créera une étincelle qui enflammera l'essence. Et boum, tu seras morte.

J'ai stoppé net et je me suis tournée vers elle en la regardant droit dans les yeux.

— *Quand tu composeras le numéro ?* Si tu as décidé de me tuer, Bella, autant ne pas attendre plus longtemps.

— Ce n'est pas ce qui est prévu, ma chérie.

Elle m'a adressé un sourire en agitant le pistolet sous mon nez.

— Pour l'instant, je te conseille d'obéir gentiment à mes instructions.

— Pour quelle raison ?

— Parce que sinon je te colle une putain de balle dans la jambe, et tu seras obligée de te traîner jusqu'au village. Voilà pourquoi.

Elle a ponctué sa phrase par un haussement d'épaules, le pistolet dans une main et un téléphone dans l'autre. J'ai repris ma route dans la nuit. Nous ne tarderions pas à arriver aux premières maisons du centre. Il y avait du monde dans la rue, j'ai entendu quelqu'un trinquer.

— Comment as-tu appris tout ça ?

Je voulais l'obliger à parler, essayer de percer ses intentions. Il me fallait impérativement trouver le moyen de la raisonner, l'obliger à sortir du monde irrationnel dans lequel elle s'était enfermée mentalement.

— Rien de plus simple, il suffit de consulter le Net.

Nous avions vérifié les adresses IP de tous les habitants de la vallée, passé au crible l'historique de leurs recherches, mais Bella ne vivait plus chez son père. Elle était de passage.

— Tu trouves tout ce que tu veux sur la Toile, a-t-elle poursuivi. Même pas besoin de produits chimiques compliqués ou de matériel introuvable. J'ai utilisé le minuteur du four de papa pour tuer Zac.

Elle a poussé un soupir, les yeux levés en direction des étoiles. Un sourire s'est lentement affiché sur son visage.

— Je ne sais pas si tu sais à quel point c'est jouissif de prononcer une phrase pareille. « J'ai tué Zac. J'ai-tué-Zac. »

— Il ne t'avait rien fait. Il n'avait rien à voir avec ce qui s'est passé autrefois.

— Ils sont *tous* responsables. Tu n'as décidément rien compris. C'est un système. Tu t'imagines peut-être que tous les maux de la planète sont dus à un ou deux individus ? Tu es encore plus bête que je croyais, Harry. Les maux de la planète sont le fait d'un ou deux individus contre lesquels tous les autres ne font rien.

Eric et Dylan. Elliot Rodger, Cho Seung-hui. Chacun d'eux s'en était pris à des innocents. À des individus qui ne leur avaient rien fait. Le Jour Zéro, seule comptait la fureur qui condamnait le plus grand nombre possible de victimes en leur infligeant un maximum de souffrance, qu'elles soient coupables ou innocentes. Un frisson m'a parcouru l'échine.

Bella marchait à côté de moi. Deux copines faisant ensemble leur petite promenade du soir.

— Tu crois peut-être que ton frère et toi vous trouvez dans la mouise à cause d'*un ou deux individus* ?

Non. Elle avait raison. Quelqu'un avait assassiné ces filles en veillant à ce que mon frère paye les pots cassés. Je voulais m'en convaincre. Mais il avait bien fallu que d'autres viennent mettre leur grain de sel pour que la manœuvre réussisse. Nigel et ses hommes n'avaient rien compris, ils étaient allés l'arrêter et lui avaient soutiré des aveux avant de l'enfermer sans se soucier des autres indices potentiels. Les journalistes avaient condamné Sam et le grand public avait suivi. Notre propre mère n'avait qu'une idée en tête : tirer profit de la situation. J'étais enragée moi aussi, et j'en voulais à la terre entière. Y compris à moi-même. Au lieu de me trouver à Sydney, j'étais perdue au milieu de nulle part dans ce trou paumé, au seuil de la mort. Mon nom viendrait rejoindre la liste interminable de tous ceux qui n'avaient rien fait pour Sam.

— Tu veux que je te dise, Bella ? Tu voulais que je t'arrête. Tu as laissé ce carnet exprès en retirant la page centrale sur laquelle figurait ton plan, de façon à nous compliquer la tâche. Tu voulais être sûre de pouvoir aller jusqu'au bout si je ne réagissais pas.

Mais voilà, Bella. J'ai fini par réagir et tu n'as plus aucune raison d'aller jusqu'au bout.

— Ta gueule.

Elle a ponctué ces mots d'un coup de pied rageur au niveau de mes reins. J'ai cru que j'allais tomber.

— Il n'est plus temps de parler depuis longtemps.

119

Les premiers qui ont remarqué notre présence étaient une bande de types à l'extérieur du pub, une bière à la main. À l'image de la plupart des mecs soûls qui voient passer des filles, ils nous ont applaudies en nous montrant du doigt, jusqu'à ce que l'expression que j'arborais refroidisse leurs ardeurs. Leurs cris se sont tus. À moins qu'ils n'aient vu le pistolet de Bella. Kash, posté devant l'épicerie en compagnie de deux collègues, en est resté bouche bée.

Les gens se sont approchés, tels des papillons de nuit attirés par la lumière. Bella, avec ses talons à paillettes, son grand sourire et ses longs cheveux, ne ressemblait en rien au portrait du tueur qu'ils avaient imaginé. Kash a sorti son arme en un éclair. Bella a brandi son téléphone portable et il a tout de suite compris. Tous ceux qui se trouvaient là croyaient encore à un canular et ils se sont écartés dans un murmure en fronçant les sourcils. Quelques rires forcés ont fusé.

J'avais envie de vomir et de hurler, hantée par le souvenir du corps prostré de Dez sur le carrelage. Bella m'a poussée à l'intérieur du pub. Il y avait beaucoup de monde, mais l'humeur n'était plus à la fête, d'un seul coup. Elle m'a obligée à monter sur l'estrade.

— C'est l'endroit idéal, m'a-t-elle dit.

Elle s'exprimait avec une fierté étrange en voyant son projet se matérialiser. Comment pouvait-elle être dupe à ce point? Son plan allait forcément se casser la figure. Elle avait trop l'habitude de voir ses rêves s'écrouler.

— Le pub fera superbement l'affaire, Harry. Les gens sont habitués à venir oublier ici leurs petits problèmes, non? Ce n'est pas là qu'ils se rassemblent, en général? On va bien s'amuser, tous ensemble.

— Baissez-vous, a ordonné Kash aux clients assis devant l'estrade en les incitant à reculer. Il ne quittait pas Bella des yeux, son arme braquée sur elle.

— Restez calmes, s'il vous plaît. Je vais vous demander de vous diriger vers la sortie.

— Pas question de vous diriger vers la putain de sortie, l'a contredit Bella en mettant en joue un groupe de personnes apeurées près de la porte. C'est moi qui décide, espèce de demeuré. Je te conseille de baisser ton putain de flingue avant que j'appuie sur ce bouton et que j'explose ta collègue.

— Cet engin n'est pas assez puissant pour blesser quelqu'un en dehors d'Harry, a répliqué Kash. Si tu la tues, je t'abats et c'est rideau pour toi.

— Mouais, a acquiescé Bella d'un air de défi. En fait, c'est là que ça devient intéressant. Je te signale que ce n'est pas la seule bombe en ville.

120

Whitt comprit que son intuition l'avait trompé lorsqu'il tourna le coin de la rue et découvrit un barrage de police. D'énormes plots en plastique rouge empêchaient les voitures de tourner à gauche en direction du fleuve. Le conducteur du véhicule précédent s'arrêta le temps que l'on vérifie son identité avant de faire un demi-tour et de repartir. Whitt stoppa au niveau du flic qui gardait la barrière, à qui il exhiba son badge. Une fine pluie s'était mise à tomber.

— Inspecteur Whittacker, lut le flic en dirigeant le faisceau de sa torche vers le visage de son interlocuteur. En quoi puis-je vous aider ?

— J'aurais voulu procéder à une fouille rapide de la rive, au cas où il se cacherait dans le coin.

Le jeune flic le gratifia d'un petit sourire.

— Je peux vous assurer qu'il n'est pas là. On a tout bloqué sur des kilomètres et les collègues font régulièrement des patrouilles, mais allez-y, je vous en prie.

Whitt le remercia d'un geste, déçu. Il n'était pas le seul à s'être imaginé que le tueur voudrait retourner le long de la Georges River. Pour une raison ou une autre, le lieu avait une valeur symbolique à ses yeux. Il descendit de voiture et attarda son regard sur le parc qui longeait les eaux noires. Il y avait des flics partout, des agents en uniforme comme des policiers en civil. Adossés aux arbres, un plan à la main, ils éclairaient de leurs torches le sable boueux le long des murs de retenue.

Les recherches étaient concentrées autour de la petite bande de sable de moins de trois cents mètres sur laquelle avaient été abandonnées les victimes du tueur. Cela ne signifiait pas nécessairement que ce dernier lui accordait une importance primordiale. Au-delà se trouvaient des bouquets d'arbres entrecoupés de clairières au milieu desquelles on apercevait des tables de pique-nique et des toilettes publiques, des jeux à l'intention des enfants, des poubelles tout autour desquelles étalait une constellation de mégots et de capsules de bouteilles de bière.

Pourquoi le tueur affectionne-t-il tant cet endroit? se demanda Whitt en s'enfonçant dans l'obscurité du parc, à l'écart des réverbères. Il pensa aux lieux qui avaient compté dans sa vie, à Perth où il avait grandi, et dont il retrouvait l'odeur chaque fois qu'il se les remémorait. Il vit le fantôme de l'enfant qu'il avait été jouer dans le sable, se pelotonner dans un gros fauteuil de bibliothèque, fouiller les étals d'un vide-grenier en tenant la main de sa mère. À bien y réfléchir, les lieux qui avaient le plus marqué son imaginaire étaient tous liés à l'enfance. Les rives de la Georges River relevaient précisément d'un univers fantasmé d'enfant, avec leurs forêts sombres étalées sur des kilomètres, leurs amas de roches conçus pour l'escalade, les mille et une cachettes idéales pour y poursuivre des discussions secrètes. Le parc était immense, il accueillait même des bouquetins et des cerfs que l'on apercevait parfois au détour du chemin. Un paradis pour des ados désireux de fumer, de draguer, d'allumer des feux de camp.

Sam Blue s'était montré perplexe lorsque Nigel et son équipe lui avaient demandé quels souvenirs les bords du fleuve évoquaient chez lui. Il se souvenait d'y avoir traîné lorsqu'il était gamin et que les familles d'accueil dans lesquelles il était placé vivaient dans les environs. Il affirmait n'y être jamais retourné depuis. Les enquêteurs n'avaient pas trouvé étrange que leur principal suspect se montre aussi indifférent à l'évocation du lieu où avaient été découvertes les trois victimes. Ils en avaient déduit qu'il mentait.

Le portable de Whitt vibra dans sa poche. Sur l'écran s'afficha un texto en provenance du labo. Il cliqua sur le fichier qui accompagnait le texto et découvrit le visage de l'un des suspects barbus dont les empreintes avaient été retrouvées dans l'hôtel abandonné. Le sujet numéro huit, un certain Regan Banks. Son ADN correspondait aux échantillons retrouvés sous les ongles de Tox.

Un ponton s'avançait sur l'eau un peu plus loin, à l'extrémité duquel se détachait la silhouette sombre d'un petit hangar à bateau. Il s'en approcha, à la recherche d'un refuge contre le vent, le temps de passer un coup de fil au Vieux. Il ne croyait plus à la possibilité que le tueur se soit réfugié dans les environs, la présence policière dans le coin l'en aurait dissuadé. Perdu dans ses pensées, il ne vit pas le danger.

121

— Assieds-toi là, Harry, m'a ordonné Bella, un sourire aux lèvres, en m'avançant une chaise sur l'estrade.

Je me suis écroulée dessus. J'avais des vertiges et les jambes en coton. Et pas uniquement à cause de la bombe scotchée à mon cou. Depuis l'estrade, je dominais les gens réfugiés sous les tables et tapis dans les coins, fascinés par le spectacle que je leur offrais avec ma ravisseuse. À nous deux, nous formions un duo de marionnettes grotesque. Tout se déroulait conformément à ce qu'elle avait prévu, et même mieux. Son show attirait la foule des passants, le nez collé aux carreaux. Ils rapportaient le détail de ce qui se passait à l'intérieur du pub à ceux qui ne pouvaient pas voir. Bella s'est assise à côté de moi, si près que nos genoux se touchaient presque. Je me suis dit que si la bombe explosait, elle serait grièvement blessée, ou même tuée. À l'image des auteurs de tueries qu'elle idolâtrait, ma voisine était sans doute suicidaire. Elle avait passé des mois, peut-être même des années, à régler cette soirée dans tous ses détails. Plus rien ne comptait à ses yeux, en dehors de la perfection de ce moment. Au-delà du Jour Zéro, plus rien n'existerait.

— C'est comme si on donnait un spectacle toutes les deux, tu ne trouves pas ? m'a demandé Bella en me caressant la jambe d'un geste absurde.

Mes mains entravées se sont crispées autour du dossier de ma chaise.

— Ou alors une interview. Harry, pourquoi tu ne me demandes pas ce qui va se passer ensuite ?

— Que va-t-il…

J'avais la bouche trop sèche pour parler. Kash avait réussi à dégager un chemin entre les tables et l'estrade, prêt à bondir dès qu'il en aurait l'occasion. Pour l'heure, il rongeait son frein en continuant de tenir Bella en joue.

— Que va-t-il… ?

— Eh bien, je te laisse le choix, a répondu Bella en me dévorant des yeux. Je t'ai choisie parce que tu es la mieux à même de comprendre. Tu as compris de quoi étaient capables les habitants de la vallée. Pourquoi ils avaient fermé les yeux. Tu as donc découvert leur vrai visage, et je voudrais que tu y réfléchisses. En toute objectivité. Comme si tu étais juré lors d'un procès. D'accord ?

Elle a posé brutalement son index sur ma tempe, au point que j'ai failli tomber.

— Mais on n'a rien fait ! a crié une vieille femme au fond du pub. Elle est complètement folle ! Bella, ne fais pas ça !

— Au secours !

L'appel émanait d'un jeune type qui pleurait, recroquevillé au pied du bar, la tête dans les mains.

— Je t'en supplie ! Laisse-nous sortir !

— Gardez votre calme, a recommandé Kash en esquissant un pas en direction de l'estrade. Tous tant que vous êtes !

— J'ai posé une autre bombe, a annoncé Bella sans se soucier d'eux. Tout près d'ici. Peut-être même à l'intérieur du pub.

Elle a embrassé d'un geste notre auditoire terrorisé.

— Quelque part pas loin. Sous une maison, dans une cuisine, n'importe où.

J'ai humecté mes lèvres sèches.

— Ou peut-être nulle part. Qui sait si tu ne mens pas ?

Elle a hoché la tête.

— C'est une possibilité, bien sûr, mais crois-moi, je ne bluffe pas. C'est même la plus grosse bombe que j'ai fabriquée. Je me suis servie de tous les restes d'engrais dont je disposais.

Elle a tapoté d'un doigt la bouteille scotchée à mon cou, j'ai senti le liquide s'agiter dans le flacon contre ma trachée. J'ai serré les dents en voyant défiler dans ma tête les images de l'explosion qui avait emporté Dez.

— Je te laisse le choix, a poursuivi Bella. Soit tu sauves ces gens, soit tu te sauves toi-même.

Kash m'a adressé un regard désespéré. J'ai repensé à son inquiétude à l'hôpital de White Cliffs, à son chagrin manifeste. Il a tendu la main dans ma direction.

— Je t'en prie, Harry. Ne fais pas ça. Ne fais rien.

— Je vais te donner ce portable, a repris Bella en posant l'appareil dans le creux de ma main.

J'étais comme paralysée, incapable de dire si je serrais trop fort le portable entre mes doigts, ou pas assez. Je n'avais pas envie de déclencher la bombe que j'avais autour du cou avant d'avoir longuement réfléchi. Bella m'a caressé le bras d'une main douce en s'attardant sur les biceps.

— La seule touche importante est celle du milieu. Il te suffit d'appuyer dessus à deux reprises. J'ai programmé dessus le numéro relié à ta bombe. Tu appuies deux fois et tu meurs.

Elle a balayé du regard les gens terrorisés au pied de l'estrade. Elle obtenait enfin l'effet recherché en les dominant à tout point de vue. Elle tenait sa vengeance. Tous ceux qui avaient ignoré sa souffrance étaient désormais pendus à ses lèvres. Sauf qu'il était trop tard. Bien trop tard.

— Si tu n'appuies pas sur le bouton, je déclenche l'autre bombe avec mon téléphone, a-t-elle précisé en faisant sauter dans le creux de sa main un second portable. Dans ce cas, quelqu'un d'autre mourra. Peut-être même de nombreuses personnes.

— Harry, écoute-moi, s'est interposé Kash. Ne précipite rien. On a besoin de temps. Accorde-nous un minimum de temps, Bella. Parlons tranquillement de tout ça.

— Il n'est plus temps de parler, a-t-elle répété en s'éloignant de quelques pas afin d'échapper à l'explosion.

Elle avait posé son pouce sur la touche caoutchoutée de son téléphone. La plus grosse, sous l'écran.

Elle a croisé mon regard. Elle était au comble de l'euphorie.

— Alors ? m'a-t-elle demandé. Qu'as-tu décidé ?

J'ai enfoncé la touche sans la quitter des yeux.

122

Whitt, pétrifié sur le seuil du hangar à bateau, avait les yeux rivés sur la silhouette qu'il venait de découvrir. Il aurait aimé se convaincre qu'il ne s'agissait pas de quelqu'un, mais d'un tas de vieilles cordes ou d'un empilement de bouées. Tout sauf un être humain. Mais à mesure que ses yeux s'accoutumaient à l'obscurité, le crâne rasé et la courbe des épaules sous le T-shirt humide ne laissaient planer aucun doute. Assis en tailleur, les mains sur les genoux, l'homme regardait l'eau.

Whitt sortit son portable dont il consulta l'écran. Pas de signal.

— C'est à cause de la centrale électrique, déclara l'inconnu sans se retourner.

Whitt sursauta au son de sa voix. Sous l'effet du vent qui soufflait au-dessus du fleuve, les cordes accrochées aux poutres du toit s'agitaient lentement. Il dégaina son arme de service. L'homme toussa. On devinait qu'il était blessé à sa façon de se tenir penché sur le côté droit.

— La centrale électrique sur la colline, précisa-t-il. Elle gêne la réception des portables dans le coin.

— Vous êtes Regan Banks, réagit Whitt. Le… le complice de Sam.

Regan se releva et lui fit face. Whitt se demanda si son esprit lui jouait des tours, mais il crut reconnaître le temps d'un éclair le personnage musclé qui l'avait agressé dans le parking de son immeuble, et dont il avait tout juste discerné le reflet sur les portes en inox de l'ascenseur. Il avait un visage allongé, des traits sans expression. C'était lui qui avait enlevé ces filles, Whitt le sentait. Il avait tout d'un personnage de cauchemar. Rien de la vitalité, de l'innocence nerveuse de Samuel Jacob Blue. Ce type était l'ange de la mort.

— Nous ne sommes pas complices, répondit-il.

123

Quitte à prendre une décision, autant ne pas traîner. J'ai appuyé sur le bouton une première fois en évitant de réfléchir à la douleur qui allait suivre. À tout ce que j'allais perdre. Le portable a émis un bip et le numéro associé à la bombe que je portais autour du cou s'est affiché à l'écran, accompagné de la mention « Dernier numéro appelé ». Il me suffisait d'appuyer à nouveau pour que l'appareil le compose automatiquement. Une impulsion électrique déclencherait un signal, relayé par un émetteur, qui achèverait sa course en provoquant une étincelle au niveau du circuit intégré contenu dans la bouteille. Tout le monde m'observait, les dents serrées, la main sur la bouche. Mes futures victimes, si je préférais ma vie à la leur.

Le plus curieux, c'est que je l'envisageais vraiment, jusqu'à l'instant où je me suis vue prendre la décision d'épargner ma propre vie. En pareille situation, personne ne se comporte en héros. Le cerveau est programmé pour protéger notre corps, et ma tête se rebellait contre l'idée de donner ma vie en échange de celles des autres. Après tout, j'étais entourée de gens qui restaient aveugles aux individus les plus fragiles de leur communauté, à commencer par l'ermite qui vivait en exil à l'écart de leur village. Des gens qui avaient refusé de croire à la présence d'un prédateur parmi eux, d'écouter ou de comprendre l'adolescente désespérée qui avait tenté de leur confier son lourd secret. Il n'y a pourtant pas de secret au sein d'une bourgade aussi petite. Tout le monde sait tout, même si personne ne dit rien. On se serre les coudes en famille, quels que soient les problèmes.

Bella entendait laisser sa marque sur ce lieu. Elle voulait qu'on se souvienne d'elle, tout comme on se souvenait de Dylan Klebold et Eric Harris depuis la fusillade de Columbine. Comme on se souviendrait à jamais de Cho Seung-hui sur le campus de Virginia Tech. Si une seule personne avait décidé de changer de comportement à la suite de la tuerie perpétrée par Elliot Rodger, ce dernier en aurait été heureux. Bella nous avait dit et répété qu'il n'était plus temps de parler. Ma mort lui servirait de manifeste.

Je me suis tournée vers Kash, qui se trouvait à présent à quelques mètres de moi seulement. S'il approchait davantage, il serait touché par l'explosion.

— Je n'y arrive pas. Il faut pourtant que j'appuie sur ce bouton. Je n'ai pas le choix.

— Vraiment ? a réagi Bella d'une voix railleuse. Tu as vraiment l'intention de mourir pour tous ces imbéciles ?

Elle a adressé à Kash un regard incrédule.

— Elle déconne, ou quoi ?

— Attends, Harry ! a voulu m'arrêter Kash. Attends !

— Elle a pu dissimuler l'autre bombe n'importe où. Sous la maison de Mary Skinner, qui doit s'y trouver avec ses petits à l'heure qu'il est. Ou alors là-bas.

J'ai montré du menton les curieux agglutinés derrière les fenêtres du pub.

— Je ne peux pas prendre le risque de leur mort.

— Tu ne les connais même pas, a murmuré Bella en me défiant de la contredire.

Son but était transparent : elle souhaitait apporter la preuve que je cherchais uniquement à me protéger, comme les habitants de la vallée.

— Pense à tout ce que tu vas perdre. Pense à ton frère, a-t-elle insisté, un petit sourire aux lèvres.

Elle avait décidé de détruire le mythe du héros aux yeux de cette foule ingrate, persuadée que je ne valais pas mieux que ces gens et que je voudrais sauver ma peau.

J'ai acquiescé en pensant à Sam, les larmes au bord des cils.

— J'ai beaucoup à perdre, c'est vrai, mais je ne suis pas devenue flic pour me protéger moi-même.

Je ne voyais pas comment l'exprimer autrement. Mon métier avait été le seul moyen pour moi de donner un sens à ma vie. Depuis ma naissance j'avais toujours été considérée comme un problème. Un obstacle. Un échec. Un fardeau que l'on se refilait chaque fois que je causais de nouveaux ennuis. Du jour où j'étais devenue flic, j'avais perdu ce sentiment. Être flic était à la fois un but et une pénitence.

Il ne me restait plus qu'à m'excuser auprès de Kash.

— Je suis désolée.

J'ai enfoncé la touche une seconde fois et le téléphone a émis un bip.

124

— Vous… vous n'êtes pas son complice ? bredouilla Whitt.

Les mots restaient bloqués dans sa gorge, la crosse du pistolet tressautait dans sa main sous l'effet de l'excitation. Une joie électrique qu'il parvenait difficilement à contenir.

— C'était un coup monté contre Sam Blue ?

— Oui, acquiesça Regan, les bras écartés, comme prêt à recevoir la balle de l'arme qui le menaçait. C'était un coup monté. Sam est innocent.

Mais pourquoi ? Whitt aurait aimé lui crier son incompréhension. Il se refréna, sachant qu'il aurait tout le temps d'apprendre les détails par la suite.

— Mettez les mains sur la tête. Vous venez avec moi.

L'essentiel était d'arrêter ce type. Il avait du mal à croire qu'il avait enfin découvert la vérité. Regan en prison, Sam retrouvait la liberté, Harry y trouvait sa rédemption et Tox obtenait justice. Whitt en avait le vertige. Il rassembla ses pensées. L'enquête était bouclée, grâce à lui, et il sauvait tout le monde.

— Les mains sur la tête, répéta-t-il en faisant un pas en avant.

C'était tout ce qu'attendait Regan. D'un geste si vif que Whitt ne le vit quasiment pas, il détacha la corde accrochée à un clou sur le mur.

Whitt entendit l'air siffler au-dessus de sa tête. Le bruit du kayak qui s'écrasa sur le sommet de son crâne se trouva noyé par la détonation de l'arme dont il avait accidentellement enfoncé la détente.

125

L'écho du bip a résonné le temps d'une éternité. Paupières et dents serrées, j'ai attendu l'explosion qui allait me déchiqueter douloureusement. Seul m'a répondu le battement sourd de mon cœur dans mes oreilles, le grincement de mes molaires dans ma bouche. J'ai rouvert les yeux et un grondement grave a franchi la barrière de mes lèvres, provoqué par l'air comprimé à l'intérieur de mes poumons. La peur et le soulagement s'entremêlaient en formant un nœud dans le creux de mon estomac.

Mes doigts se sont crispés machinalement, animés par une volonté indépendante de la mienne, et j'ai enfoncé le bouton à plusieurs reprises. Les personnes qui m'entouraient avaient compris, mais pas moi. Je savais uniquement que j'aurais dû être morte, et que ce n'était pas le cas. Mon esprit restait paralysé. Mon pouce s'escrimait sur la touche, le téléphone continuait de biper, et la plus grande agitation régnait autour de moi.

Les gens se sont précipités vers la sortie dans un même ensemble. Kash s'est jeté sur Bella, mais elle l'attendait. Elle a brandi le téléphone qu'elle tenait à la main, celui qu'elle affirmait relié à un autre engin explosif, et j'ai vu son pouce frôler la touche.

Kash lui a saisi la cheville d'une main et l'a soulevée littéralement de l'estrade. Le portable est tombé loin de moi. Je me suis jetée à terre en m'efforçant de l'atteindre en avançant sur les genoux, les mains liées dans le dos. Il fallait que je le récupère avant elle.

Kash et Bella avaient roulé au pied de l'estrade où ils se battaient furieusement.

— Lâche-moi ! a-t-elle rugi. Lâche-moi !

J'ai perdu l'équilibre et mon torse a heurté la scène. Le ruban adhésif qui m'emprisonnait les poignets refusait de bouger d'un millimètre. Le dispositif de mise à feu de ma bombe n'avait pas fonctionné, il ne fallait pas espérer que la chance se répète avec le portable de Bella. Si jamais elle s'en emparait, elle ferait sauter la bombe cachée. L'appareil était là, à portée de main, au bord de l'estrade. Kash a laissé échapper un cri derrière moi. Sa proie venait de lui échapper. Les planches ont ployé sous le poids de Bella, qui m'a enjambée, ses doigts tendus vers le téléphone.

J'ai vu au ralenti sa main se refermer sur l'appareil et j'ai fermé les yeux au moment où retentissait la détonation.

126

Le pistolet tomba sur le plancher du hangar à bateau. Whitt, à demi assommé par le poids du kayak, s'écroula à la façon d'un clou tordu par un marteau géant. La balle atteignit Regan à l'épaule et l'impact le fit pivoter sur lui-même. Whitt, qui relevait péniblement la tête, le vit glisser sur les planches humides et tomber dans le fleuve.

Whitt rassembla ses forces afin de ne pas sombrer dans l'inconscience et se jeta à son tour dans les eaux glacées, à quelques mètres de la rive.

Regan était là, tout près, un monstre incroyablement lourd d'une force inouïe qui s'agrippa à lui. Les deux hommes luttèrent, de l'eau à mi-cuisse, mais Whitt n'avait plus aucune force dans les bras et les mains, le coup reçu à la tête faisait de lui une proie facile.

Il sentit les mains de Regan se refermer autour de son cou et il se retrouva submergé avant d'avoir pu pousser un cri. Un mélange salé et boueux lui envahit la gorge et les poumons. Il voulut se débattre, mais l'autre était plus fort et il s'enfonça dans la vase sous le poids de son attaquant. Il griffa d'une main les doigts d'acier qui le maintenaient tout en cherchant de l'autre un caillou, une branche, n'importe quelle arme avec laquelle se défendre. Au moment où il allait perdre connaissance, il trouva la plaie laissée par la balle dans l'épaule de Regan et y enfonça son pouce.

— Saloperie ! s'écria ce dernier, terrassé par la douleur.

Whitt en profita pour se relever en crachant l'eau qui l'étouffait. Le courant les avait éloignés de la rive et il avait de l'eau jusqu'à la taille. Il aperçut des lumières tout près.

— Les mains en l'air ! cria une voix.

— Non ! hurla Whitt en entendant Regan hoqueter de surprise près de lui. Ne tirez pas ! Ne tirez pas !

Plusieurs éclairs trouèrent la nuit et le corps de Regan tressauta à deux reprises avant de s'enfoncer dans la Georges River.

127

Je suis restée aussi immobile que possible, la joue contre les planches de l'estrade, le corps endolori. Le pied de Bella se trouvait à quelques centimètres de mon visage, partiellement libéré de la bride pailletée de son escarpin, les tendons de la cheville au repos. En relevant la tête, j'ai constaté qu'elle tenait toujours le portable dans sa main, le pouce posé sur la touche principale. Elle n'avait pas eu le temps de l'enfoncer. La détonation que j'avais entendue venait d'en haut. Plus précisément, de la galerie du premier étage surplombant la salle principale du pub. Victoria Snale, appuyée contre le garde-corps, tenait entre les bras le fusil au canon encore fumant avec lequel elle avait abattu Bella d'une balle en pleine tête.

Je me suis mise à genoux, désorientée, avec l'impression que le plancher tanguait sous moi. Kash a récupéré le portable serré entre les doigts de la morte et l'a posé un peu plus loin, puis il m'a libéré les poignets.

— Je t'en supplie, ôte-moi ce truc.

Une main anonyme lui a tendu une paire de ciseaux dont il a glissé une lame entre mon cou trempé de sueur et le ruban adhésif, sous mon oreille, avant de me débarrasser de la bombe et de la tendre à quelqu'un. J'ai entendu pleurer Vicky. En relevant la tête, j'ai vu un jeune collègue lui retirer le fusil des mains.

— Je l'ai tuée, a-t-elle hoqueté entre deux sanglots. Je n'ai jamais tué personne de ma vie.

— Tout va bien, a tenté de la rassurer le flic en lui tenant la main dans l'escalier. C'est fini, maintenant.

Je me suis assise à côté du cadavre de Bella, hébétée. Autour de moi, les gens sortaient lentement en se tenant par l'épaule, une fois franchi le seuil du pub. Au cinéma, tout le monde aurait applaudi et la caméra se serait élevée lentement au-dessus de la vallée dans la nuit, une ultime réplique humoristique cédant la place au générique de fin. Dans la vraie vie, je n'arrivais pas à me débarrasser de l'angoisse qui m'étreignait. Je ne trouvais même pas la force de bouger. Kash a dû le sentir car il s'est accroupi à côté de moi. Il a posé délicatement sa main sur ma nuque.

— Tu vas arriver à te relever ?

— Je n'ai pas le choix.

J'ai pris appui sur son épaule et il m'a aidée, un bras autour de ma taille.

— Je n'en peux plus de cet endroit. Je veux m'en aller.

— Comment ? a dit Kash. Tout de suite ?

J'ai hoché la tête. Au fond de moi, une petite voix me disait que la situation n'était pas aussi rose qu'on voulait bien le dire.

128

Je continuais d'ignorer cette petite voix au lever du jour, lorsque j'ai garé la voiture de patrouille qu'on m'avait prêtée au pied de la butte sur laquelle s'élevait la masure de Jed Chatt. J'ai coupé le moteur. Je n'avais pas allumé la radio, fatiguée d'entendre défiler les comptes rendus consacrés aux événements survenus la veille dans la vallée de la Dernière Chance. Ni Whitt ni Tox ne répondaient au téléphone. En quittant le village, j'avais trouvé Vicky assise sur le marchepied d'une ambulance. Elle buvait de l'eau apportée par une bonne âme, toujours choquée d'avoir tué sa première victime. J'aurais voulu lui parler, la rassurer en lui expliquant qu'elle avait sauvé une vie en prenant celle de Bella. Que même si ce genre de souvenir vous hante à jamais, la souffrance finit par s'estomper. Moi aussi j'avais donné la mort, et ce n'était pas mon pire souvenir. Au lieu de quoi j'avais laissé Vicky entre les mains des secouristes. Elle s'en tirerait. Elle était plus forte que moi.

Je n'avais pas non plus fait mes adieux à Kash. Il s'était éclipsé très vite après le drame afin d'évacuer tous les habitants restés chez eux, dans l'espoir de retrouver l'engin explosif caché par Bella. Le plan de cette dernière n'avait finalement pas fonctionné, son père avait été sa dernière victime. Je chargeais mes bagages dans la voiture lorsque l'un des voisins de Snale m'avait annoncé que Kash avait découvert une bombe dissimulée dans une maison à l'entrée du village. L'engin se trouvait sous le lit du petit dernier de la famille concernée. Kash ferait le nécessaire, je pouvais compter sur lui. Il me restait une dernière mission à accomplir avant de rentrer chez moi. Mon Jour Zéro à moi. J'allais enfin revoir mon frère.

J'ai gravi les marches de la véranda de Jed, les tempes martelées par un début de mal de crâne. Avec ma chance habituelle, j'étais en train de tomber malade au moment précis où je repartais à la bataille. J'ai frappé et une voix m'a invitée à entrer.

L'intérieur de Jed avait poursuivi sa mue depuis mon dernier passage. Une nappe recouvrait la table près de la fenêtre, le mur du fond avait été repeint. Le maître de maison, torse nu avec un bas de pyjama à carreaux sur ses jambes interminables, était assis en bout de table. Les muscles de ses épaules se sont tendus sous sa peau d'un brun doré alors qu'il refermait le couvercle d'un pot de colle. Il venait de réparer l'aile d'un canard en bois posé devant lui sur un vieux journal.

Le bébé n'était pas là, sans doute dormait-il encore. J'ai posé la pépite sans bruit sur la table, de peur de réveiller l'enfant. Le sommeil est précieux à cet âge-là.

Jed s'est adressé à moi à mi-voix.

— De quoi s'agit-il ?

— C'est une pépite d'or pur de dix grammes.

Un tic a agité la pointe de son sourcil gauche. C'était le seul signe d'émotion apparent. J'ai repris la pépite et l'ai nettoyée de sa gangue de terre. Le métal jaune moutarde est apparu.

— Il y en a beaucoup d'autres. Hier soir, Jace Robit et Damien Ponch ont été tués dans une embuscade en voulant voler cet or. Ils avaient mis au jour un filon dans une grotte à l'entrée de la vallée. Ils l'ont exploité en secret pendant des mois. Deux copains à eux s'en sont tirés, ils ont été arrêtés par les flics, qui sont en train de les interroger. Ils ont apparemment extrait pour deux millions et demi d'or en quelques mois. Ils comptaient prendre la fuite avec leur magot et refaire leur vie à l'étranger.

Jed m'écoutait en silence. Le bébé s'est brièvement agité dans la pièce voisine.

— Quel rapport avec moi ?

— L'or se trouve sur des terres que le gouvernement a rendues à votre famille. Tout cet or vous appartient de plein droit.

J'ai déposé la pépite devant lui. Il l'a regardée, les lèvres pincées.

— Deux millions et demi de dollars ? a-t-il fini par demander.

— C'est rare de tomber sur un filon aussi riche. Il est probable qu'il y en a d'autres dans le même coin. Je n'y connais rien. Quoi qu'il en soit, un policier passera vous voir et vous expliquera la suite.

— Que suis-je censé faire ?

— Aucune idée.

Je me suis dirigée vers la porte.

— Vous êtes libre de vendre les terres à une compagnie minière. Vous pouvez aussi les garder et exploiter vous-même la mine. Quand vous serez riche, vous n'aurez qu'à racheter toute la vallée et réduire le village en cendres. Vous pourrez offrir à votre nièce son propre cabinet d'avocat, ou bien alors remettre les pépites dans la grotte et ne rien changer à vos habitudes. Je ne sais pas, moi.

J'ai haussé les épaules en riant.

Jed, oubliant la pépite posée devant lui, m'a longuement dévisagée. Je m'étais figée sur le seuil. J'avais le sentiment que si je ne bougeais plus de là, tout s'arrangerait. Que j'étais en sécurité dans la maison de cet homme.

Jed s'est levé et son expression n'a fait qu'accentuer cette impression. Il semblait triste de me voir partir.

— Vous n'avez pas l'air bien, m'a-t-il dit. Revenez vous asseoir.

— Je ne peux pas. Je dois y aller.

Le bébé s'est mis à pleurer dans la pièce voisine, mais nous avons continué à nous observer l'un l'autre sans trouver les mots. Il n'y avait rien à dire, en fait. J'ai fait un choix. Peut-être n'était-ce pas le bon.

Je lui ai tourné le dos et je suis partie.

129

Regan voulut changer de position. Ses vêtements mouillés collaient au siège conducteur, la chaleur de son corps embuait les vitres. Il avait failli s'évanouir dans le noir, derrière la station-service, en recouvrant de bandes de tissu découpées dans la vieille couverture de la banquette arrière les blessures par balle reçues au niveau de l'épaule et du ventre. Il se moquait éperdument de la douleur et des vertiges. Le tout était de s'enfuir avant qu'ils aient le temps d'installer des barrages. Il aurait tout le temps de trouver une planque et de se soigner par la suite. Une étape à la fois. L'essentiel était d'avoir survécu. Comme toujours.

Se débarrasser du flic dans l'eau s'était révélé plus facile qu'il ne l'imaginait. Il lui avait suffi de s'enfoncer sous l'eau lorsqu'il avait été touché. Il s'était échappé dans la mêlée en plongeant avant de se laisser emporter par le courant.

La panique qui s'était emparée de lui lorsqu'il avait repris pied sur la rive opposée lui avait rappelé cette nuit, il y avait très longtemps, où il avait vu Sam pour la dernière fois.

Des nuages bas traversaient le ciel au-dessus des pins, sur lesquels se reflétaient les lumières orange de la centrale électrique. Regan aurait pu croire que c'était hier. Il avait dix-sept ans à l'époque, comme Sam. Deux dadais adolescents qui se promenaient dans le noir en discutant, avides de se raconter tout ce qui s'était passé depuis leur dernière rencontre.

Regan avait soigneusement choisi ses phrases, de peur de laisser échapper des mots qu'il n'aurait jamais osé utiliser dans la vraie vie. *Je t'aime, Sam. Tu m'as manqué.*

Ils s'étaient rejoints au bord du fleuve plusieurs heures plus tôt, à l'endroit habituel. Ils avaient commencé par se pendre à la vieille corde moisie accrochée à un arbre. Regan était si heureux de revoir Sam, même une seule soirée. Sam avait été retiré à sa famille d'accueil pour avoir volé la voiture de son père d'adoption le temps d'un rodéo en ville. On l'avait placé dans un centre à Nowra en attendant son intégration dans un programme de réhabilitation.

Regan avait beau savoir que Sam allait à nouveau disparaître de sa vie, la situation serait différente de la fois précédente. Ils resteraient en contact car Sam avait un portable. Dans moins d'un an, ils seraient majeurs, et libres de se retrouver. Regan comptait les jours.

C'était Sam qui avait repéré la lumière ce soir-là. Ils avaient quitté le bord du fleuve et traversé le parc en direction de Revesby Heights. Regan devait rentrer dans sa famille d'accueil avant que ses parents s'aperçoivent de son absence. La lumière brillait à l'arrière d'une bâtisse en parpaings voisine d'une aire de jeux. Les deux ados s'étaient assis sur les pneus qui tenaient lieu de balançoires.

— Il est tard pour que le cabinet du véto soit encore ouvert, s'était étonné Sam dans un nuage de fumée.

— Va savoir. Peut-être un lapin qui a la chiasse, avait répliqué Regan en allumant à son tour une cigarette. Ou alors un kangourou dont la poche est coincée.

— T'es zarbi, avait réagi Sam en se balançant furieusement.

Regan lui avait répondu par un ricanement.

— Ça doit gagner des tonnes, un véto.

Les deux ados avaient continué de se balancer en faisant crier le portique au-dessus de leurs têtes. Regan le premier s'était immobilisé en plantant ses pieds dans le sol.

— On devrait aller voir, avait-il proposé avec un rictus.

Il avait sorti le couteau de la poche arrière de son pantalon et la lame avait jailli.

— *File-moi ton blé ou je bute ce chien!*

Sam avait éclaté de rire.

— Je suis sérieux, s'était agacé Regan en donnant une tape à son ami. Viens, on va voir de quoi il retourne.

— Pas question, avait décidé Sam. On va se faire choper.

— Comme si ça te gênait!

— Ils ont sûrement des caméras de surveillance. Peut-être même des agents de sécurité.

— Des agents de sécurité? avait ri méchamment Regan. C'est un putain de véto, mec! Qui voudrait cambrioler un véto?

— Exactement.

— *Exaaaactement*, avait répété Regan en agrippant le bras de Sam, profitant de l'occasion pour tâter les biceps sous le tissu de sa chemise. Personne s'y attendra. On trouvera toujours assez de fric pour s'amuser en ville. C'est trop bien !

— Une idée merdique, oui, avait répliqué Sam en sautant de la balançoire. Ça m'intéresse pas. J'ai de la beuh à la maison, elle va pas se fumer toute seule.

— Arrête tes conneries. Fais pas la chochotte.

— Je suis pas une chochotte, avait réagi Sam avec une virulence inattendue. C'est toi la putain de chochotte. C'est quoi ce plan de jouer au gangster ? Tu te prends pour qui, mec ?

— J'ai déjà fait des braquages.

— N'importe quoi.

— Bien sûr que si, s'était insurgé Regan en se relevant à son tour.

Il s'était senti oppressé, d'un seul coup. Comme si des doigts crochus s'enroulaient autour de son cœur. Il avait été trop loin, le mieux était de rétropédaler, mais il sentit monter sa colère. Il ne voulait pas perdre Sam. Pas maintenant.

— Tu me connais pas, gros. Tu sais rien de moi.

— N'importe quoi.

Sam avait fait mine de s'éloigner et Regan s'était mis à trembler. Il serrait si fort le manche du couteau entre ses doigts que ses phalanges avaient craqué.

— Reviens ! s'était-il écrié. Sam !

Mais Sam s'en allait pour de bon, il n'avait pas tardé à s'évanouir dans la nuit. Regan, la gorge nouée, n'arrivait pas à déglutir. Il avait senti une boule se déployer, pétale par pétale, dans le creux de son ventre.

Chochotte.

Regan s'était dirigé vers l'entrée du cabinet vétérinaire. Il s'était avancé dans le rond de lumière et ses doigts s'étaient refermés brutalement sur la poignée de porte.

130

La vétérinaire de garde, une jeune femme de vingt-trois ans, s'appelait Rachel Howes. Elle venait d'obtenir son diplôme. Elle avait de longs cheveux bruns et la vie devant elle. Regan s'était avancé dans un état qualifié par la suite de « psychotique » par l'accusation, lors de son procès. Il lui avait suffi d'une poignée de secondes pour la tuer, sous le regard d'une dizaine de chiens et de chats. Le temps de récupérer dans la caisse les soixante-deux dollars soixante-quinze qu'elle contenait, il avait battu en retraite dans un concert de miaulements et d'aboiements. L'avocat chargé de défendre Regan lui avait expliqué par la suite que sans un appel anonyme, la police aurait eu peu de chances de le retrouver.

L'appel avait été enregistré un quart d'heure seulement après les faits.

Sam. Le gentil Sam au grand cœur. C'était lui qui avait appelé les flics, évidemment. Il jouait les durs, mais il ne supportait pas l'idée qu'on puisse voler à une malheureuse véto sa recette de la journée, en bon citoyen lambda qu'il était. Il était loin de se douter de la violence dont Regan avait fait preuve avec cette pauvre Rachel Howes. Sam n'était pas conscient du monstre qui vivait tapi au fond de Regan, prêt à émerger le moment venu.

Sam n'avait jamais su que Rachel Howes était morte. Il n'avait jamais su que son coup de fil avait provoqué l'arrestation de Regan. Il n'avait jamais su que ce dernier s'était retrouvé derrière les barreaux trois mois plus tard, et qu'il avait passé de longues années obnubilé par le souvenir de Sam.

Regan n'avait survécu qu'en entretenant l'espoir de sortir un jour et d'anéantir la petite vie parfaite de Sam. Il avait tissé sa vengeance comme une toile d'araignée dans laquelle il avait lentement enfermé Sam. Regan surveillait Sam, et chaque fois qu'il le voyait s'intéresser à une jolie fille, il l'enlevait. Il suivait parfois Sam de si près que celui-ci aurait pu s'en apercevoir. Entendre crier la fille. À l'image de la dernière, Rosetta. Il l'avait chopée à l'entrée d'une ruelle quelques secondes seulement après le passage de Sam. Il avait même senti flotter un instant jusqu'à ses narines l'eau de toilette de Sam.

Regan avait prévu de s'arrêter après l'enlèvement de Linny. Cette fois-là, il comptait s'y prendre différemment. L'enlever, l'enfermer dans les sous-sols de l'hôtel abandonné et la préparer pour Sam. De façon qu'il la voie dans toute sa gloire. *C'est pour toi*, lui aurait annoncé Regan lorsque Sam aurait découvert la fille à l'article de la mort. *C'est toi qui as fait de moi ce que je suis.*

Sauf que Linny lui avait glissé entre les doigts, et il s'était rabattu sur Caitlyn. Aucune importance, elle ferait l'affaire. Jusqu'à ce que lui parvienne la terrible nouvelle : Sam avait été arrêté. Lui aussi lui échappait.

Tant pis. La qualité maîtresse de Regan était sa capacité d'adaptation. D'une certaine façon, il était content quand tout s'écroulait autour de lui. Il aimait se repaître du pincement au cœur qu'il ressentait chaque fois que le sol s'ouvrait sous ses pieds.

À présent qu'il avait découvert Harry, il lui réservait un sort à faire pâlir de jalousie toutes ses victimes précédentes.

Une douleur aiguë tira Regan de ses pensées. Un bras serré contre son flanc, il serra le volant entre ses doigts en attendant que les spasmes s'éloignent. Il allait devoir s'arrêter rapidement, mais il n'en avait pas encore terminé. Il emprunta la bretelle suivante en direction de l'ouest, s'engagea sur une petite route et accéléra.

131

J'ai remonté la passerelle reliant l'avion au terminal en traînant ma valise, dont les roulettes bourdonnaient chaque fois qu'elles sautaient d'une dalle de caoutchouc à l'autre. J'étais bien consciente que les gens me regardaient d'un drôle d'œil. Je n'avais pas pris la peine de me laver, de me changer ou de me coiffer, pas même passé un gant de toilette sur mon visage depuis la veille. J'avais encore au niveau du cou des traces de colle laissées par le ruban adhésif et ma chemise était tachée de sang. Sans me soucier du siège qui m'avait été attribué à l'embarquement, je m'étais installée tout au fond de l'appareil et j'avais regardé le paysage à travers le hublot sans desserrer les dents jusqu'à l'atterrissage. Le personnel de bord ne s'était pas aventuré à m'adresser la parole et personne ne s'était assis à côté de moi. Peut-être savaient-ils qui j'étais, ou alors mon apparence avait suffi à les refroidir. Le peu de forces qui me restait me servait à compter les secondes jusqu'à mon retour à la maison.

Mon portable a émis un bip. Un texto de ma mère, que j'ai lu en marchant.

Je viens d'apprendre pour Sam. Désolée, mais je garde l'argent.

J'ai froncé les sourcils. De quoi parlait-elle? Aucune importance, je n'avais pas de temps à lui consacrer. Encore quelques minutes avant le Jour Zéro. Le mien.

J'arrivais au terminal quand une main s'est posée sur mon bras. Je me suis retournée. Edward Whittacker.

J'ai bien failli fondre en larmes en voyant dans quel état il était. Trempé et couvert de sang, la chemise déchirée, avec deux yeux au beurre noir et une bosse au sommet du crâne. Du jamais vu pour Whitt. Il m'a pris par les poignets avant que j'aie pu lui sauter au cou. Il avait les yeux brillants et humides. Je n'ai pas eu le temps de lui demander comment il savait sur quel vol je rentrais, pourquoi il était là. Ou pourquoi il me tenait à distance.

— Je veux te parler avant que tu apprennes la nouvelle de la bouche de quelqu'un d'autre, m'a-t-il dit.

Les gens nous observaient bizarrement, les plus curieux s'arrêtaient et feignaient de fouiller leur sac.

— Tox… Tox a retrouvé le tueur. Il s'est battu avec lui. Il est grièvement blessé. Il est actuellement dans un état stationnaire, mais c'est… ce n'est pas gagné. Il se trouve entre la vie et la mort. J'ai réussi à coincer le tueur la nuit dernière. Il s'appelle Regan Banks. Il a reconnu être l'auteur du coup monté contre ton frère. Il m'a clairement dit que Sam était innocent.

J'ai empoigné Whitt par la chemise. En partie pour ne pas m'écrouler, mais aussi pour le secouer en cas de besoin. J'étais en feu. Il a essuyé les larmes qui roulaient le long de ses joues.

— Il s’est échappé. Je l’ai laissé s’échapper.

— Il faut lui mettre la main dessus. Où l’a-t-on vu pour la dernière fois ? A-t-il été aperçu depuis ? Où est hospitalisé Tox ?

— Harry, a répondu Whitt en me serrant durement les poignets. On a été alertés par les autorités pénitentiaires il y a quelques heures. Quelqu’un a déclenché une bagarre tôt ce matin dans le bloc de Sam. Harry, ton frère est mort.

132

J'ai ouvert des yeux ahuris. Autour de moi, l'aéroport avait cessé d'exister. Je ne voyais plus rien, je n'entendais plus rien, j'étais perdue dans le vide.

Whitt a passé une main dans ses cheveux crasseux.

— Sam est mort, a-t-il répété.

Les mots résonnaient dans ma tête avec la force d'une cloche sonnant à la volée. Je continuais de m'agripper à sa chemise. Il m'a attirée contre sa poitrine, a enroulé son bras autour de ma tête, soucieux de me protéger du regard des curieux. Il ne savait plus quoi dire. Il me massait le dos dans l'espoir d'en chasser la douleur à mesure qu'elle envahissait mon corps. J'ai secoué la tête contre son torse, les yeux écarquillés. J'étais terrifiée à l'idée de les fermer, de briser le fil qui me rattachait à la réalité. Si je parvenais à prolonger l'instant, au milieu de ce terminal, si je parvenais à m'accrocher, peut-être ne serait-ce qu'un cauchemar.

Non, articulait une petite voix dans ma tête. *Je vous en supplie, pas mon frère. Je ne veux pas rester toute seule. Ne me laissez pas ici toute seule.*

Les larmes se sont mises à couler et j'ai fermé les yeux. Je comprenais enfin le malaise que je ressentais depuis mon départ de la vallée de la Dernière Chance. Cette impression d'être patraque, d'avoir trop chaud, d'être prise de vertige. C'était à cause de Sam.

Il n'était plus là.

133

J'ai senti la chemise de Whitt se tendre contre ma joue. Quelqu'un lui tapait doucement sur le bras.

— Monsieur ? Madame ? Tout va bien ? Puis-je vous aider ?

Whitt a reculé machinalement et regardé l'hôtesse comme s'il avait devant lui une extraterrestre, avec son blazer rouge sans un pli et son maquillage parfait. Il lui a glissé quelques mots, adressé des gestes, mais je n'entendais rien. J'ai dévisagé l'un après l'autre les passagers des deux sexes qui formaient un attroupement autour de nous. Une dame âgée et son mari, le poing serré autour des poignées de valises identiques. Deux filles avec des piercings, armées de sacs à dos. Une famille. Un petit groupe d'hommes d'affaires. J'avais beau scruter leurs visages, je ne les reconnaissais pas.

Dans d'autres circonstances, j'aurais pensé qu'il s'agissait de simples « civils ». C'est-à-dire qu'ils n'étaient pas flics. Des citoyens ordinaires qu'il était de mon devoir de protéger. Ils auraient dû être ma raison de vivre, tous tant qu'ils étaient. Ces gens qui m'entouraient comme ceux qui passaient à côté de moi, en quête d'un vol ou d'un taxi.

Je les voyais à présent comme des inconnus qui me barraient la route.

Une vague de chaleur m'a envahie, une partie de moi-même baissait la garde. Je n'étais plus la gentille Harry décidée à se battre contre le démon qui sommeillait au fond de son être. J'avais perdu cette bataille-là. La nuit s'était emparée de mon âme. Une nuit sombre où n'avait plus sa place la moindre lueur bienveillante.

Quelque part, loin de tous ces gens, loin de l'aéroport, Regan Banks m'attendait. Il était devenu mon unique but. J'allais continuer de respirer, mais uniquement à cause de lui. Il serait toujours temps de porter le deuil de Sam plus tard, lorsque je tiendrais Regan. Je devais impérativement le retrouver, l'obliger à avouer ses crimes de façon à laver l'honneur de mon frère. Il était trop tôt pour que je m'autorise à pleurer.

Chaque seconde qui s'écoulait l'éloignait de moi, et je n'avais pas l'intention de le laisser m'échapper.

Je n'avais pas l'intention de laisser à mes collègues le soin de l'arrêter et de le laisser en vie, quand bien même il s'agirait de Whitt ou de Tox.

Regan m'appartenait.

Je me suis éloignée en me fondant dans la foule. Lorsque Whitt s'en est aperçu, il était trop tard.

Du même auteur
aux éditions de L'Archipel :

Insoluble, 2022.
Noces sanglantes, 2022.
Tu mens ? Tu meurs !, 2021.
Diamants de sang, 2021.
Alerte rouge, 2020.
Plus jamais, 2019.
Jeu de massacres, 2019 ; rééd., 2020, sous le titre *Instinct*.
Incontrôlable, 2018.
Lettres de sang, 2018.
La Villa rouge, 2017.
Tue-moi si tu peux, 2017.
Menace sur Rio, 2016.
Invisible, 2016.
Lune pourpre, 2015.
Le Sang de mon ennemi, 2015.
Un si beau soleil pour mourir, 2015.
Week-End en enfer, 2014.
Tapis rouge, 2014.

Moi, Michael Bennett, 2014.
Zoo, 2013.
Dans le pire des cas, 2013.
Les Griffes du mensonge, 2013.
Copycat, 2012.
Private Londres, 2012.
Œil pour œil, 2012.
Private Los Angeles, 2011.
Qui a tué Toutankhamon ?, 2011.
Bons baisers du tueur, 2011.
Une ombre sur la ville, 2010.
Dernière escale, 2010.
Rendez-vous chez Tiffany, 2010.
On t'aura prévenue, 2009.
Une nuit de trop, 2009.
Crise d'otages, 2008.
Promesse de sang, 2008.
Garde rapprochée, 2007.
Lune de miel, 2006.
L'amour ne meurt jamais, 2006.
La Maison au bord du lac, 2005.
Pour toi, Nicolas, 2004.
La Dernière Prophétie, 2001.